KB033685

캐럴스티
세레스티나

리사
샤크티
유이

아도
제로스

가이라네스
플레이레스
윈디아

아라포 현자의 이세계생활일기 9

코토부키 야스키요 지음
JohnDee 일러스트
김장준 옮김

Contents

프롤로그 아저씨, 아도와 이야기를 나누다

스라이스트 성곽 도시의 여관에 도착한 제로스와 아도 일행.

리사와 샤크티는 먼저 방으로 올라가 쉬고 있고 두 남자는 1층 술집에서 술잔을 나눴다.

서로의 근황과 정보를 공유하려는 목적도 있지만, 그들의 경우에는— 시작부터 이세계 외딴곳에 떨어진 것에 대한 불평이 주를 이루었다.

분위기는 게임 유저의 오프라인 정모에 가까웠다.

"……처음부터 파프란 대산림 지대 한가운데에 있었어?! 용케 안 죽고 살아 있네. 엄청 위험한 곳이라고 들었는데……."

"너희는 이사라스 왕국 근처 분지였다고? 좋겠네~. 부럽다, 부러워. 지옥 같은 곳에 떨어지지 않아서."

"왜 우리한테 그래? 내 탓도 아닌데. 그리고 우리도 먹을 게 없어서 고생했다고. 겨우 찾은 마을의 사람들도 식량이 없어서 굶어 죽어가는 판국이었고……. 사냥이라도 할 수 있는 환경이면 생존하기는 쉬웠겠네, 뭘."

"그만큼 생명의 위기에 처했는데? 마물이 여기랑 비교도 안 되게 강했어. 특히 그 흰색 원숭이는……. 아니지, 그래도 확실히 식량을 구하기 쉬운 상황이면 내가 더 낫나?"

"……원숭이?"

에일을 마시며 나누는 두 사람의 대화는 누가 더 비참했는지 비교하기에 이르렀다.

한쪽은 먹느냐 먹히느냐의 목숨 건 서바이벌 생활을 한 자. 한쪽은 빈궁한 농촌을 발견해 생활 개선에 힘쓴 자. 어느 쪽이 살아가기 편했을까?

새삼 듣고도 서로가 서로에게 불공평함을 느낄 수밖에 없었다.

“게다가 식량 문제를 살짝 개선한 것만으로 나라에서 떠받들어줬다 이거지? 좋겠네~, 영웅 나리 납셨어. 쳇!”

“무슨 말을 그렇게 해?! 아저씨도 공작가 아가씨를 구하고 귀빈 대접받았다면서? 무슨 만화 주인공인 줄 알겠네! 게다가 집까지 받았다고 하지를 않나…….”

“매일 맛대가리 없는 고기만 먹는 그 고통을, 언제 마물이 습격할지 모르는 환경에서 식량을 확보하기 위한 고생을 네가 알 수 있겠냐? 방심하면 죽으니까 느긋하게 쉴 시간도, 장소도 없었어.”

“나도 맨날 감자만 먹었다니까! 먹을수록 물려서 죽을 맛이었어. 조미료도 소금밖에 없는데 하필 귀중품이야. 암염도 있었지만, 불순물이 너무 많아서 써먹지도 못했어. 그리고 어느 순간부터 리더 취급을 받아서 리사랑 샤크티도 책임져야 했고.”

“그런 건 머리만 굴리면 어떻게든 되잖아? 소금이라도 맛을 낼 수 있는 게 어디야.”

“뭐 그건 그렇지만…… 아냐아냐! 그래도 굶주림에 허덕이는 사람도 많았어. 우리만 있었으면 편했겠지만, 다른 사람을 못 본 척할 수도 없잖아!”

“좋겠네, 동료가 같이 있어서~. 나는 계속 혼자였는데……. 잘 때 근처에서 짐승 소리가 들리는 기분 알아?”

그렇게 불행 자랑이 시작되고 그것이 곧 질투를 낳았다.

고기냐 감자냐. 서바이벌이냐 식량난이냐. 무미(無味)냐 소금이냐.

두 사람 사이의 분위기가 급격하게 식어 갔다.

"어이, 형씨들~. 그렇게 궁상떨면 술맛 떨어져. 이거라도 보고 기분 풀라고, 흡!"

""마스터, 갑자기 근육을 보여주는 건 상관없는데, 그래서 뭐 어쩌라고?""

"훗…… 끝내주지? 아름답지? 어때, 이 육체미!"

중재할 생각이었나 보지만, 거기서 근육을 보여주는 의도를 모르겠다.

마스터는 요리가 담긴 작은 그릇을 천천히 두 사람 앞에 내놓았다.

"특제【프로틴 메칼라 빈즈】. 먹으면 직방이야."

"술 마시면서 프로틴을 먹어도 됩니까? 건강에 나쁘지 않나 몰라."

"그럴 때는 운동을 해서 알코올을 몸 밖으로 빼. 기분 좋아질걸~?"

""더 취해!""

이 세계의 에일은 15도 정도로, 의외로 도수가 높다. 아마 15도쯤 되지 않을까?

어쨌든 음주 후 운동은 건강에 좋지 않다. 아무리 생각해도 자살행위다.

그리고 애초에 근육을 키울 생각도 없었다.

"이 여관은 원래 요리에 프로틴을 뿌려?"

"메뉴판에는 그런 설명이 한 글자도 안 적혀있는데……."

그러자 안쪽에서 쾅 소리가 날 정도로 문을 열고 나온 식칼을 든

드워프가 살기등등하게 마스터에게 다가왔다.

"야, 보빌! 또 내 요리에 프로틴을 넣었냐? 손님한테 못 내놓잖아!"

"무슨 소리. 요리에 프로틴은 최고의 조미료가 아닌가? 프로틴은 무한한 가능성을 가졌어."

"웃기지 마! 전에 그 일 때문에 손님이 뚝 끊겼잖아! 네 취미 생활을 손님한테 강요하지 말란 말이다!"

아마 이 드워프가 주방장인가 보다.

그는 말 그대로 다 된 밥에 재를 뿌렸다며 노발대발했다.

"애당초 요리의 요 자도 모르는 자식이 왜 요식업을 해! 넌 그냥 잠자코 카운터에서 컵이나 닦아!"

"흥! 나도 요리 정도는 할 줄 알아. 너야말로 다른 식당에서 잘린 걸 거둬줬으면 고마운 줄 알아야지. 여관 경영 방침에 참견하지 마!"

"네 요리는 전부 프로틴으로 맛을 내니까 하는 소리다! 그리고 주방에서 운동하지 마! 네 땀이 튄 걸 손님에게 어떻게 줘!"

"뭐? 내 아름다운 땀이 더럽다는 소리냐?! 빛나는 땀과 프로틴은 최고의 조미료잖아!"

"헛소리 작작 해! 이러다가 진짜 영업 정지 처분 먹어! 너, 요식업이 우습냐?!"

"용병은 몸이 재산이다! 몸을 단련해서 나쁠 게 뭐가 있지? 너야말로 헛소리 작작 해라!"

마스터와 드워프 주방장은 기어코 서로의 멱살을 붙잡으며 싸움판을 벌였다.

그러더니 「밖으로 나와, 그 골 빈 머리를 깨 버릴 테니까!」, 「오냐! 내 친히 근육의 아름다움을 알려주마. 각오해라!」라고 실랑이 하며 밖으로 나갔다.

곧 밖에서 살벌하게 치고받는 소리와 함께 차마 들어주기 힘든 욕설이 들려왔다.

""나, 지금 굉장히 무서운 상상을 했어……!""

이 세상에는 모르는 편이 나은 무시무시한 진실이 존재한다.

"저기, 제로스 씨. 방금 마스터가 『주방에서 운동했다』고 안 했어?"

"했지. 그렇다면 이 괴상한 음식에도…… 프로틴 만이 아니라 마스터의……."

제로스와 아도는 식은땀을 흘리며 가게에 있는 손님들을 돌아봤다.

그들은 아무렇지 않게 술과 음식을 즐기고 있지만, 방금 들은 말이 사실이라면 굉장히 위험한 상황이었다. 특히 위생 상태가…….

아마 이게 일상이기 때문에 동요하고 있지 않겠지만, 처음 듣는 사람은 절대로 기분이 좋을 리 없는 이야기였다.

앞으로 다시는 안 온다고 다짐하며 한숨을 쉰 제로스는 인벤토리에서 베이컨을 꺼내 그릇 위에 얇게 잘랐다.

"이거나 먹자. 이 여관 요리는 못 믿겠어……."

"이 베이컨은 무슨 고기야? 고기가 이상하게 큼직한데."

"와이번. 대산림 지대에서 한 일곱 마리 잡았거든. 고기가 남아서 생햄으로 만들었지. 장기 보관도 가능해. 필요하면 나눠줄까?"

"정말로?! 주면 고맙지! 이사라스 왕국에서는 가뜩이나 고기 구경하기도 힘들었는데 와이번이면 최고급 고기잖아! 나도 먹어 보고 싶었어."

그렇게 정보 공유가 재개됐다.

아도는 군사 기밀인 위험한 애뮬릿 이야기는 숨겼고, 제로스도【에어 라이더】를 슬쩍한 사실은 비밀로 했다. 둘 다 들키면 범죄니까.

두 사람 다 불편한 진실은 묻어두고 뻔뻔하게 대화를 이어갔다.

“흐음…… 대산림 지대에서【에어 라이더】의 부품을 구했다고? 나도 한 번 가볼까?”

“아서라. 거긴【소드 앤 소서리스】의 필드보다 험난해. 너는 몰라도 네 동료들은 하루도 못 버틸걸? 다음 날에는 마물 배 속에 있을지도 몰라.”

“정말? 얼마나 위험하길래……. 그건 그렇고,【이더 란테】가 있을 줄은 몰랐어.”

“그건 나도 놀랐어. 하지만 덕분에 확신이 섰지.”

“【소드 앤 소서리스】가 이 세상을 바탕으로 만들어졌다는 거? 하지만 왜? 4신이 용사를 소환한 목적이 이 세계의 문명 수준을 높이기 위해서라고 가정하더라도, 다른 세계의 신들에게는 무슨 목적이 있는지 모르잖아.”

“의외로 인간이랑 놀고 싶었던 게 아닐까? 오랫동안 세계를 관리하느라 지루했던 거야.”

“보고 있기만 하면 심심할 만도 해. 완전히 라이트 노벨에서나 나올만한 신이잖아?”

아도는 더 깊은 이유가 있을 것이라고 생각했겠지만, 제로스는 그렇게 심각하게 생각하지 않았다.

대략적인 사정을 알기 때문이기도 하고 신이란 원래 인간의 상식으로 헤아릴 수 없는 존재이기에, 그들의 생각을 분석하는 것은 무의미했다.

세상을 주무르며 데스 게임을 벌이지 않는 것만으로도 다행이라고 생각했다.

"문제는……."

"우리가 전생자가 아니라 전이자라는 가능성? 그럼 우리 세계 신들이 4신을 속였다는 뜻인데, 뭣 때문에?"

"추측은 돼. 무단으로 용사 소환을 해대서 뚜껑 열린 거지."

원래 세계의 신들이 4신을 속인 이유.

부활한 사신과 대화한 결과, 용사 소환 의식은 언젠가 다른 세계까지 영향을 주는 차원 붕괴를 일으키는 위험한 행위이며 4신이 그것을 인간들에게 종용했다는 사실이 판명됐다.

그리고 주변 차원의 신들은 자신의 관할 구역에 있는 사람들을 납치당한 셈이었다.

관리자는 세계를 조작해 소환당한 사실을 은폐하거나 역사를 바꿔 쓰는 등 뒤처리에 쫓기지 않았을까, 하고 제로스는 추측했다.

심지어 허가도 없이 남이 관리하는 세계에 지속적으로 간섭했으면 아무리 관대한 신이라도 결국 폭발할 만했다.

하지만 여기서 사신의 부활을 알릴 수는 없었다.

이건 비장의 수단. 아직은 꺼낼 수 없는 중요한 카드니까.

"제로스 씨, 어떻게 하면 사신이 부활할까?"

"응? 사신? ……글쎄? 그건 왜?"

"4신을 실추시키려면 사신이 꼭 필요하다고 봐. 그것들은 그냥 대행신일 테니까. 제로스 씨라면 이미 조사했을 줄 알았는데."

"너는 나를 과대평가하는 경향이 있어. 뭐, 조사를 하긴 했지……. 아마 소생한 사신을 이쪽으로 돌려보내는 게 목적이고, 우리는 4신의 눈을 돌리기 위한 연막이라고 생각해."

"그렇군……. 그럼 제로스 씨한테는 사신과 관련된 물건이 없다는 소리네? 우리 중 누군가에게 단서를 줬을 줄 알았는데."

"재료 아이템은 있지만 저주 아이템이야. 가지고만 있어도 상태 이상에 걸리는 그런 거……. 세상에 내놓기에는 너무 위험해."

"정말? 우리가 감당하기 어려우려나……."

지금 사신의 존재를 알렸다가 다른 사람들에게 정보가 누설되면 아직 육신이 불안정한 사신이 위험하다. 사소한 위험이라도 간과할 수는 없었다.

4신에게 대항할 힘이 돌아오지 않은 지금은 아무리 아도에게라도 정보를 알리면 안 된다. 적을 속이려면 아군부터 속이라고 했다.

"사신 아이템을 정화하려면 【섬멸자】가 전부 모여도 힘들어. 독기가 보통 강해야 말이지. 여기서 꺼내면…… 최소 몇 명은 죽어."

"와, 방사능 수준으로 위험하잖아……. 살벌하게 위험하네!"

"나도 몇 번이고 정화해서 겨우 오염을 씻어냈어. 일반인들이 죽어 나가는 꼴 보기 싫으면 봉인하는 게 답이야."

"그럼 다음 과제는 그 나라인가……. 4신 녀석들이 과연 나올까?"

"아니. 4신은 무책임해. 인간이 얼마나 죽어도 신경도 안 쓸 거야."

"역시……. 그것들 생각할수록 열 받네."

"나도……."

제로스와 아도의 의견은 일치했지만, 서로 협력하고 있는 나라가 달라서 문제였다.

갓 부활한 사신을 보호하기 위해서 제로스는 일부러 진실 섞인 거짓말을 해야 했다.

이렇게 신빙성을 높이면서 사신의 부활 이야기는 어물쩍 넘겼다.

"그나저나 이 베이컨…… 엄청 맛있는데? 정말 너무 맛있어…… 정말로……."

"왜 울어? 방금 자른 거라도 줄까? 나는 아직 더 있으니까 괜찮아."

"와우, 제로스 씨 통 크네! 덕분에 당분간 고기 맛 좀 보겠어."

"너희 대체 얼마나 고기에 굶주린 거야?"

"이사라스 왕국은…… 가축이 적어. 가끔 로크가 출몰하지만, 소재는 쓸 만해도 고기가 맛이 없고……. 하하하. 크흑……."

정말로 눈물을 머금고 베이컨을 씹는 아도를 보자고 있자니 제로스도 왠지 눈물이 멈추지 않았다.

성격은 달라도 식생활의 고통은 이해하기 때문이었다.

고기냐 감자냐의 차이가 있을 뿐, 식생활의 고통을 공유하는 사이였다.

아니, 아직도 고통에서 벗어나지 못한 아도가 더 비참하다고 봐야 할까?

이사라스 왕국의 생활환경은 제로스가 생각하는 이상으로 심각할지도 몰랐다.

"크…… 내가 선심 쓴다. 와이번 생햄도 줄게. 두 사람한테도 나눠줘."

“뭐야, 이 크기?! 다리살이 이렇게 커?! 이게 전부 햄이라니, 윽, 무거워?!”

“마음껏 먹으렴……. 소시지는 집에 있어서 못 주지만…….”

“제로스 씨, 이세계 적응력 너무 좋은 거 아니야?! 평생 형님으로 모시겠습니다!”

이날, 아도는 이 세계에서 필요한 것은【스킬】이 아니라 환경 적응력이라고 배웠다.

리사와 샤크티에게도【조리】스킬은 있지만, 맛은 평범했다. 스킬 레벨이 높아도 현실에서 그 스킬을 살릴수 있는 경험이 없는 탓이었다.

자기 몸통만 한 햄을 끌어안은 아도는 더없이 행복해 보였다.

그리고 이튿날 아침—.

“마시써, 고기 마시써어…… 훌쩍.”

“생햄에 스크램블 에그…… 게다가 폭신폭신한 빵. 정말 호화로운 식탁이야…….”

“이게 정상적인 식사지……. 헤헤헤, 이 세계 고기는 맛이 없었는데. 눈물이…… 헤헤헤, 맛있어.”

세 사람은 제로스가 휴대용 화로로 간단히 만든 요리를 울면서 먹었다.

지금까지 그들이 어떤 음식을 먹고 살았는지 궁금할 따름이었다.

확실한 점은 이세계의 음식문화는 일본인 입에 안 맞는다는 것이었다.

현대의 젊은이에게는 눈물 나게 괴로운 현실이었다.

제1화 방어전 참전 전편

“……시골에서 먹은 고기는 비렸어.”

“그거, 피를 안 빼서 그런 거 아닐까요?”

“빵은 딱딱하고, 육포는 맛이 너무 강하고 질겨서 턱이 아팠어요.”

“현대인은 턱이 약하니까요.”

“구운 고기도 맛이 이상하고 고기 특유의 감칠맛이 안 나. 아마 숙성이란 개념을 모르나 봐.”

“아, 그건 공감돼. 가끔 밖에서 사 먹는데 맛있는 가게와 맛없는 가게의 차이가 극명하더라.”

오랜만에 만족스러운 식사를 한 아도 일행은 기분이 아주 좋았다.

외국에 나가면 자주 느끼는 음식 문화의 차이는 실제로 심각한 문제였다.

짧은 여행이라면 상관없지만, 연 단위가 되면 생지옥이 따로 없다.

심지어 이곳은 이세계, 음식 문화가 크게 뒤떨어졌고 위생 관리도 엉망이었다.

식중독은 일상다반사이고, 식품 품질 관리나 향상에는 돈이 든다. 실제로 시행하려면 국가 규모로 사업을 벌여야 한다.

귀족은 영지를 관리하지만, 이런 사업을 벌이는 사람은 거의 없다. 애초에 사업을 잘 알지 못했고 지식도 정보도 없이 시작해 봤자 실패할 것이 뻔하기 때문이었다.

하지만 델사시스 공작은 작은 사업부터 시작해 착실히 공적과 경험을 쌓았고, 가능한 모든 것을 투입해 대사업을 성공시켰다.

기회를 잡았을 때 거금을 들여 확실하게 이익을 올리는 것이 그의 방식이었다.

그런 델사시스와 공동 사업을 하거나 업무 제휴를 맺은 귀족은 영지가 제법 발전했다.

스라이스트 성곽 도시도 그중 하나였다.

"……거기랑 비교하면 내가 사는 곳은 비교적 식생활이 안정적이구만."

"갈아타고 싶다……. 유이도 이 나라에 있다고 하니까 큰맘 먹고……."

"그러자, 아도 씨! 국가끼리 동맹도 맺었으니까 이제 일선에서 물러나서 솔리스테어로 이주해도 되겠네!"

"맛있는 식사, 뛰어난 경제력, 안정적인 통치…… 마도사로 일하는 것도 나쁘지 않겠어."

"이사라스 왕국에서 국빈으로 우대한다면서요? 알려지면 안 될 정보를 가졌으니 자객을 보내지 않을까요?"

""""자객?!""""

아도는 왕국군과 협력해 여러 작전을 수행했고, 임시라지만 왕실의 고문관이기도 했다. 리사와 샤크티도 마법약 유통에 공헌한 바 있었다.

그 효과는 미미했으나 이사라스 왕국으로서는 놓치고 싶지 않은 인재였다. 타국에 빼앗길 바에는 처리하는 편이 좋다고 생각하리라.

무엇보다 국왕이 소심해서 유난히 아도에게 의존하는 경향도 있었다.

"……그 국왕이라면 울면서 매달리겠지."

"나도 약초 재배법을 알려줬고 연구 부서에서 급료도 받아."

"나도 국민 생활 여건 개선으로 이것저것……. 방한 의복을 만들거나 식량 보존을 위한 얼음 창고를 만들거나 했지."

"저는 가정교사를 했을 뿐인데 말이죠~. 지금은 관두고 농사나 지으면서 아르바이트로 공사나 돕고 있습니다. 그리고 가끔 용병 일도……. 편하다구요?."

""""치, 치사해…….""""

"처음부터 말했어야죠. 국가를 위해서 일할 생각은 없다고. 저는 제일 먼저 선을 그었습니다."

아도 일행은 왕실과 기간제로 계약한 고문 마도사였다. 경우에 따라서는 군부에 간섭하는 권한까지도 있었다.

【소드 앤 소서리스】에서 가져온 초인적 능력은 문명이 발달하기 못한 이 세계에서 어마어마한 가치를 가졌다. 우수한 제자라도 육성해주지 않는 한, 무슨 수를 써서라도 붙잡아 두려고 할 것이다.

"그러는 제로스 씨는 왜 기사단 대장이랑 아는 사이야?"

"전에 제자랑 같이 대산림 지대에 갔거든. 그 애의 호위에 동행했을 뿐이야."

"그쪽도 공작이라면서? 제로스 씨를 가만히 놔줄 리가 없을 텐데……."

"적으로 돌아서지 않게 적당한 보수를 주면서 이용하려고 해. 강제로 사람을 움직이는 타입은 아니야. 한마디로 비즈니스 관계지, 비즈니스."

“어떻게 보면 이해력이 굉장히 뛰어난 사람이네. 적으로 돌아서면 무섭겠어.”

“내 생각도 그래. 힘으로 붙잡아 두려는 사람이 아니니 생각을 읽기 힘들어.”

“공작이지만 본질은 타고난 사업가예요. 서로의 이익을 위해서 협력하는 사이니까 무리한 부탁은 절대로 하지 않죠. 사업을 넘어선 일이라면 솔직하게 머리를 숙이고요.”

제로스는 델사시스 공작이 필요할 때에는 진심으로 고개를 숙이는 사람인 것을 안다.

그래도 아직까지 그런 일이 없었다는 것은 제로스를 비즈니스 파트너로 보고 있다는 뜻이었다.

이익에 대한 합당한 보수를 보장하는 인물이기에 실제로 제로스에게는 다 쓰지도 못할 정도의 거금이 쌓여 있었다.

“제로스 씨, 진짜 대단하네……. 그런 거물이랑 어떻게 거래를 하지?”

“나는 회사 생활을 할 때 계약문제 때문에 외국을 자주 돌아다녔으니까. 귀국하면 또 지옥 같은 정기 업무. 지금 생각하면 블랙 기업이었어.”

“그 블랙 기업의 첨병 아니셨어요?”

“후후후, 리사 씨……. 제 입으로는 블랙 기업이라고 했지만, 사실 회사 운영은 충분히 투명했습니다. 개발 소프트 납기일까지 사람을 갈아 넣을 뿐이었죠……. 그건 지옥이었어요, 아비규환 지옥……. 철야 작업을 며칠이나 했었지?”

"보통 소송 걸지 않아요? 그런 회사에서 용케 일하셨네요."

"리사 씨, 사회에서는 때로 불합리한 일도 있는 법입니다……. 그 망할 부장 놈이 가뜩이나 힘든 상황인데도 해외 출장을 잡는다니까요? 현장이 얼마나 개판인지도 모르고 도장만 찍는 거죠. 우리 의견도 안 듣고 자기 멋대로!"

"""와아, 힘든 곳에서 일했네……. 사회인 대단해……."""

그래도 보람은 있어서 일은 계속했다.

누나가 저지른 범죄 때문에 잘리기 전에는 임원 후보 명단에도 이름이 오를 정도였다.

그랬던 사람이 한적한 농촌에서 슬로 라이프. 극적인 차이였다.

하지만 돈 냄새가 나는 곳에는 언제나 하이에나가 몰려든다. 예전 회사에서도 하이에나들을 막기 위해 2중, 3중으로 손을 썼지만, 이세계에 오면서 그 노력이 모두 허사가 됐다.

그렇게 지구에서의 추억을 나누던 네 사람은 어느새 용병 길드에 도착했다.

이 도시의 현재 상황을 알기 위해서는 용병 길드가 가장 좋다고 생각해서였다.

"알레프 씨는 어디 계시지?"

길드에는 임시 대책 본부가 설치됐고, 그곳에는 알레프와 길드 마스터 돈사크, 그리고 차림새가 말쑥한 남성 귀족이 있었다.

"알레프 씨, 현재 상황은 어떤가요?"

"아, 제로스 공…… 솔직히 말해서 안 좋습니다. 북문에서는 이미 전투가 시작됐는데 마물의 수가 계속 늘어나는 추세입니다."

"빠르네요. 기브리온의 속도로 보아 일주일은 걸릴 거라고 생각했는데, 여파로 전투가 앞당겨졌나 보군요……."

"맞습니다. 하지만 이스톨 마법 학교의 학생이 제안한 전술이 제법 잘 통하고 있습니다. 범위 마법으로 마물을 해치우고 그 시체를 미끼로 진군을 늦추는 방법이죠."

"이스톨 마법 학교? 학생이 전술을 짜요?"

"이겁니다. 보시겠습니까?"

건네받은 서류의 표지에는【성곽 도시 방어 전술 구상안 제7항 ~먹이가 없으면 마물을 먹이면 되잖아~】라고 적혀 있었다.

전술 구상안의 내용을 간추리면, 폭주한 마물은 대부분 굶주린 상태로 이동하므로 마물의 선봉대를 범위 마법으로 해치우면 뒤따라오는 마물들이 그 시체를 먹으러 몰려들어 효율적으로 처치할 수 있다는 것이었다.

먹이를 먹는 마물들이 길을 틀어막으면 후방에서 밀려드는 마물의 이동도 더뎌진다.

읽기 쉽게 요점을 잘 정리한 구상안이지만, 부제는 이상하게 대충 지었다.

이 작전에는 마도사가 일정 수 필요한데, 다행히 마도사단의 구조 개혁으로 중대 규모의 마도사단이 이곳에 주둔하고 있었다. 운이 좋았다.

"새벽부터 이 작전을 실행해 봤는데 의외로 효과가 있습니다. 다만, 갈색 바퀴와 킹 바퀴가 예상보다 많은 게 문제군요."

"벌써 여기까지 출몰하나요?"

"네. 그래서 마도사들이 쉬지 않고 일하고 있습니다. 잔뜩 흥분한 상태더군요."

"그렇지만 문제도 있다네."

갑자기 돈사크 옹이 입을 열었다.

옆에는 이름도 모르는 창백한 낯빛의 귀족도 있었지만, 일단 길드 마스터의 이야기에 귀를 기울였다.

"문제요?"

"그래……. 마도사들의 격이 너무 빨리 올라서 일시적으로 전선에서 물러난다는 걸세."

"아~, 그런 말인가요?"

이 세계의 기사와 마도사는 레벨이 낮았다.

대규모 전투에서 범위 마법으로 마물들을 떼로 해치우면 당연히 레벨이 오른다. 급격한 레벨업은 마도사들에게 부담을 주며 육체 변화에 적응하는 동안은 전선에 나갈 수 없다.

만약 레벨 업 속도를 버티지 못하고 기절해서 한 명이라도 빠진다면 다른 마도사가 그만큼 부담을 떠안게 된다.

기절한 이들이 복귀하려면 시간이 제법 소모되기 때문이다.

"그렇군요. 그럼 우리도 참가하겠습니다. 크레스톤 전 공작 각하의 의뢰니까요. 아차, 늦었지만 여기 소개장입니다."

"흠…… 아니, S랭크 마도사?!"

"아뇨, 전에는 마도사였지만 지금은 농부입니다. 그보다 북문이 문제네요. 지금이라도 가야겠어요."

소개장에는 제로스가 공작가의 의뢰를 받은 마도사이며, 독자적 판단으로 행동해도 된다고 적혀 있었다. 그러니까 군대의 명령에 따를 필요는 없었다.

한편, 옆에 있던 귀족 남성은 S랭크 마도사의 존재 자체에 충격을 받은 듯했다.

"아아, 크레스톤 공작 각하, 이런 귀중한 병력을 보내주시다니…… 감사합니다."

귀족 남성은 신에게 기도하듯 손을 모으고 이곳에 없는 크레스톤에게 감사했다. 모르는 사람 눈에는 머리가 좀 이상한 사람처럼 보였다.

"이분은 누구시죠?"

"이분은 스라이스트 성곽 도시를 다스리는 【노혼 남작님】일세. 쉽게 말하면 집정관이지."

"그렇군요. 뭐, 누구든 상관은 없지만……. 저는 이 틈에 수를 줄여 놓겠습니다. 적은 【그레이트 기브리온】이니까요."

"앗, 일단 접수처에 등록해주게. 보수 배분에도 참고해야 해."

"알겠습니다. 그럼 아도 군…… 전쟁의 시간이야. 시원하게 날려 버리자고."

제로스는 묘하게 들떠 보였다. 뒤에서 지켜보던 아도는 살짝 식은땀이 나는 기분이었다.

"저기, 제로스 씨? 힘 조절은 얼마나 하면 돼? 생각 없이 쏘면 지형이 변할 텐데……."

"필요없어. 무슨 힘 조절이야? 하나도 남김없이 소탕할 때까지 쏴야지. 스탬피드는 선두 집단을 따라서 여기로 올 거야. 그 무리

를 모조리 쓸어버려. 뒤쪽에도 손님이 많으니까 빨리 빨리 해치워야지 않겠어?"

"와아, 해맑게 웃는 것 봐……. 이 아저씨, 스트레스 많이 쌓이셨나?"

"비상 상황이잖아. 지형이나 걱정할 때가 아니지. 어차피 산천이 전부 마물로 뒤덮일 텐데 뭘~."

아도는 알아차리지 못했다.

자신이 함께 있어서 아저씨가【소드 앤 소서리스】시절의 기분으로 돌아간 것을…….

가능한 한 피해를 줄이려하던 상식적인 제로스가 아도와 재회하면서【섬멸자】로 변모해 버렸다.

이렇게 된 제로스는 아무도 못 말린다.

마물들의 비극이 시작된 것이다.

제2화 아저씨, 가벼운 마음으로 방어전에 참가하다

【스탬피드】. 그것은 야생 동물이 일으키는 일종의 자연재해다.

특정 종족이 일정 개체 수를 넘거나, 한 지역을 세력권으로 삼은 대형 종족이 사라졌을 때 발생한다.

그와는 별개로 던전에서 발생하는 특수 사례도 있지만, 주로 개체 수가 늘어난 마물이 대이동을 개시하고 약한 마물이 도망치면서 규모가 확대된다.

이번 스라이스트 요새를 포함한 리바르트 변경백령의 상황만 놓고 보면 자연재해처럼 보이지만, 【그레이트 기브리온】의 동향은 부자연스러운 점이 있다.

"그 마물은 직진밖에 모르지 않던가? 보통은 메티스 성법 신국을 가로지를 텐데……. 제로스 씨, 어떻게 생각해?"

"음…… 그 부분이 이해가 안 돼. 사실 이 도시로 오는 도중에 마물 무리에게 둘러싸인 마을을 발견했는데, 무슨 영문인지 마물이 마을을 덮치지 않더라고. 마치 피해 가는 것처럼. 그건 아마도……."

"【마피향】인가? 하지만 그거 재료값이 꽤 비쌀 텐데……?"

"너도 그렇게 생각하지? 작은 마을이 준비할 수 있는 물건이 아니야. 자본력이 받쳐주지 않으면 사지도 못해."

"그럼 어느 국가…… 설마 메티스 성법 신국의 테러?!"

"그거 말고는 앞뒤가 안 맞지. 그쪽이 스라이스트보다 먼저 침공당했고, 그 마을도 의도적으로 마물을 끌어들여서 고립시켰다고 봐야 해."

메티스 성법 신국이 마도사의 나라인 솔리스테어 마법 왕국에 테러를 벌이는 이유는 알 만했다.

신관과 마도사는 사이가 나빠서 국가 단위로 대립하는 것은 이 세계의 사람이라면 다 아는 상식이었다.

【마피향】과 【사향수】를 이용해 초대형 마물 【그레이트 기브리온】을 적국에 떠넘기면 『신에게 거역하는 나라는 천벌을 받는다』라는 기적을 연출할 수 있다.

하지만 마피향과 사향수는 냄새로 판별 가능하고, 비라도 오지 않으면 냄새가 쉽게 지워지지도 않는다.

들키면 역공을 당할 수 있는 위험한 도박이었다. 이런 돌발적 상황에 쓰기에는 너무 어설픈 작전으로 보였다.

"음…… 그 마을에서 무슨 수작이라도 부리나?"

"단순히 범인들이 숨어 있는 거 아니야? 자기네도 스탬피드에 말려들기는 싫을 테니까."

"아~ 그럴 수도 있겠네. 나중에 확인하러 가 볼까?"

일행은 돌계단을 타고 도시를 지키는 성벽으로 올라갔다.

25미터 가까이 되는 성벽 아래에는 수많은 마물과 그 시체에 몰려든 육식동물, 그리고 바퀴벌레가 득실댔다.

바퀴벌레는 숫자만 따지자면 극히 일부였다. 전체 규모에 비하면 굶어 죽은 마물은 빙산의 일각에 지나지 않았다.

힘 자체는 별 볼 일 없는 하위종이지만, 문제는 물량이었다. 본대는 아직 보이지도 않았기에 현재 나타난 것은 단지 선봉대일 가능성이 컸다.

"……아니면 배고파서 먼저 달려왔을 가능성도 있지."

"우웩…… 실제 레이드는 이런 느낌이구나. 진짜 싫어."

"피 냄새가…… 웁! 역겨워……."

"뭐, 이게 현실이지. 게임처럼 죽은 마물이 저절로 사라지지 않아."

"생각해보면 마물을 대량으로 죽이니까 당연히 어마어마한 피가 흐르겠죠. 사람 시체는 아니지만, 냄새 때문에 속이……."

속이 울렁거릴 정도로 짙은 피 냄새가 평원 일대를 가득 메웠다.

드문드문 보이는 수풀에도 마물이 몰려들어 서로의 살을 물어뜯고 있었다.

밀집한 마물에게 마법을 날릴수록 지옥은 더 넓어져 갔다. 처참하기 짝이 없는 광경은 솔직히 제정신으로는 버티기 어려웠다.

이곳이 전쟁터라고 다시 한 번 실감했다.

"키헤헤헤! 뒈져라, 마물들아!"

"오른다, 격이 오른다~♪ 이히히히히히!"

"우헤헤헤, 불타라~♪ 꺄하하하하하하하!"

""""""……. """"""

그런 지옥 같은 참상을 만들고 있는 마도사단의 마도사들은 굉장히 기분이 좋아 보였다.

얼핏 보면 착란 증상에 빠진 것 같지만, 마도사 한 명이 작은 병을 들이키는 것을 보고 그들이 취했다는 것을 깨달았다.

"제로스 씨…… 저 인간들 취한거 아니야?"

"거나하게 취하셨네~. 아마 【마나 리큐르 포션】을 많이 마셔서 그러겠지. 저거, 사실 알코올이 들었거든."

그 말을 듣고 리사와 샤크티가 의문을 제기했다.

"그럼 전쟁터에서 술을 마시는 거잖아요? 저래도 돼요? 직무 태만 아니에요?"

"그래도 리큐르 포션은 회복약이야. 취할 정도는 아닐…… 아, 바닥에 쌓인 병들……. 저렇게 마셔도 되나?"

성벽 바닥에 포션 병이 나뒹굴었다.

적정량만 마시지 않았다는 것을 여실히 보여주는 양이었다.

아무리 도수가 약해도 많이 마시면 알코올이 축적된다. 【스탬피드】 방어 현장에서 마실 포션은 아니었다.

오히려 과음으로 건강에 해롭지 않을지 걱정됐다.

"야, 야! 어딜 노리는 거야~? 엄청 못 쏘네~♪"

"닥쳐! 두고 봐~, 내가 지금 당장 저것들을 전부 죽여 버릴 거야~. 【어스 그레이브】!"

"얼레리~? 너 왜 세 명이나 있어~? 형제야~?"

'현장에 배급하는 회복약의 양을 제한하지 않았나? 죄다 취했잖아……. 이 도시, 이래도 괜찮을까?'

아저씨의 마음에 일말의 불안이 스쳤다.

아도 파티도 같은 생각인지 모두 머리가 아픈 표정이었다.

게임에서 자주 쓰던 아이템이라도 실제로 사용했을 때 문제가 있었다. 이런 전쟁터에서 복용할 때는 주의 권고가 필요해 보였다.

"제로스 공, 이제 공격에 가세해 주시면 좋겠는데요……. 저 사람들은 마법 위력이 강하지 않은 데다가 지금 저 모양인지라……."

발리스타 화살을 옮기던 알레프와 기사들은 성벽 위의 참상을 보며 씁쓸하게 웃었다.

『흥분 상태』라는 말은 들었지만, 이래서는 전투에 방해가 된다.

하지만 섣불리 성벽에서 내려오라고 한다면 취기 때문에 반발할 위험이 있었다.

주정뱅이는 객기를 부리기 마련이었다.

"알레프 씨…… 보통 리큐르 포션은 피하지 않나요? 마도사가 다들 취했는데요……?"

“설마 배급되는 포션이 리큐르 포션일 줄은 저도 몰랐습니다. 사용 기한이 임박한 회복약부터 나눠준 모양인데 이렇게 될 줄은 몰랐군요.”

“하다못해 다른 포션도 균등하게 나눠야지, 왜 마나 리큐르 포션만 대량으로 가지고 왔어요? 저 나무 상자 대부분이 그거잖아요.”

“이 도시의 집정관한테 따지십시오. 우리가 작전에 참가했을 때는 이미 취해 있었으니까요.”

『『『『전쟁터 좋은 곳~, 한 번은 오세요~[#1]. 얼쑤~! 뭐, 여자들은 딱히 예쁘지도 않지만!』』』』

『『『뭐라고오~?! 지금 시비 거는 거야? 너희 죽고 싶어? 싸우고 싶으면 덤벼!』』』

마도사들은 이내 남녀로 나뉘어 패싸움을 시작했다.

술판이 벌어진 동네잔치 같은 풍경이었다.

“무슨 술이나 온천 여관 광고[#2] 같네…….”

“저만큼 취하면 천국에서도 돌아오겠어[#3]. 그나저나 저 상태로 싸울 수나 있나?”

“저 사람들, 전투 중이란 것도 잊은 거 아니야? 그건 그렇고…… 【마나 리큐르 포션】에는 과음 주의 라벨을 붙여야겠네요.”

어이가 없어서 말도 안 나올 정도의 술판이었다. 참고로 난투전은 여자팀이 우세였다.

이런 유쾌하고 비상식적인 전쟁터가 또 있을까.

#1 전쟁터 좋은 곳~, 한 번은 오세요~ 노래 『돌아온 주정뱅이』의 가사. 「술맛은 좋고 누나들은 이쁘네.」로 이어진다. 민요 『구사쓰부시』를 개사한 소절이기도 하다.

#2 온천 여관 광고 민요 『구사쓰부시』는 구사쓰 지역의 온천 여관 광고로도 유명하다.

#3 천국에서도 돌아오겠어 노래 『돌아온 주정뱅이』의 내용. 천국에서 술을 너무 마셔서 쫓겨난다.

옷 벗고 춤추는 사람이 없는 것만 해도 다행으로 생각해야겠다.

"그럼 저 인간들 술 깨는 거나 도와줄까? 제로스 씨, 무슨 마법을 쓸까?"

"폭발 계열은 피해가 크니까 빙결 계열로 얼릴까? 뒤처리할 때 태우면 되겠지."

"오케이. 그럼 하나, 둘~."

""【코퀴토스】!""

아도와 제로스가 동시에 발동한 빙결 마법【코퀴토스】.

분류상으로는 단순한 범위 마법이지만, 두 괴물 같은 마도사들이 쓴다면 광대한 평원마저 동토(凍土)로 바꿔 버린다.

마물들은 순식간에 얼어붙어 부서지고, 공기 중의 수분이 얼어 다이아몬드 더스트 현상이 일어나면서 온 세상이 새하얗게 물들었다.

"오? 아직 남아있는 마물이 있네."

"근데 제로스 씨, 이거 얼리면 냄새가 더 심해지지 않을까? 부서진 파편도 일단 고기잖아."

동료 의식이 없는 마물들은 그저 본능에 따라 도망치기 위해서 무작정 전진해왔다.

얼어붙은 땅에서도 거리낌 없이, 동상조차 개의치 않고 필사적으로 달려들었다.

본능에서 오는 공포와 위기감이 마물들을 돌진밖에 모르는 존재로 바꾼 것이다. 그만큼【그레이트 기브리온】을 두려워하기 때문이리라.

폭도로 변한 인간이 선악 구분 없이 날뛰는 것과 같은 이치였다.

"리사랑 샤크티도 도와줘. 우리만 공격하면 마력이 금방 빠져. 상위 레벨에서는 마력 회복이 더디니까."

"어쩔 수 없지……. 도와줄게.【아이스 그레이브】!"

"둘만 있어도 금방 정리될 거 같은데…….【어스 그레이브】!"

필사적으로 도망쳐오는 마물들이 성벽에 도달하기 전에 땅에서 솟아오른 얼음창과 흙창에 꿰뚫려 죽었다. 어떻게 보면 제로스와 아도보다도 잔인한 방법이었다.

"이거 참…… 살아남으면 뒤처리가 힘들겠군. 화살은 절약되겠지만……."

"더 쉬운 방법도 있지만, 그러면 이 근처 지형이 바뀔걸? 어이쿠,【블리자드】!"

제로스 일행의 참가로 전황이 일시적으로 호전되자 마음에 여유가 생긴 탓일까? 알레프는 벌써 방어전 후의 뒤처리를 고민하고 있었다.

마물의 소재는 귀중한 수입원이지만, 너무 많으면 물가가 폭락하므로 처분이 어려웠다.

"후하하하하! 봐라, 마물이 쓰레기처럼 널려있구나!"

"아도 씨…… 그 대사[#4]를 여기서 쓰면 안 돼. 실제로도 학살하고 있지만……."

"그래, 듣기 안 좋아. 마물도 생물이고 지금 하고 있는 건 대량 학살이야. 생명을 경시하는 말은 인간으로서 조금……."

"미안……. 하지만 이렇게라도 안 하면 못 배기겠어. 마물에게

#4 그 대사 애니메이션『천공의 섬 라퓨타』의 대사 패러디.

돌파당하면 도시가 지옥으로 변하고 아무리 공격해도 끝이 안 보이잖아.”

마물 무리가 대지를 가득 메우며 몰려들었고 마법 공격으로 공백 지대가 된 곳도 금세 마물로 뒤덮였다. 무한히 솟아나지는 않겠지만, 쉴 시간도 없을 정도로 수가 많았다.

이럴 경우 화살 같은 소모품은 최대한 아끼고 마법으로 공격하는 것이 가장 효율적이었다.

인간들의 전쟁과는 달리 예로부터 마물에게는 마도사의 공격이 유용했다.

마물들은 전략이 없고 일직선으로 달려오기 때문이었다.

“앗…… 기브리즈가 왔네요.”

“““벌써?!”””

지평선 너머에서 검은 군단이 날아들었다.

폭식의 화신이 독특한 날개 소리를 내며 스라이스트 성곽 도시로 급속도로 접근하고 있었다.

그것들은 마치 불구덩이로 날아드는 불나방처럼 절대로 속도를 떨어뜨리지 않았다.

“함정이라도 깔까? 【플레어 마인】.”

“오? 그럼 나도. 【버스트 마인】!”

【플레어 마인】과 【버스트 마인】은 공중이나 지상에 설치하여 마인지대를 통과하는 적을 요격하는 마법이다. 일반적으로 함정이나 방어, 매복에 사용되는 경우가 잦다.

게다가 마법식 개량으로 마법진이 마력으로 돌아가지 않고 일정 시간 공기 중에 떠다닌다.

바람에 날아가면 안 되므로 설치 후 바람 마법으로 일일이 적에게 보내줘야 하지만, 위력은 강력해서 밀집한 적은 고열량의 불길에 휩싸인다.

탁 트인 곳에 설치하면 효과가 상당했다.

—콰아아아아아아아아아아아아아아아아아아아아아앙!

평원에 연쇄적으로 폭음이 울려 퍼졌다.

고속으로 비행하던 바퀴벌레 무리는 느닷없이 무시무시한 폭발에 휘말렸다.

뒤따르던 바퀴벌레도 갑작스러운 폭발과 고열의 불길에 휘말려 지상으로 추락했다.

바퀴벌레의 날개는 불에 약해서 공중은 아주 좋은 사냥터였다.

"징그러워~, 저렇게 많아? 저건 우리만으로는 감당이 안 돼!"

"응……. 제로스 씨나 아도 씨랑 달리 우리는 평범하니까……."

"지상 방어가 허술해지겠어."

"그러게~. 마도사단 여러분은 뭘 하시나~?"

눈길을 돌려 마도사단을 보니 마도사단의 마도사들은 얼빠진 얼굴들을 하고 있었다.

제로스 일행의 마법이 너무나도 강력해서 지금까지 엘리트라고 으스대던 그들의 콧대가 꺾여 버린 것이다. 처음으로 격이 다른 마도사를 눈앞에서 봤으니 놀랄 만도 했다.

압도적인 실력 차이에 놀라서 술기운도 싹 날아갔다.

"마, 말도 안 돼……. 어떻게 저런 위력이……."

“왜 저런 마도사가 용병 일이나 하는 거지……? 궁정 마도사도 저렇게 강하지는 않아!”

“무명 마도사 중에 저런 인간이 있다면 지금까지 우리가 했던 일은 대체…….”

마도사단 소속 마도사들은 대부분 귀족이나 유복한 상인 집안 출신이었다.

당연히 고명한 마도사를 가정교사로 고용하거나 그들의 제자로 입문해 현재 지위에 오른 이들이 많았다. 지금까지 그들은 귀족의 특권을 등에 업고, 맨땅에서 자력으로 마도사가 된 이들을 깔보았다.

하지만 그것은 허울 좋은 스펙에 불과했고 자신의 좁은 식견을 스스로 알리는 것이나 다름없었다.

누구에게도 배우지 않고 고위 마도사가 된 사람이 있다면, 우대받는 것은 당연히 강력한 마법을 쓰는 마도사다. 그렇게 된다면 자신들은 설 자리를 잃는다.

마도사단은 지금 벼랑 끝에 몰려 있었다.

하지만 제로스 일행에게는 상관없는 이야기였다.

“조금만 진지하게 해 볼까?”

“오? 제로스 씨, 의욕이 생겼어?”

“저 징그러운 것들을 계속 보기는 싫어. 후딱 태워 버리려고.”

“나도 동감. 【그레이트 기브리온】도 있으니까 한 번에 처치해야 나중에 편하겠지.”

제로스와 아도는 허리에 장비한 나이프를 뽑았다.

이 나이프에는 마법을 미리 저장해 놓는 기능이 있었다.

제작자인 아저씨와 아도는 안에 담긴 마법을 해방하면서 주문도 없이 마법을 쏟아부었다.

""마력 해방, 모든 지연 술식 발동!""

"【호밍 플레어 버스트】×7, 【호밍 파이어 랜스】×10."

"【그래비톤 버스트】×3, 【기가 익스플로드】×4."

""터져라아아아아아아아아아아아아아아아아!""

무수한 유도 마법이 날아가 바퀴벌레 무리를 덮쳤다.

마법을 교묘하게 피한 바퀴도 중력 붕괴 역장과 고열량 폭렬 마법에 잡아먹혔다.

아도가 전방을 공격해 교란하고 제로스가 퇴로를 막아 섬멸한다. 오랜 콤비 플레이로 다져진 팀워크가 날아다니는 바퀴 군단을 날려 버렸다.

한마디로 표현하면 **압도적**인, 무자비한 섬멸 공격이었다.

"이 사람들, 너무 강해. 우리는 땅에 있는 마물을 줄이는 게 고작인데……."

"우리가 있을 필요 있어? 두 사람만 있으면 금방 끝나겠네, 뭐."

"훗…… 이 일대를 크레이터 투성이로 만들 수도 있어. 안 할 거지만."

"너무 강한 힘은 잘못 사용하면 자신도 해한다고 하죠. 그리고 우리끼리 전부 처리하면 다른 사람들이 성장하지 않잖아요?"

바꿔 말하면 스탬피드 자체는 쉽게 진압할 수 있다는 뜻이었다.

그것이 절대로 망언이 아님을 눈앞의 상황이 말해줬다.

리큐르 포션에 취해있던 마도사들은 체면이 말이 아니었다.

“지상의 마물도 줄었군요. 슬슬 우리가 나설 차례인가……. 3소대부터 순서대로 소탕 임무를 개시하라! 이 틈에 마물의 수를 최대한 줄여야 한다!”

알레프가 호령하자 부하들은 명령을 전달하러 흩어졌다.

아래쪽 성문 앞으로 기사와 용병들이 시시각각 모여들었다.

“기사단이 출동하나요? 용병들도 싸우고 싶어서 몸이 근질근질하겠죠.”

“한탕 하기 좋은 기회니까 용병들도 동원했습니다. 식량도 확보해둬야 장기전에 대비할 수 있을 테니까요.”

“장기전…… 식량이라니, 설마 마물?! 해치운 마물을 그대로 식량으로 쓰게요?”

“【빅 보어】나 【자이언트 혼】은 평소에도 식용으로 사냥하는 마물입니다. 피를 잘 빼면 더 맛있죠. 뿔과 가죽도 돈이 되니까 용병들도 의욕이 넘칠 겁니다.”

아무리 스탬피드라 하더라도 마물이 무한정으로 몰려오지는 않는다.

통제되고 있는 집단이 아니기에 마물 무리가 흩어지면 스탬피드는 자연스럽게 사라진다.

문제는 생태계 혼란이며, 강력한 마물이 사라지지 않는 한 각지에서 마물 피해가 증가한다.

그래서 피해를 최소한으로 줄이기 위해 기회가 있을 때 가능한 한 많은 수를 줄여야 했다.

참고로 용병들의 수입도 생각해야 했다. 마물이 줄어든 타이밍에 그들에게 돈 벌 기회를 제공하는 것도 기사의 역할이었다. 방어전에서 용병의 힘을 빌리려면 적어도 숙박비는 벌게 해줘야 했다.

기사는 보호가 임무지만, 용병은 생계유지를 위해 하는 일이므로 전황을 보고 내보낼 필요가 있었다.

그 전황을 판단할 안목이 없으면 지휘관이라 할 수 없었다.

"가자아아아아아아아아! 돈 벌 시간이다!"

""""""""끼얏호오오오오오오오오오오오!""""""""

성곽 도시의 문은 대부분 이중 구조였다.

스라이스트의 내문과 외문 사이에는 검문을 하는 광장이 있었다. 그곳에서 팔랑크스 진형을 짠 랜스 부대가 앞쪽에 대기하고 그 뒤에는 용병들이 줄지어 서서 때를 기다렸다.

천천히 문이 열리고, 랜스 부대가 달려오는 마물에게 창을 내밀고 힘차게 돌격했다.

좌우에서 밀려오는 마물은 마도사단이 처리하고, 마물이 흩어진 틈새로 용병들이 밀고 들어갔다. 학살의 역공이 시작됐다.

"오~, 쉽게 이기겠는데?"

"그럴겁니다. 대산림 지대보다 강한 마물은 없으니까 지금 성벽 가까이 있는 마물 정도는 쉽게 해치우겠지요."

"그렇다는 말은……. 알레프 씨…… 설마 또 그 숲에서 훈련하셨나요?"

"네. 그곳에 사는 마물을 이길 수 없으면 우리는 나라를 지키지 못할 겁니다. 지금은 그곳에서의 경험을 참고해 효율적인 훈련도 병행하고 있죠. 아직 엉성한 부분이 많지만요."

제로스가 잠깐 안 보는 사이 알레프는 호랑이 교관이 되어 있었다.

설마 대산림 지대에서 호되게 당한 기사들이 제 발로 그 위험 지대로 돌아갈 줄은 몰랐다.

어쩐지 기사들이 이상하게 강하고 연대가 잘 이루어진다 싶었다. 그들은 훈련을 통해 독해질 대로 독해져 있었다.

알레프는 그런 기사들의 움직임을 보고 대단히 만족스럽게 고개를 끄덕였다.

"오, 기사들의 진형이 바뀌었어?"

"저건 【봉시진(鋒矢陣)】이야."

"샤크티 씨…… 전술은 또 어디서 배웠어?"

아도 일행이 말하는 것처럼 기사들은 상황에 맞춰 진형을 바꿨다.

지금은 부대를 셋으로 나눠 화살표 모양으로 진형을 짰다.

"【랜스 차지】, 준비이이!"

"""""""【소닉 부스트】!"""""""

바람 속성의 신체 강화 마법 【소닉 부스트】. 【피지컬 부스트】로 신체 강도를 높이고 바람 마법으로 가속해 돌격을 감행한다. 일회용 마법이지만, 창을 내민 중갑 기사들은 순간적으로 전광석화의 총알로 변했다.

창과 방패를 앞세우고 중갑으로 무장한 기사가 마법으로 강화하고 엄청난 가속을 붙여 돌격하면 그 위력이 단순한 랜스 차지와 같을 리 없었다.

떼 지은 마물이 중갑 기사단에 치여 하늘로 튕겨 나갔다.

"……다시 봐도 판타지 세상의 사람들은 무서워. 거의 초인이야."

"레벨에 따라서 한없이 강해지고 흉악한 대형 마물과도 싸워. 정말 상식이 안 통해."

"그래도 제일 비상식적인 건 우리 아니야? 아무 훈련도 안 받고 처음부터 강하잖아."

"대형 마물도 레벨이 높으면 강력하죠. 【극한 돌파】를 하고도 베헤모스나 용왕 클래스는 보통 힘들어요. 종족별로 힘에 대한 일정한 법칙이 있고요."

"……못 이긴다는 말은 안 하시네요, 제로스 씨. 앗, 지금 그 비상식이 신나게 날뛰고 있어."

샤크티가 손가락으로 가리킨 곳에서는 용병 집단이 마물에게 포위당한 채로 분투하고 있었다.

그중 한 명이 마물을 일방적으로 유린하는 모습이 보였다.

"잠깐…… 저 무기는 설마……."

"어디서 봤다 싶었는데, 간테츠 씨가 만든 파일 벙커네."

그곳에는 유난히 덩치 큰 근육질 전사가 거대한 방패인지 건틀릿인지 모를 무기로 마물과 정면에서 맞붙고 있었다.

그 방패에는 엄청나게 두꺼운 말뚝이 달렸다. 때리는 순간 굉음을 내며 튀어나온 말뚝이 무자비하게 마물을 꿰뚫고 터뜨렸다.

"어머? 저 사람 낯익어."

"나도……. 호쿠토구치 프로레슬링[#5]에 있던……."

"【봄버 나이트】잖아……. 설마 저 사람도 【소드 앤 소서리스】를 했어?!"

#5 호쿠토구치 프로레슬링 일본 개그 프로레슬링 단체 『니시구치 프로레슬링』의 패러디.

"맞네요. 닉네임은【마스크드 르네상스】였나? 흉부만 빼고 풀 플레이트 메일을 입은 반라의 격투 기사. 별명은……【베르세르크】. 전에 간테츠 씨랑 같이 무기 제작 의뢰를 받았죠. 소재를 모으느라 여기저기 뛰어다녔어요."

"""기사인데 대검이 아니라 웬 파일 벙커?!"""

"타격이 성격에 맞아서 격투 스킬을 찍었대요. 저 파일 벙커,【버스터 궁니르】를 본 순간 기뻐서 미쳐 날뛰었어요."

"그야 현실에서 프로레슬러였으니 격투가 특기겠지……."

파일 벙커 제작에는 제로스도 관여했으나, 이 무기를 만든 주체는【푸른 섬멸자】인 간테츠였다. 그는 아주 골치 아픈 취향을 가진 것으로도 유명했다.

"간테츠 씨가 만든 무기? 잠깐만! 그럼 설마 저기에도 자폭 장치가……?"

"안타깝지만 없어. 구조상 넣을 공간이 없었대."

"봄버 나이트, 목숨 건졌군. 간테츠 씨는 자폭에 목숨 거는 사람인데……."

"실컷 고민하다가 자폭 장치를 못 넣는다는 사실을 깨달았을 때…… 간테츠 씨, 펑펑 울었어. 그리운 추억이구만."

제로스의 이야기를 듣고 아도는 한순간이지만 안도했다.

그러나 퍼뜩 다른 생각이 들었다.

애초에【섬멸자】가 정상적인 무기를 만들 리 없었다. 저【버스터 궁니르】에도 뭔가 함정이 있을 가능성이 농후했다.

이런 부분에서【섬멸자】는 믿을 수 없는 집단이었다.

"제로스 씨…… 저기에 무슨 추가 효과 없어?"

"아도 군, 예리한걸~?【신체 능력 상승】과【마법 내성 극대】. 그리고 격투를 할 때【전투력 상승】,【전의 고취】,【광전사화】효과가 붙었지. 도와준 사람은 테드였어."

"【테드 데드】…… 그 인간인가. 그래서 봄버 나이트가 저렇게 광전사처럼 날뛰는 건가……."

"그건 저주받은 장비잖아!"

"적을 찾아서 혼자 뛰쳐나갔어. 저러다가 언젠가 죽겠어……."

【녹색 섬멸자】테드 데드.

그는 저주 아이템을 사랑하는 괴짜로, 판타지에 저주받은 장비는 필수라고 주장하는 인물이다. 그가 만든 장비로 불행해진 유저는 그 수를 헤아리기 어려울 정도다.

당장 눈앞에 있는【광전사화】가 적용된 장비도 스킬 레벨에 따라서 사용자가 파멸하고 만다.

"빨리 저 장비를 빼앗지 않으면 봄버 씨가 죽겠어!"

"안 그러는 게 좋을걸? 함부로 빼앗으려고 하면 파일 벙커가 바람구멍을 만들어 줄 거야.【광전사화】스킬 레벨이 높다고 들었으니까."

"레벨이 몇인데 그래? 정신에 얼마나 영향을 주는 거야?"

"글쎄? 그것까지는 나도 잘……. 그 시절 나는 카논의 회복약 재료를 모아주느라 바빴어. 그리고 그 뒤에 일어난 바이오해저드 사건으로 정신도 없었고……. 그 사람은 지금쯤 뭐 하고 있으려나."

정신 나간 유저가 만든 장비는 언제까지고 사람들에게 민폐를 끼치는 위험물이다. 【섬멸자】 중에 정상인은 없었다.

최강의 저주 장비로 제정신이 아닌 플레이어는 움직이는 적이 없어질 때까지 대지를 붉게 물들였다고 한다.

그리고 봄버 나이트는 이 세계에서도 【베르세르크】라는 위명을 떨치게 됐다.

산처럼 쌓인 시체를 배경으로 스라이스트 성곽 도시의 하루는 저물어 갔다.

—우오오오오오오오오오오오오오오오오오오오오오오오오오오오오오!

【광전사】의 포효와 함께—.

 제3화 아저씨는 악독한 짓을 하고 있다

【그레이트 기브리온】의 권속인 바퀴들은 굶주려 있었다.

먹잇감을 찾아 이동했으나, 그 도중에 많은 동족이 죽었다.

동료의 시체를 먹고 주린 배를 채우는 것도 소수뿐. 굶어 죽는 쪽이 더 많아서 무리의 규모는 서서히 줄어들었다.

대부분은 성체가 되지 못한 채 죽었고, 살아남은 마물들은 그 시체를 먹기 위해 몰려든다.

이 상황이 사람이었다면 끔찍하기 그지없는 광경이었으리라.

이는 태고로부터 이어져 내려오는 약육강식의 법칙이며 생물들이 생존하기 위해 배운 세상의 이치였다. 살아남아 자손을 남기는 것이 생물의 본능이니까.

이 세계에서【기브리】라고 불리는 마물은 암컷이 수컷의 몸에 알을 낳고, 이동하는 동안 부화하는 새끼들로 무리를 불린다. 알에서 나온 새끼는 수컷을 잡아먹고 산란할 수 있는 몸으로 성장하면 무리에서 독립한다.

독립한 개체는 상위 개체와 만나 새로운 집단을 형성하는데, 무리가 커지면 그만큼 식량이 필요하게 마련이다. 광대한 원시림일지라도 먹이는 순식간에 부족해진다.

그러면 그들은 자손을 남기기 위해 먹이를 찾아 대이동을 개시한다.

그것만으로도 인간에게는 위협적이지만, 이번【스탬피드】에는【그레이트 기브리온】이라는 성가신 마물까지 섞였다.

그 그레이트 기브리온은 지금 굶주림을 해소하기 위해 동포를 잡아먹으며 급속하게 팽창하는 힘을 느끼고 있었다.

그리고 지금까지 살아남은 경험을 통해 다른 존재로 변화하는 순간이 다가왔음을 감각적으로 알 수 있었다.

급격하게 레벨이 올랐을 때는 심각한 권태감 때문에 기절하는 경우도 있기에 쉬면서 마력을 안정시켜야 했다.

그레이트 기브리온은 지금 자신의 몸에서 일어나고 있는 변화를 이상 사태로 판단하지 않았다. 아니, 그럴 지능이 처음부터 없는 생물이었다.

그래서 **외부의 간섭을 받았다**는 사실을 끝까지 눈치채지 못했다.

◇ ◇ ◇ ◇ ◇ ◇ ◇

스라이스트 방어전으로부터 하루가 지나고 다시 싸움의 시간이 다가왔다.

어제 대규모 마물 무리와 싸웠지만, 전투는 아직 끝나지 않았다. 그래도 어제에 비하면 마물의 세력도 약해져 기사와 용병만으로도 방어전이 가능한 상황이었다.

한편, 마도사단의 마도사들은 어제부터 교대로 전투를 이어간 터라 기사들보다 지친 기색이 역력했다.

그들은 지금까지 이 정도의 대규모 전투를 경험한 적이 없었고 방어전에도 익숙하지 않아 불필요하게 마법을 연발한 탓이었다. 더군다나【마나 리큐르 포션】에 취해서 쓸데없이 체력을 낭비하기도 했다.

인간 대 인간의 전쟁이라면 사전에 대책도 세웠겠지만, 스탬피드는 돌발적인 자연재해와 같아 지진이나 태풍처럼 만반의 준비를 갖추기는 어려웠다.

물론 기본적인 군비는 갖춰져 있다. 하지만 방어전이란 본디 보급과의 싸움이다.

결국 지금 가지고 있는 비품과 장비로만 버텨야 하고, 고립이 며칠 동안 지속될 경우 식량이 부족해지므로 장기적인 농성은 불리했다.

이 상황을 타개하려면 스탬피드의 원인인【그레이트 기브리온】을 해치워야 하지만, 그러는 동안에도 폭주한 다른 마물을 상대할 필요가 있었다.

도시에 도달할 때까지 기다릴 수는 없는 노릇이었다.

“……알겠지, 아도 군? 이제부터 대왕 바퀴를 치러 가자.”

“아니, 제로스 씨……. 난데없이 그러면 어떡해? 원흉을 없애겠다는 취지는 알겠지만, 이 병력으로는 힘들지 않아?”

“안 되면 되게 하라. 알지? 지금 해치우지 않고 마왕으로 진화하면 더 골치 아파져.”

“마왕 클래스는 제로스 씨 혼자서도 잡지 않아? 나는【극한 돌파】를 한 지 얼마 안 돼서 레벨이 낮은데…….”

“괜찮아. 내가 알아서 잡을 테니까 보조만 해줘.”

“믿음이 안 가……. 이거 나도 휘말리는 패턴이지?”

【섬멸자】가 말하는『조금만 도와주면 돼.』는 믿을 수 없었다.

【소드 앤 소서리스】 시절 아도는 그 한마디에 속아서 몇 번이나 사선을 헤맨 경험이 있었다.

죽지 않은 것이 신기할 정도였고 실제로『앗, 이건 진짜 죽었다.』라고 생각한 적도 여러 번 있었다.

제로스는 그나마 나은 편이었다.【케모 러뷰】을 따라갔을 때는 지옥이었다.

그때의 공포는 차마 말로 표현할 수 없을 정도로 심해서 차라리 죽여 달라고 부르짖었다.

“아도 군……【에어 라이더】를 타 보고 싶지 않아?”

“뭐, 뭐를 타……?”

“【소드 앤 소서리스】에서는 절대로 구할 수 없었던【에어 라이더】 말이야. 그거 타 보고 싶지 않냐고.”

“크, 이런 달콤한 유혹을……. 타보고 싶어……. 그 멋진 녀석을

탈 수 있다면, 나는 지옥이라도 따라갈 거야."

"그래야 아도 군이지. 쇠뿔도 단김에 빼라. 빨리빨리 처리하자고."

아도 군은 악마의 유혹에 넘어갔다.

아도 또한 섬멸자와 비슷하게 정신 나간 유저 중 한 명이며, 특히 레어 아이템에 대한 일이라면 무조건 달려든다.

눈앞에서 맛있는 당근을 흔들자 덥석 물어 버렸다.

사실 아도는 무지하게 단순한 인간이었다.

"……아도 씨, 바로 넘어갔어."

"성격을 잘 꿰고 있네. 메피스토펠레스의 꾐에 넘어간 파우스트가 저런 느낌이려나. 아도 씨는 근본적으로 꿈꾸는 소년 같은 성격이니까."

"그걸 알면서 이용하는 제로스 씨는 나쁜 사람이야?"

"나쁜 사람이랄 건 없어. 이익을 미끼로 교섭했을 뿐인걸. 정말로 싫었으면 거절했을 거야. 그 정도 분별력은 있어."

"……그거 아도 씨가 어린애 같다는 말이지?"

"아니면 제로스 씨가 어른스럽거나. 앞에 『교활한』을 붙여야겠지만……."

한쪽은 속도위반 결혼을 앞뒀던 대학생. 한쪽은 회사에서 사람들을 지휘하던 사회인이자 실전 경험 풍부한 회사원.

아도가 솔직한 성격이기도 하지만, 그것을 알고 자기 뜻대로 조종하는 제로스는 악마라고 해도 과언이 아니었다.

뭐, 쉽게 말하면 자기 이익과 타인의 이익을 계산할 줄 아는 사람이란 말이지만.

그리고 아저씨의 이익과 아도의 이익은 절대로 동등하지 않았다.

"아도 씨가 이렇게 속아 넘어가네……."

"속지는 않았어. 제로스 씨랑 아도 씨의 가치관이 같지 않을 뿐이야. 제로스 씨는 그걸 알고 자기에게 유리한 방향으로 유도했어."

"악마 아니야? 방법이 악질이야."

"비즈니스란 건 다 그래. 제로스 씨의 이익이 뭔지는 몰라도 아도 씨의 이익이 약혼자와【에어 라이더】라는 건 알겠어. 필요한 정보와 관심 있는 주제를 꺼내서 고용하고 싶다고 말했을 뿐이야. 그 가치를 어떻게 받아들일지는 아도 씨의 문제고. 즉석에서 결정한 아도 씨가 교섭에 패배한 것에 불과해."

"교섭이었어? 그래도 그걸 파악하는 샤크티 씨도 감정이 메마른 거 같아."

"변호사가 되려고 했으니까. 객관적으로 보려고 노력하는 거야. 그래도 제로스 씨는 무슨 생각을 하는지 모르겠어."

아도는 의도적인 정보 제한과 유도로 제로스에게 주도권을 잡혀 그 세치 혀에 넘어가 버렸다.

심지어 아저씨는 무의식적으로 이런 짓을 하니까 악질이었다.

그것을 깨닫지 못한 시점에서 아도의 패배였다.

일상 회화의 연장선이라는 생각에 교섭이라는 판단 자체를 못 한 탓이었다.

"……나쁜 어른이야."

"그래? 필요할 때 행동하는 건 냉정하다는 증거야. 저 장난스러운 언동에 속은 사람 잘못이지."

뭐가 됐건 욕망에 져서【기브리온】퇴치를 받아들인 시점에서 늦었다.

아도의 시선은【에어 라이더】를 따라서 움직이고 있었다. 그런 아도를 보면서 제로스는 실실 웃고 있었다.

정말로 악마 같은 미소였다.

레벨 1000을 넘은 마도사가 두 명.

이 세계에서는 국가를 상대로 싸울 수 있는 수준이었다.

제로스와 아도는【대현자】와【현자】. 존재가 알려지면 소란이 일어날 수준의 인물이었다. 본인들은 자각하지 못하지만, 절대로 간과할 수 없는 힘이었다.

그런 마도사 두 명이 태평하게 북문 밖으로 펼쳐진 평원을 걷고 있었다.

"우웩…… 아직도 피 냄새가 진동해."

"하루밖에 안 지났으니까. 쉽게 가시지는 않아. 마물 시체는 태웠나 보지만, 이 냄새는 당분간 남을 거야."

"게임 시절과 너무 달라. 레이드 때도 이렇게 심하지는 않았는데."

"해치운 몬스터가 사라지지 않아서 그래. 현실이 다 그렇지, 뭐."

걷다 보니 곳곳에 타다 남은 마물의 일부가 굴러다녔고 그것을 뜯어먹는 바퀴가 보였다.

하지만 어제 공격해 왔을 때에 비하면 훨씬 수가 줄어든 느낌이었다.

"1미터를 넘는 바퀴벌레라니, 진짜 징그러워."

"커지면 더 기분 나쁜 이유가 뭘까? 커다란 사마귀나 장수풍뎅이는 괜찮은데 바퀴만은 적응이 안 돼."

"그러게. 똑같은 곤충인데……. 왜 바퀴만 이렇게 싫지……."

인간은 신기하게 같은 곤충이라도 나비나 장수풍뎅이는 아무렇지 않게 만지면서 나방과 바퀴벌레에는 극심한 혐오감을 느낀다.

곤충이라는 분류는 같은데 생김새의 차이가 인상을 극단적으로 나누었다.

"뭐, 나비도 징그럽다는 사람도 있긴 하지만."

"애들 공책에서도 곤충은 징그럽다고 해서 요즘은 식물 표지가 많대."

"식물도 징그러운 건 징그러운데 말이지. 라플레시아나 파리지옥 같은 거."

"동충하초는?"

"그건 균류잖아. 한방에서 귀중한 약재로 쓰인다는데 실제로 효과는 있나 몰라."

"해마도 그렇잖아? 그거 정말로 효과가 있는지 의심스러워."

한방약과 고급 요리 재료 중에는 실제 효과가 의심되는 것도 많았다.

실제로 아직까지도 정체 모를 점균류을 불로불사의 영약이라고 믿으며 먹고는 했다.

문화와 풍습의 차이도 있겠지만, 실제로 과학적 검증이 불가능한 시대에서는 아무런 효과도 없는 식물을 약으로 쓰는 경우가 많았을 것이다.

"판타지 세계라면 어떨까? 무슨 효과가 있으려나?"

"글쎄~, 동충하초랑 비슷한 【패러사이트 머시】라는 버섯이 있는데, 신체 강화약 재료로 쓰여."

"한약으로도 효과가 있을까?"

"일단 이 세계에서도 한약으로 사용된다고 들었어. 약재를 다루는 가게에서 고가로 팔더라."

"이사라스 왕국에는 그런 가게 없었는데. 조사할 시간도 없었지. 저급 포션도 솔리스테어보다 배는 비싸고……."

"그 나라는 대체 얼마나 가난한 거야? 유통 사정이 그렇게 나쁘면 경제도 심각하겠어."

"아주 심각하지. 도둑질하는 빈곤층은 많고 무직자가 넘쳐나. 【포르타】가 없었으면 반은 굶어 죽었을 거야."

"【포르타】…… 아, 그 암석 감자?"

아도 일행이 이사라스 왕국에서 영웅으로 떠받들린 이유는 우연히 도착한 마을에서 식량 문제를 개선했기 때문이었다.

가난한 농촌에 감자 같은 식물 【포르타】를 식량으로 쓸 수 있다고 전해서 귀중한 단백질 확보에 성공한 것이다. 그것이 온 나라의 식량 사정 개전으로 이어졌다.

여담이지만 정확하게는 【포르타】는 감자가 아니다. 1년 내내 줄기가 마르지 않고 뿌리에 열리는 씨알로 번식한다.

"그 【포르타】는 줄기를 끓이면 설탕이 나와. 고산 지대는 추우니까 설탕을 만들어서 동결을 막는 거겠지. 식물은 참 신비해."

"엥? 그건 처음 알았어. 정말이야?"

"소량이지만 꽤 질 좋은 설탕이 나올 거야. 큰 잎은 종이로 만들 수 있고 마법지 재료로 최적이야. 버릴 게 없는 이상적인 식물이라고 생각해."

"제로스 씨…… 왜 그렇게 자세히 알아?"

"【소드 앤 소서리스Ⅱ】. 두 번째 버전 업 때 고레벨 유저는 페널티로 고산 마을에서 시작했거든. 자금을 벌려고 설탕과 종이를 대량으로 만들어서 팔았지. 그립구만."

"이런 곳에 진짜 조언자가 있었어?! 제로스 씨, 이사라스 왕국으로 안 올래요? 그 나라, 당분간 힘들 거 같아!"

"으~, 산악 지대 나라는 추워서 싫은데……. 조만간 광산 개발로 벌 테니까 괜찮지 않아?"

아저씨는 공기가 희박하고 추운 곳으로 가기 싫었다.

무엇보다 기껏 내 집을 마련했는데 뭐가 아쉬워서 생활하기 어려운 나라로 가야 하는가? 그렇게 생각하며 표정이 팍 일그러졌다.

위선자라는 자각은 있어서 모금 활동에는 협력해도 현지에서 일할 마음은 전혀 없었다.

이 아저씨에게 봉사 정신을 요구하는 쪽이 잘못이었다.

"무엇보다도 【현자】라고 귀찮은 일을 다 맡기려는 심보가 글렀어. 자기들끼리 노력할 생각은 안 하고 말이야."

"그건 그럴지도 모르지만, 그 지방 사람들도 필사적이라고……."

아도도 더는 이사라스 왕국에 힘을 빌려주기 어렵다고 생각했다.

지금은 얌전하지만, 얼마 안 있으면 다시 강경파가 움직일지도 모른다. 그렇게 되기 전에 온건파의 권위를 세우고 싶었다.

"별로 믿음이 안 가. 옛날에 이곳이 다른 국가였을 때, 상류에서 배를 타고 침공했다며? 독재 군사 국가 아니었어? 땅이 없으면 빼앗으면 된다고 생각하는 군사 파벌이 득세한 나라 아닌가 몰라."

"읏?! 그야…… 그런 국가는 맞지만, 괜찮은 사람도 있어."

"못 믿겠어. 전에 오라스 대하의 물줄기를 막는 기둥을 세웠는데 그게 없었으면 쳐들어올 생각 아니었을까? 나 그때 진짜 죽을 뻔했어……."

"아…… 그거 제로스 씨가 세운 거였어? 강경파 장군들이 엄청 기분 나쁘게 생각하던데. 적개심을 풀풀 풍기면서 길길이 날뛰었지."

"……아도 군…… 그런 정보는 함부로 입에 담지 마. 잘못 놀리면 죽어. 뭐, 이 나라의 공작님이라면 이미 수를 썼겠지만."

어느샌가 범죄 조직의 정보까지 알아내는 치트급 공작. 그토록 넓은 정보망을 가졌다면 타국의 정보도 쉽게 얻을 수 있겠지만…….

그보다도 제로스는 아도가 순간 말을 흐린 것이 마음에 걸렸다.

"뭐, 어때……. 이제 그만 갈까?"

잡담을 끝맺은 제로스는 인벤토리에서 에어 라이더【사이드와인더호】를 꺼냈다.

근미래 스쿠터 같은 형태는 이 시대에서 꽤나 이질적이었다.

일단 2인승이라면 가능할 것이다.

그것을 본 아도는 아이처럼 눈을 초롱초롱 빛냈다.

"【에어 라이더】. 헤비 유저라면 누구나 가지고 싶어 하던 환상의

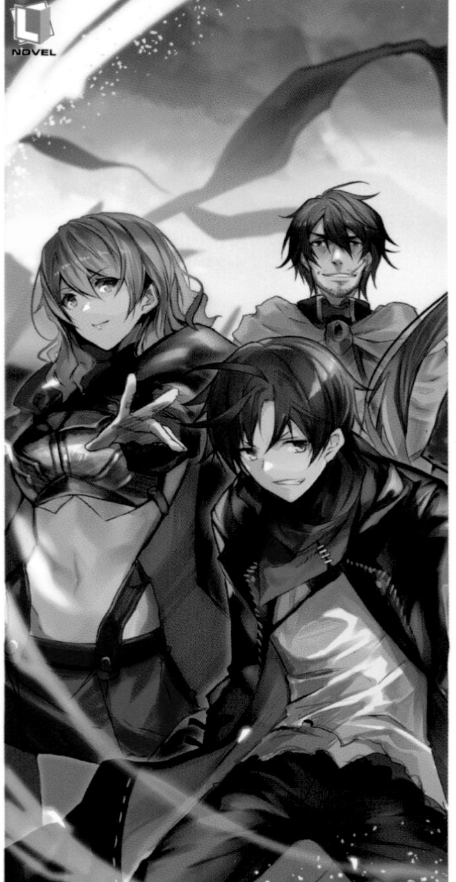
NOVEL

아라포 현자의 이세계 생활 일기 9
©Kotobuki Yasukiyo 2019
Illustration : JohnDee
KADOKAWA CORPORATION
[NOT FOR SALE]

아이템. 설마 이걸 타는 날이 올 줄이야…….”

“훗…… 형씨, 운전해 보겠나?”

“뭐?! 괘, 괜찮아? 정말로? 농담 아니었어?”

“우리 사이에 이 정도쯤이야~. 잠깐은 타도 돼. 계산상 예비 탱크를 달고 다섯 시간 비행이 한계지만…….”

제로스는 수상한 말투로 아도를 꼬드겼다.

순수하게『운전시켜 줄게.』라고는 말하지 못하는 생색쟁이 아저씨였다.

“스쿠터랑 똑같이 스로틀로 전진. 페달을 밟으면 상승, 빼면 하강해. 연비가 나쁜 게 옥의 티지.”

“다루기 편하면 됐지. 그런데 이거 무슨 원리로 움직이는 거야?”

“몰라. 조사해 봤는데 블랙박스를 분해할 수가 없더라고.”

“무게를 생각하면 마력 소비가 심각하겠어.”

비행 마법, 예로 들어 제로스의【어둠 까마귀의 날개】처럼 자연법칙에 반하는 마법은 비교적 연비가 나쁘다.

중력에 거스르는 척력장을 만들어 상승과 하강, 전진과 후퇴, 속도 조절 등 수많은 마법식이 필요하고 그것을 제어하는 술식도 필요하다.

가뜩이나 하나하나에 대량의 마력이 드는데 그 마법식을 하나의 시스템으로 묶어야 한다. 개인의 마력으로는 도저히 감당할 수 없는 수준이다.

【에어 라이더】도 기본 원리는 같아서 당연히 마력을 대량으로 소비한다.

마력이 에너지로 변하는 열량과 무게에 따른 부담, 가속 시 마력 소비 증가 등 필요한 마력이 너무 많아서 충전이 따라가지 못한다.

당연하지만 마력 탱크의 마력이 떨어지면 연료 부족으로 기체는 멈춘다.

"마력이 떨어졌을 때의 보험은 세워 뒀지만, 별로 쓰고 싶지 않아. 왼쪽 핸들에 전선으로 연결된 팔찌 같은 게 있지?"

"아~, 이걸로 운전자의 마력을 원동력으로 사용하는 거야? 마도사는 생체 건전지군."

"긴급 상황이 아니면 쓸 일은 없어. 일반 마도사라면 금방 마력이 바닥나서 추락하겠지만."

"우리는 사기캐니까 문제없고? 용케 이런 걸 달았네."

"블랙박스 외에는 구조가 단순했거든. 조금 수리하니까 정상적으로 움직였어."

"민간에 보급하면 돈 좀 벌겠는데?"

"본체나 마찬가지인 블랙박스를 해명하지 못하면 어림도 없어. 로망은 있지만……."

남자란 슬픈 생물이었다.

꿈을 실현할 힘을 가진 순간, 그 뜨거운 영혼에 거역하지 못한다.

모험이 그렇고, 하렘이 그렇고, 건국이 그렇고, 로봇이 그렇다.

히어로를 좋아해서 놀이터에서 흉내 내는 어린아이처럼, 남자들은 영혼이 시키는 대로 꿈을 향해 달려간다. 도중에 좌절하는 사람도 있지만, 그것은 자신에게 과분한 꿈을 좇은 결과일 것이다.

하지만 그 꿈이 소소하다면 대부분은 노력으로 이루어진다. 탈

것 개발이 딱 이런 부류에 속한다. 이미 제로스와 아도가【할리 선더스 13세】와【경승합차】를 제작한 것처럼.

개인이 쓰려고 만든 물건이지만, 생산 라인을 갖추면 나라 전체로 보급할 수 있는 편리한 도구다. 만약 대량생산된다면 경제에 지대하게 공헌할 것이 분명했다.

그렇지만 경제 발전에 발맞추어 교통망 같은 인프라 설비와 안전사고를 막기 위한 정책 또한 따라와야 한다. 상인의 이익은 막대하겠지만, 그 상황에서 갖가지 문제가 부상하므로 국가가 나서서 대응할 필요가 있다.

지금도 자주 발생하는 마차 사고에서 귀족과 상인 같은 부자는 우대받고, 사고를 당한 쪽이 대부분 죄를 뒤집어쓴다.

유족에게 사과나 보상이 이루어질 세계가 아니었다. 탈것이 마차에서 차로 바뀌어도 결과는 다르지 않으리라.

무엇보다 이 세계에는 아직 보험 제도조차 없다. 신호등은 물론이고 횡단보도도 없다.

그런 세계에서 시속 80킬로로 달리는 탈것은 너무 위험하다. 사실상 달리는 흉기다.

이 세계는 아직 두 사람이 만든 도구를 받아들일 준비가 안 됐다.

"아, 그러면 증기 자동차는 어때? 그건 속도도 얼마 안 나오지 않나?"

"옛날 경운기 속도밖에 안 나오긴 하지. 연료는 마석을 이용하고 물 공급은……. 시작품을 만든 뒤가 문제겠어. 인프라와 면허 제도부터 도입하지 않으면 위험하지."

“편리한 물건일수록 규제가 필요하다 이건가. 단계를 차근차근 거치지 않으면 원망 사겠군.”

“시험 삼아 만들어나 볼까? 그러고 나서 어디 사는 공작님한테 떠넘기면 되겠지.”

마음만 먹으면 경운기를 넘어 비행기도 만들 수 있지만, 제로스는 자발적으로 판매할 생각이 없었다.

실제로 어디 사는 공작님이 비밀리에 특허 신청서를 준비한 덕에 제로스가 개량한 마법의 판매권은 지켜지고 있었다.

역시 델사시스 공작은 철두철미했다.

“아무튼 빨리 타. 싫으면 내가 운전할까?”

“으으…… 바퀴벌레한테 가기는 싫지만, 【에어 라이더】는 타보고 싶어. 젠장, 해 보자!”

아도는【사이드와인더호】시트에 앉아서 키를 꽂고 돌렸다.

부우우웅. 작은 진동이 전해지고 에어로 스러스터 내부의 팬이 돌기 시작했다.

제로스도 서둘러 뒷좌석에 올라타 비행 준비를 마쳤다.

“제로스 씨랑 같이 타다니……. 가능하면 유이카— 유이랑 타고 싶었어…….”

“임신한 사람을 어떻게 태워? 포기하고 바퀴나 잡으러 가자. 이번 일이 끝나면 만날 수 있으니까. ……그러고 보니 너, 길치였지?”

“제발 부탁합니다. 유이가 있는 곳까지 안내해주세요…….”

“돌아갈 때는 알아서 가라? 나도 할 일이 있으니까.”

뭐가 아쉬워서 남자끼리 오토바이에서 몸을 밀착해야 하는가.

심지어 목적지는 관광 명소도 아니고 바퀴가 들끓는 대평원이었다.

의욕 대신 한숨만 났지만, 그래도 아도는 페달을 밟았다.

한순간 엘리베이터에 탄 것처럼 몸이 붕 뜨는 느낌이 들었다.

"오? 오오?! 난다…… 진짜?! 진짜로!"

"몸도 마음도 들떴구만~."

【사이드와인더호】가 땅에서 멀어질수록 아도는 흥분한 어린애처럼 떠들었다.

"운전 실수하면 안 된다? 아저씨는 남자끼리 동반 자살할 생각 없어."

"나도 없거든? 으하하하♪ 나 지금…… 하늘을 날고 있어!"

아도는 흥분한 채로 힘껏 스로틀을 당겼다.

갑작스러운 가속으로 아저씨와 바보 청년은 허리를 꺾으며 하늘을 가로질렀다.

"으오오오오오오오오오오오오오오오오오오옹?!"

"자세, 빨리 자세를 바로잡…… 으아아?! 떨어져! 진짜 떨어져!"

가속하는【사이드와인더호】는 마치 등에 올라탄 남자들을 떨어뜨리려는 야생마처럼 하늘을 지그재그로 날며 날뛰었다.

제4화 바퀴 섬멸전

슬프게도【사이드와인더호】에 남자끼리 합승한 제로스와 아도는 북쪽으로 날아갔다.

폭주하던 마물의 수는 줄었지만 대신 땅을 기는 검은 그림자가 눈에 띄었다.

자세히 보니 밟혀 죽은 마물의 시체를 처리하고 있는 거대 바퀴벌레였다.

그 바퀴들을 바라보는 제로스는 뭔가 이상한 느낌을 받았다.

"이상해……. 유충뿐이야. 아무리 봐도 갈색 바퀴나 킹 바퀴가 적어. 전에 봤을 때는 땅을 뒤덮을 만큼 많았는데……."

"정말로? 이것만 해도 충분히 많은데?"

"많기는 하지만 이 정도면 스라이스트 수비대만으로 대응할 수 있어. 게다가 그 녀석이 안 보여. 이미 가까운 곳까지 와 있어도 이상하지 않은데……."

"진화 전이랬지? 그렇다면 움직임이 느려졌을지도 몰라. 게임과 달리 현실은 몸에 변화가 있을 테니까."

"흠…… 그럴 가능성도 있겠어. 그렇다면 【기브리온】은 이 앞에……."

신기하게도 바퀴가 온 방향으로 갈수록 바퀴의 수가 줄어들었다.

제로스가 목격한 대규모 무리는 이제 찾아볼 수 없었다.

"정말 기브리온이 있었어? 어째 점점 수가 격감하잖아……."

"죽어 있으면 좋겠는데. 상대해도 피곤할 뿐이니까."

"지도를 보면 바로 코앞이 메티스 성법 신국 국경이야."

"조금 더 조사해 볼까? 이미 진화했으면 글렀지만. 하하하하하!"

"웃음이 나와?"

어느새 아래에는 땅이 드러나 보였지만, 풀 한 포기도 남아 있지 않았다.

굶주린 바퀴벌레들이 식물까지 모조리 먹어 치워 초원이었던 땅은 황무지가 되어 버렸다.

"폭식이라는 말은 들었지만, 이렇게 심각할 줄은 몰랐어. 이러니까 나라가 망하지."

"심하네. 변경 개척지 같아……. 아무리 잡식이라도 정도가 있어야지. 잡초까지 다 먹어 치우면서 왔나?"

"자연 파괴야. 굶주려서 닥치는 대로 먹어 치우나 봐. 죽은 동포까지 먹으면서……."

【헬즈 레기온】의 무서운 점은 기아 상태에 빠진 무시무시한 물량이었다.

하지만 동물은 먹지 않으면 살아갈 수 없는 것이 자연의 섭리. 무리로 이동하다 보면 낙오자가 나온다.

이것이 단순한【스탬피드】와의 차이며, 쓰러진 동료까지 먹으며 이동하는 터라【헬즈 레기온】은 시간이 지날수록 마물의 수가 급감한다.

이것을 행운으로 볼지는 애매하다. 시간을 들일수록 강한 개체는 줄어들지만, 대신 살아남은 개체가 강해진다. 더불어 번식도 하기 때문에 약한 개체는 계속 보충된다.

그래도 지금 바퀴벌레의 수는 이상하리만큼 적었다.

"어쩌면 여러 무리로 나뉘어서 각지로 흩어졌는지도 몰라. 아니면 기브리온한테 잡아먹혔나?"

"그러면 귀찮은 일이 줄어서 좋지. 하지만 그건 아니었나 보구만."

“어이쿠, 저건…….”

마침 산골짜기 근처까지 왔을 때, 몸 대부분이 새하얗게 탈색된 【그레이트 기브리온】이 눈에 들어왔다.

조금 많은 수의 바퀴 군단이 주위를 둘러싸고 왕을 지키고 있었다.

자세히 보면 【그레이트 기브리온】은 다리를 완전히 잃었고 거대한 날개도 삭아 부스러지고 있었다. 언뜻 보면 죽어 가는 것 같지만—.

“맙소사…… 진화 직전이잖아?”

“어허, 이거 빨리 날려 버려야겠네. 시간이 지나면 귀찮아지겠어.”

“조무래기가 제법 넓게 포진해있어. 범위 마법만으로는 다 처리하기 힘들겠는데, 어쩌려고? 위험한 마법이라도 쓸 거야?”

“쓸 수밖에 없겠어. 【어둠의 심판】을……. 단, 기브리온 머리 위에서.”

“하필이면 그걸……. 뭐, 이 일대는 메티스 성법 신국 땅이니까 상관없겠지.”

“—그럼 저 녀석 위로 가. 전속력으로! 아, 비행하는 성충이 달려들 테니까 조심하고.”

“날아서 달려든다고?! 젠장, 이런 일 맡는 게 아니었어!”

“처음부터 아도 군한테 선택권은 없었는데?”

“젠자아아아아아앙!”

비행하는 바퀴벌레를 피하며 목표인 【그레이트 기브리온】 위까지 이동. 그리고 조무래기를 싹쓸이할 【어둠의 심판】을 발동하고 신속하게 이탈.

말로 하면 굉장히 단순한 작전이었다.

소름 끼치는 바퀴 무리로 돌진하는 공포와 본능적 혐오감이라는 정신적 고통을 감안하지 않는다면 말이다.

어떻게 보면 이만큼 가혹한 정신 수련도 없으리라. 정말로 고행 중의 고행이다.

두 마도사를 태운 【사이드와인더호】가 바퀴들의 위로 왔을 때, 병사인 갈색 바퀴와 킹 바퀴의 눈이 붉게 물들었다.

긴 더듬이로 적의 침입을 알아챈 바퀴들이 전투 준비에 들어갔다.

부우우웅…… 날개를 고속으로 움직이며 1~3미터짜리 바퀴들은 일제히 날아올랐다.

그리고 【사이드와인더호】를 향해서 떼거지로 달려들었다.

“Oh, My, God! Oh, My, God!! 저것들 눈치챘어! 떼로 몰려온다고!”

“……세상에. 덩치가 큰데 속도도 빨라. 저 크기로 어떻게 저런 속도를 내지? 아무리 봐도 물리 법칙을 무시하지 않았나?”

“마력이 있으니까 그렇겠지! 왜 그렇게 침착해?!”

“예전부터 궁금했어. 몸을 강화하고, 물리 법칙을 무시하고, 심지어 무에서 유를 창조해. 마력은 대체 뭘까?”

“지금 그게 중요해?! 그런 건 저명한 학자한테나 물어! 안 돼, 저것들 뿌리칠 수가 없어~!”

평균 3미터의 바퀴가 먹잇감을 쫓는 맹금류처럼 사이드와인더호를 들이박을 기세로 날아들었다. 아니, 정말로 들이박아 떨어뜨릴 속셈인지도 모른다.

【소드 앤 소서리스】의 지식이 이 세계에서도 통한다면 바퀴에게는 이렇다 할 특수 능력이 없지만, 대신 곤충 특유의 강력한 방어력을 가졌을 것이다.

자폭할 각오로 충돌한다면 제로스와 아도라도 무사할 수는 없다.

적어도 타박상 정도는 입는다.

"【플레어 네이팜】!"

"【플라즈마 마인】!"

폭염과 전격 기뢰로 공격당해도 바퀴들의 추격은 멈추지 않았다.

불에 타고 전기에 튀겨지면서도 맹렬하게 돌진해 왔다.

"저것들 뭐야?! 저 불길을 뚫고 나왔어!"

"전격도 안 통하나……. 직격해도 멀쩡하네. 전기 내성이 이상하게 높아……."

"【블리자드】!"

"아이스…… 앗?!"

갈색 바퀴와 충돌하기 직전에 아슬아슬하게 피하자 이번에는 아래에서 킹 바퀴가 치고 올라왔다.

심홍색으로 빛나는 눈이 모 애니메이션을 방불케 했다.

"부해의 숲으로 돌아가!"

"아니, 그 갑각 애벌레랑 달리 물에 들어가면 죽어."

"그거 쥐며느리 아니었어? ……아, 이런 소리 할 때가 아니지! 피하는 것만도 벅차서 목표에서 점점 멀어져!"

마법 공격을 빠져나온 바퀴들은 제로스와 아도를 발견한 즉시 궤도를 틀었다.

바퀴벌레의 수가 많아서 간발의 차로 피할 수는 있어도 모두 격추하기는 불가능했다.

【사이드와인더호】의 속도는 바퀴의 비행 속도보다 조금 빠를 뿐이라 아래에서 일제히 날아오면 아무리 마법으로 떨어뜨려도 결국 물량에 밀려 버린다.

한시라도 빨리 조무래기를 소탕해야 했다.

"이판사판으로 도박이나 해 볼까?"

"어쩌려고? 이렇게 많으면 슬슬 위험해. 피하는 데도 한계가 있어."

"전방의 적을 쓸어버리고 단숨에 중앙을 돌파하는 거야."

"그게 가능해? 저장해 둔 마법이 떨어질 판인데……."

"안 돼도 해야지. 아무튼 시작한다? 【블래스트 타이푼】!"

"지금 바로?!"

바람 계통 마법 【블래스트 타이푼】.

전방으로 뻗는 강력한 회오리를 쏴서 적을 날려 버리는 마법이었다.

짧은 시간동안 회오리를 마음대로 움직일 수 있어서 약한 적을 상대로는 꽤나 편리했다.

정면에 강력한 회오리를 만들고 그 안쪽을 돌진한다.

그 작전은 일단 성공한 듯 보였다.

"오오…… 성공했어. 이러면 편하지. 갈색 바퀴들이 튕겨 날아가!"

"이대로 기브리온 위까지 갈 수 있으면 좋으련만. 【블래스트 타이푼】!"

"제로스 씨는 걱정도 팔자야. 이 회오리 속에 있으면 공격당하지도 않는데 무슨 걱정이야?"

"그러면 좋겠는데 말이야. 이 세계는 묘하게 진화한 생물이 많더라고. 기브리온 중에 그런 개체가 있어도 이상하지 않지."

"……그거, 복선 까는 거 아니지?"

적이 회오리 내부에 있어서 접근하지 못한다고 학습한 바퀴들은 뒤로 우회하기 시작했다. 회오리 중심을 나아가는 적을 보고 똑같이 행동하면 된다고 배운 것이다.

하지만 그뿐만이 아니었다.

지상에서 날아든 증원 중에는 회오리를 무시하는, 등에 날카로운 뿔이 난 특수한 개체가 있었다.

"……모르는 개체군. 【소드 앤 소서리스】에 저런 게 있었나?"

"느낌이 안 좋은데. 뒤에서도 추격해 와……."

상승한 **【뿔 바퀴】**는 한번 하늘에서 정지하더니 【사이드와인더호】를 향해 급강하했다. 심지어 드릴처럼 고속으로 회전하면서.

"스, 【스파이럴 다이브】?!"

"뭐?! 저 녀석, 회오리 속으로 파고들 생각이야! 제로스 씨가 괜한 소리를 하니까!"

"미확인 개체의 능력을 내가 어떻게 알아? 스로틀 끝까지 당겨! 무조건 달리는 거야!"

【스파이럴 다이브】는 대형 조류형 마물이나 일부 드래곤이 사용하는 강습용 돌진 공격이다.

자신을 마력 방벽으로 지키며 고속 회전을 더해 물리 공격과 마법 공격을 튕겨 낸다.

그런 공격을 설마 바퀴벌레가 사용할 줄은 생각지도 못했다.

【뿔 바퀴】의 크기는 약 4미터. 개체 수는 적어 보이지만, 경이로운 힘으로 공격해 왔다. 아마도 이것이 【그레이트 기브리온】의 가디언일 것이다.

그 【스파이럴 다이브】는 맹렬한 물량 공세로 【블래스트 타이푼】의 회오리를 찢고 내부에 있는 제로스와 아도를 덮쳤다.

"노, 노우! NO————————o!"

"저건 이미 바퀴벌레가 아니야. 아예 다른 곤충이지."

"왜 그렇게 냉정해? 저거 직방으로 맞으면 죽는다고!"

"고속으로 회전하는 탓에 다행히 조준이 불안정해. 침착하게 피하면 괜찮아."

"그 전에 내 정신이 못 버텨! 운전 실수해서 죽을 거 같아!"

아도는 거의 울고 있었다.

그에게 솔리스테어 마법 왕국을 지킬 이유는 없었다.

하지만 이 나라에는 아도의 약혼자인 유이가 있고, 심지어 임신 중이라지 않은가. 【경승합차】를 타고 내빼는 것도 방법이지만, 유이가 어디 있는지 아는 사람은 제로스뿐이었다.

【에어 라이더】를 타고 싶다는 욕망도 적잖게 있었지만, 제로스에게 협력한 진짜 이유는 유이와 재회하기 위해서였다.

하지만 벌써 좌절할 것 같았다.

기사회생의 전략을 짜도 마법 공격을 아랑곳하지 않는 물량으로 파훼해 버리고, 지금도 거대 곤충이 회오리를 뚫고 무자비하게 달려들고 있었다.

지금까지 느껴 본 적 없는 공포였다.

"앗?"

"엥?"

제로스의 맥 빠지는 소리에 조금이나마 냉정함을 되찾고 전방을 주시하자 마치 앞길을 막듯 곤충 세 마리가 날아왔다.

그것도【뿔 바퀴】였다.

""느낌이 싸한데……""

그 예감은 틀리지 않았다.

전방을 가로막는【뿔 바퀴】는 비행 중에 날개를 접고 옆으로 회전하며 급속하게 속도를 높였다.

"저것들, 짧은 시간은 날개 없이도 비행이 가능 한가……. 가지가지 하네."

"그러니까 왜 그렇게 냉정하냐고?! 왔다아!"

【뿔 바퀴】가 모 합체 로봇의 필살기 같은 흉악한 기술을 쓰며 돌격해 왔다. 세 마리 동시 공격이란 점이 더욱 악랄했다.

【블래스트 타이푼】 안쪽은 좁아서 피할 곳도 마땅치 않았다.

생각할 틈도 없이【뿔 바퀴】 한 마리가 코앞까지 다가왔다.

"칫!"

혀를 차면서도 제로스는 몸을 왼쪽으로 기울여 억지로 무게 중심을 틀었다.

첫 공격은 가까스로 피했으나, 뒤에서는 두 마리가 나란히 날아왔다. 이대로 가면 직격이다.

'피하기에는 너무 협소해. 이럴 때는…….'

【뿔 바퀴】 두 마리가 접근해 오는 와중에 제로스는 퍼뜩 아도 앞으로 나와 핸들 앞에 설치된 레버를 당겼다.

이것은 제로스가 개발해서 단 부속 장치로, 일시적으로 마력을 차단한다. 척력장을 발생시키는 마법진이 사라지며 【사이드와인더호】는 비행 상태를 유지하지 못해 급속도로 낙하하기 시작했다.

"잠깐, 뭘 어쩌려고?!"

"무게를 앞으로 실어! 놈들이 온다!"

"와, 왔다아!"

아도가 앞으로 몸을 숙이고 제로스는 뒤로 몸을 젖혀서 【뿔 바퀴】를 피했다.

【뿔 바퀴】는 고속으로 회전하면서 아도의 등과 제로스의 코끝을 스쳐 지나갔다.

"……저기요, 제로스 씨? 지금 뭔가 제 등을 스쳤는데요……."

"우연인걸. 내 코앞으로도 뭔가 지나갔는데."

"조금만…… 조금만 더 고도가 높았으면?"

"지금쯤 같이 고기 조각이 됐겠지. 운이 좋았어. 그런데 레버부터 당기면 안 될까? 이대로 가다간 땅에 곤두박질치겠는데?"

"으아아악?!"

아도는 허둥대면서도 레버를 당겨 동력에 마력을 넣었다. 다시 마법진이 펼쳐지며 척력장이 발생하고 부력이 안정되어 갔다. 간신히 고고도에서 추락하는 불상사는 면했다.

"십년감수했네……. 왜 내가 이런 목숨 건 비행을 해야 하는 거야?"

"한창 그럴 나이지. 이유도 없이 오토바이를 훔쳐서 달려 보기도 하고."

"그런 비행이 아니잖아?! 그보다 무슨 무기 없어?"

"없어. 사실 비장의 수단이 있지만, 사용하면 추락할 가능성이 커. 그래서 마법으로 공격할 수밖에 없다는 거야. 난감하구만~, 하하하."

"웃음이 나와?! 포위됐다고!"

"……시리우스 방향으로 날아. 용의 둥지로 뛰어드는 거야."

"이 세상에 시리우스가 어딨어! 뛰어들지 말고 그냥 뛰어내려!"

"오, 애드립 좋은데~? 같이 개그맨이나 할까?"

"지금 그런 소리가 나와아?! 으아악!"

다시 전방에서 회오리 안으로 돌입한【뿔 바퀴】가 이번에는 전기를 내뿜었다.

둘은 또다시 놀랄 수밖에 없었다.

"【소드 앤 소서리스】에 이런 공격을 하는 바퀴벌레가 있었던가?"

"아니, 애초에 특수 능력조차 없었어. 끽해야 몸통 박치기나 날개로 진동파를 내는 정도였지. 이 세계에는 특수하게 진화한 개체가 많나 봐."

"그렇다면 아예 다른 생물일지도 모르겠네.【뿔 바퀴】는 더듬이만 길지 생김새는 장수풍뎅이를 닮기도 했고."

"등에 돋은 뿔이 특징적이지만, 날개를 보면 바퀴벌레야."

보통 바퀴들과는 동떨어진 생김새 때문에 도저히 바퀴벌레 같지 않았다.

하지만【그레이트 기브리온】을 따르는 이상은 동족이 틀림없었다.

공생 관계인 다른 마물일 가능성도 있지만, 곤충형 마물은 진화 양상이 다양하고 세 번째 진화부터 모습이 크게 변하는 개체가 출현하기 쉬워서 단정하기도 어려웠다.

물론 이 수준까지 진화한 개체는 제로스도 처음 보지만—.

"이제 곧 회오리에서 빠져나가."

"한 번 더【블래스트 타이푼】을…… 켁?!"

마법 회오리에서 나오기를 기다렸다는 양 기브리즈 대군이 방어 진형을 짜고 막아섰다.

제로스와 아도는【블래스트 타이푼】내부를 지나온 탓에 몰려오는 바퀴들의 수와 공격에 눈길을 빼앗겨 다른 바퀴들이 어떻게 움직이는지 알아차리지 못했다.

"설마 유도당했나? 그럴 리가, 저 녀석들한테 그럴 지능이……."

"아마 기브리즈는 집단으로 사냥하는 생물이겠지. 개미조차 집단으로 전투할 때는 역할 분담이 있다고 해. 바퀴벌레가 똑같은 짓을 해도 이상할 건 없지."

같은 곤충종인【자이언트 앤트】와【킬러 비】는 집단으로 사냥한다. 집단을 전투와 사냥감 운반으로 나누며 그 역할에 적합하게 진화해 왔다.

개미조차 그렇게 진화하는데 바퀴벌레라고 그러지 못할 이유가 있을까?

실제로【소드 앤 소서리스】에서는 보지 못했지만, 도무지 바퀴벌레라고 생각하기 어려운 뚱뚱한 곤충이 무수히 날아다니며 제로스의 앞길을 막고 있지 않은가.

"어쩌면 흰개미에 가까우려나? 이건 무리인 동시에 둥지일 거야. 성질은 군대개미와 비슷해 보여. 저마다 방어와 공격에 특화한 개체가 있나 보구만."

"패를 숨기고 있었다 이건가……. 역시 이세계야. 우리가 모르는 자연의 법칙과 습성이 아직도 많아. 어떡할래, 제로스 씨?"

"중앙 돌파할 수밖에. 저 뚱뚱한 바퀴벌레가 어떤 능력을 가졌는지 몰라도 달리 빠져나갈 구멍도 없으니까."

"저게 어딜 봐서 바퀴벌레야? 풍뎅이 아니야?"

"이제 와서 뭘 따져? 어쩔 수 없지, 지금부터는 공격적으로 가볼까."

"마력은 아끼고 싶었는데. 각오해야겠군……."

"아직도 각오를 안 했어? 아도 군, 우리는 목숨을 걸고 전쟁을 하는 중이야."

【소드 앤 소서리스】의 지식은 이 세계에서 참고 수준밖에 되지 않았다.

대략적인 부분은 같아도, 세세한 점에서는 분명히 차이가 있었다. 기존의 지식이 모두 옳다고는 보장할 수는 없었다.

맹목적인 편견은 위험하며, 직접 경험하면서 고쳐 나가야만 했다.

"중앙을 돌파하고【그레이트 기브리온】머리 위로【어둠의 심판】을 날린다. 작전은 변함없어."

"난이도는 수직 상승했지만. 방어보다 공격 위주로 가려고?"

"【어둠의 심판】을 쓰면 즉각 이탈해. 스로틀 옆에 있는 빨간 버튼을 누르면 돼."

“이거 자폭 스위치 아니지?”

“부스터야. 마력을 대량 소비하는 대신 순간적으로 음속까지 낼 수 있어. 계산상으로는.”

“탱크 마력 잔량을 전부 써 버리겠다는 거지? 돌아갈 때는 걸어가게 생겼군…….”

아도는 투덜거리면서도 스로틀을 당겼다.

그에 맞춰【사이드와인더호】도 속도를 높여【그레이트 기브리온】을 향해 돌격했다. 기브리즈는 그 움직임에 반응해 길을 막으려고 방어진을 더욱 견고히 했다. 예상 이상으로 체계적인 행동이었다.

“전부 꺼져어어어어!【플레임 랜서】,【오버 숏】!”

“【플라즈마 랜서】,【오버 숏】!”

마도 스킬【오버 숏】.

본래 설정된 마법 위력과 효과를 더 높이는 마도사 전용 스킬이다.

예를 들어【플레임 랜서】는 화염구에서 스무 개의 불꽃 창을 날리는 스킬인데,【오버 숏】의 효과가 더해지면 공격 횟수와 관통력이 더욱 증가한다.

제로스의 마도 스킬은 최고 레벨인【마도 현신(賢神)】에 도달했으며 아도는【마도 현제(賢帝)】. 중급 마법에 들어가는【플레임 랜서】와【플라즈마 랜서】는 1회 공격으로 스무 개의 창을 날리지만, 두 사람의 레벨이라면 미사일을 빗줄기처럼 난사하는 수준이다.

거의 무차별 공격이지만, 주변이 적으로 꽉 차 있어서 오발을 신경 쓸 필요도 없었다. 어디 나오는 마법소녀라도 된 기분이었다. 단, 흉악함은 이 둘이 훨씬 심하지만.

일반 마도사나 기사조차 힘들어하는 파프란 대산림 지대의 기브리즈라도 제로스와 아도는 일방적으로 유린했다.

"젠장! 더럽게 많네……."

"저【돼지 바퀴】, 제법 단단한데? 마력으로 방어력을 높였나 보구만. 한 방에 격추하기는 어려우니까 어떻게든 구멍을 뚫어서 빠져나가야 해. 그나저나【뿔 바퀴】의 돌격이 성가셔."

"저놈의【뿔 바퀴】! 제발 그만 좀 와!"

【돼지 바퀴】는 예상 이상으로 맷집이 좋아서 아도의【플레임 랜서】에도 쉽게 떨어지지 않았고,【뿔 바퀴】의 돌격을 맞받아치던 제로스도 끈질기게 이어지는 맹공에 초조한 기색을 내비쳤다.

【스파이럴 다이브】는 정면에서 오는 공격을 튕겨내서 2차 효과인 폭발로는 큰 피해를 주지 못했다. 심지어 다치건 말건 아랑곳하지 않고 돌격하는 터라 성가시기 짝이 없었다.

"조금만 더……【돼지 바퀴】무리 속으로 파고들 수 있으면……."

"공격 횟수를 늘리면 위력이 떨어지니까 치명상을 못 줘……. 이거 버틸 수 있으려나?"

한쪽은 공격 횟수, 한쪽은 끝없는 물량 공세. 일진일퇴의 공방이 계속됐다.

공격 횟수를 조금이라도 잘못 계산하면 제로스와 아도는【스파이럴 다이브】의 희생양이 될 것이다.

하지만【스파이럴 다이브】에도 약점이 있다.

그건 바로 공격이 직선적이라는 것. 효과적인 일격을 가하려면 머리 위에서 공격하는 편이 가장 좋지만, 그러려면 당연히 표적보다 위로 올라가야 하고 상승 중일 때는 으레 무방비해지게 마련이다.

그래서 무리는 역할을 분담한다. 적을 묶어 두는 모루 역할과 치명적인 공격을 가하는 망치 역할을 번갈아 담당하는 식이다. 하지만 제로스와 아도의 마법 공격으로 역할 교대가 제대로 이루어지지 못했다.

전방위 포화 때문에 【뿔 바퀴】들은 다가오지 못하고 있었다.

어떻게든 근처까지 와도 마법 공격으로 궤도가 틀어져서 스쳐 지나가기만 했다.

그래도 【왕】을 지키는 것이 병사의 역할. 몇 번이고 자세를 고쳐 같은 공격을 감행했다. 당연하지만 격추되는 개체도 있었다.

그것은 사람과 마물의 사이의 한 치도 양보할 수 없는 싸움이었다.

“조금만 더……. 【돼지 바퀴】 벽만 빠져나가면…….”

“이걸로 쓸어버리지. 【샤이닝 레이】.”

제로스가 빛 속성 마법 【샤이닝 레이】.

한마디로 하면 거대한 레이저를 쏘는 마법이지만, 고레벨이 사용하면 위력은 범위 마법과 비교가 되지 않는다. 마물 몇 마리를 휩쓸 정도의 마법이 주변 마물을 일거에 소탕하는 병기가 된다.

【돼지 바퀴】는 날개가 불타서 땅으로 떨어지고, 그곳에 생긴 공백을 【사이드와인더호】가 맹속력으로 빠져나갔다.

“좋았어! 【그레이트 기브리온】 위를 통과할게, 제로스 씨!”

“그럼 섬멸 개시. 【어둠의 심판】.”

희게 변색한 【그레이트 기브리온】의 위로 오자마자 제로스는 왼손으로 발동한 【어둠의 심판】을 아래로 던졌다. 이제는 죽기 살기로 줄행랑칠 뿐이다.

"부스트 온!"

"으아?!"

아도가 스로틀 옆에 있는 버튼을 누르자 【사이드와인더호】는 지금까지와 비교가 되지 않는 속도로 가속했다. 초인적인 체력이 없었으면 날아가 버렸을 정도였다.

중력과 풍압으로 몸이 뒤로 밀려날 것 같지만, 전방에 【백은의 신벽】으로 원추형 실드를 펼치고 급속도로 전선을 빠져나갔다.

그 순간, 【어둠의 심판】이 완전히 발동했다.

초중력을 가진 거대한 구체가 수많은 바퀴벌레를 집어삼키고 거기서 분열한 소형 중력장이 도망치는 바퀴를 매개로 같은 성질의 중력구를 생성했다. 땅과 하늘을 새카맣게 채우던 바퀴벌레들이 초중력 압궤로 인한 연쇄 폭발에 휘말려 소멸해 갔다.

"제로스 씨……."

"음?"

"이거, 무슨 라그나로크야?"

"싸움은 원래 허무한 거야. 남는 건 큰 과오뿐이지……."

"우리는 소중한 걸 잃었어. 바로 인간의 양심을……. 세계를 파괴하는 테러리스트가 됐군."

"설령 세상을 파괴하더라도 사람은 살아가야 해. 역사가 그걸 증명하지. 지구에서도 전쟁으로 자연 파괴가 심각했어……. 이번 일은 생존 경쟁이라는 이름의 전쟁이야."

"종족의 존속을 건 전쟁이 원인인가……. 세상을 파괴하면서까지 삶에 집착하다니, 인간은 죄인이야……."

타도해야 할 마물뿐 아니라 대지에도 폭거의 흔적이 남았다.

제로스와 아도는 그 흉악하기 짝이 없는 마법의 위력을 안전지대에서 멍하니 바라보았다.

등을 짓누르는 자연 파괴라는 이름의 죄책감에 시달리면서…….

제5화 아저씨, 4신과 만나다 (한 명 부족하지만)

【성역】. 그곳은 일찍이 창조신(관측자)에게 종속된 신들이 세계를 관리하기 위해서 만든 위상 세계다.

세계에 인접하여 존재하는 그 영역은 무한한 세계의 별마다 반드시 하나는 존재한다. 그러나 생물이 존재하지 않는 별에는 관리하는 신도 없다.

신들의 역할은 차원 안정화와 생명, 특히 영혼 관리며 항상 감시 업무가 이루어진다. 왜 그들이 그런 일을 하는지는 모르지만, 【신】이라고 불리는 존재는 탄생한 순간부터 본능적으로 자기 사명을 인식하고 정해진 원칙에 따라서 행동한다.

그것이 하나의 세계든 삼천세계든 관리자는 자신의 역할을 충실히 이행하고 관측하며, 이상이 발생하면 대응하는 업무를 영겁의 시간 동안 계속한다.

"따분해……. 너무 따분해."

권태롭게 중얼거린 사람은 푸른 머리에 유난히 육감적인 몸매를 자랑하는 여신【아쿠이라타】였다.

시스루 드레스를 입어 몸매가 고스란히 드러난 모습은 여신이라기보다 그냥 변태라는 말이 어울렸다.

그녀는 쓸데없이 호화로운 소파에 누워 테이블에 놓인 쿠키를 집었다.

"……따분한 건 어쩔 수 없지. 이제…… 이세계에 못 가니까."

"【윈디아】…… 그건 말하지 않기로 했잖니? 겨우 선로에 돌을 놨다고 출입금지라니, 그쪽 애들은 마음이 좁아."

"완전 공감. 그것들 때문에 우리가 이렇게 심심한 거야……. 아~, 부지야에서 케이크 먹고 싶엉~!"

"……성약을 깬 건 우리야. 이제 와서 투덜대도 늦었어……."

아쿠이라타의 말에 대답한 사람은 녹색 머리카락에 맹한 중학생처럼 보이는 세일러복 여신【윈디아】와 붉은 머리에 고스로리 패션의 꼬마 여신【플레이레스】였다.

그 옆에서는 삐친 머리가 눈에 띄는 섹시한 금발 잠옷 여신이 침을 흘리며 자고 있었다. 그녀의 이름은【가이라네스】. 수면을 무엇보다 사랑하는 방구석 폐인이었다.

많은 사람에게【4신】으로 숭배받지만, 실상은 퇴폐적이고 자기 생각밖에 안 하며 세상을 관리할 마음도 전혀 없는 속물들이었다.

"이 세계의 정보를 줬으니까 조금 봐줘도 되잖아. 정말 쩨쩨하다니까."

“겨우 150명 죽은 게 무슨 대수라고! 속이 좁아터졌다니깐. 심심해, 심심해, 심심해애애애~!”

사건의 발단은 그녀들의 시간으로 17년 전. 어느 세계의 관리신이 이 세계의 정보를 요구해 왔다.

『계속 감시만 하면 지루하니까 내가 관리하는 세계의 아이들과 놀 장소를 창조하고 싶어졌어~.』라는 이유였다.

하지만 그녀들은 자기들이 관리하는 세계의 정보를 넘길 수 없었다. 정확하게 말하면 그녀들은 스스로 신의 힘을 행사할 권한이 없었다.

애초에 그녀들은 창세신에게 관리 권한을 4분할로 받았고, 주어진 힘도 온전히 끌어낼 수 없었다. 신으로서 불완전하다는 말로도 부족한 존재였다.

그래서 정보를 넘기려면 상위 존재의 힘을 빌려야만 했다.

문제는 그 관리 권한을 가진【신】은 당시 땅속 깊이 봉인되어 있다는 것이다.

깨우면 자신들을 집요하게 노리며 흔적도 없이 지워 버릴 것은 불 보듯 뻔한 일.

그래서 나온 것이【성약】이었다.

다른 세계의 관리신과 4신 사이에 성약을 맺어 서로가 바라는 이익을 공유한다.

다른 세계의 신이 요구한 것은『그쪽 세계의 정보와 그 정보를 얻기 위한 관리 시스템 접속 권한』, 그에 대한 4신의 요구는『상대 세계로 자유롭게 넘나들 권리』였다.

당연히 그 외에도 세세한 계약 사항이 있었다.

간단히 설명하면 다른 세계의 신에게는『정보 수집은 가능하나, 세계에는 간섭할 수 없다.』라는 조건이 걸렸고 4신에게도『다른 세계를 관광할 수는 있으나, 그 세계에서 힘을 행사할 수 없다.』라는 제약이 있었다.

그런 상호 논의 하에【성약】은 체결되었다.

용사들의 세계에 관심이 있던 그녀들은 다른 세계의 신이 창조한【모형 정원】을 통해서 마음껏 이세계 관광을 즐겼다.

정신머리를 놓아 버릴 정도로 정신없이 놀았으며 수많은 이세계 물건을 이쪽 세계로 들고 오기도 했다.

하지만 생각 없고 이기적인 그녀들이 약속을 지킬 리 없었고 당연히 문제를 일으켰다.

그 사건은 모 도심의 러시아워로 혼잡하던 열차 안에서 일어났다.

그녀들은 만원 전철에 넌더리가 나서 '이 전철, 지금 사고 내면 재미있지 않을까?'라는 흉악한 망념을 품기에 이르렀다.

원래 4원소 요정을 바탕으로 한 4신은 장난을 좋아하는 습성이 근간에 깔려있었다.

그런 그녀들이 벌인 짓은 전철을 강제로 가속시켜 탈선시킨다는 악랄하기 짝이 없는 행동이었다.

그렇게 해서 사고가 터지고 말았다. 정확한 사망자는 157명, 부상자는 총 331명에 달하는 미증유의 참사였다. 사고 현장이 인구 밀집 지역이었던 탓에 피해는 더욱 컸다.

이 돌발적인 현실 간섭으로 현지와 이세계의 신들은 해당 시간축의 역사를 수정하느라 진땀을 뺐다.

이렇게 사고 자체를 **없었던 일**로 만들기는 했지만, 작업에 관여한 신들에게 비난이 쇄도했다.

【성약】을 위반한 그녀들은 세계를 넘어갈 권한을 잃었고 그 후로 다시는 다른 세계에 발을 들이지 못했다.

"……자업자득…… 플레이레스가 엉뚱한 생각만 안 했어도……."

"아쿠이라타도 찬성했거든~! 내 탓만 하는 건 불공평해!"

"윈디아도 가속시키면 피해가 더 커진다고 작전을 세웠지? 그러니까 내 잘못 아니야."

그리고 책임 전가가 시작됐다. 몹시 추했다.

이 일로 그녀들은 수도 없이 싸웠다. 말 그대로 헤아릴 수 없을 만큼.

가이라네스에게 유일하게 다른 세계로 넘어갈 권한이 남아 있었지만, 아쉽게도 그녀는 다른 세계는커녕 아예 밖에 나갈 생각조차 없었다.

애용하는 베개와 잠옷을 얻은 후로는 쭉 슬로&슬립 라이프를 만끽 중이었다.

다른 세 명이 다른 세계로 상품을 사러 가달라고 애걸복걸했지만, 방구석 폐인 가이라네스는 꿈적도 하지 않았다. 이유는 『귀찮아서』였다.

그런 가운데 사신이 부활할 징조가 나타났다.

그래서 유일하게 남은 가이라네스의 권한을 이용해 4신은 부활하기 직전인 사신을 【모형 정원】에 버렸고 그 일로 마지막 희망이었던 가이라네스마저 이세계 이동 권한을 잃었다.

자업자득이라는 말로도 부족한 바보들이었다.

"그만하자……. 허무할 뿐이야."

"도움도 안 되는 용사들~. 빨리 고도 문명기로 돌입하면 좋겠어~."

"……이제 소환은 못 해. 창세신의 도구는 다 써 버렸는걸."

""""이것도 다 전생자 때문이야.""""

기적의 논리였다.

자신이 저지른 일은 무시하고 무조건 자신에게 유리한 방식으로 생각한다.

그런 그녀들이기에 결코 알아차리지 못했다. 이 상황이 다른 세계의 신들에 의한 계략임을…….

"으음…… 비정상적 중력 진동 발생……. 이건…… 사신?"

""클라라가 일어났어?!""

"클라라가…… 누구?"

잠자는 이불의 공주는 게슴츠레한 눈을 비비며 느릿느릿 몸을 일으켰다.

자고 일어난 머리는 거의 새집이나 다름없었다.

가이라네스는 졸린 표정으로 주변을 돌아봤다. 오른쪽, 왼쪽, 무슨 생각을 하는지 모를 멍한 표정으로 위를 보고는…….

"잘 자……."

—다시 잠들었다.

"자지 마! 왜 그렇게 잠이 많은 거야, 수면은 보통 하루 세 시간이라구!"

"플레이레스, 너는 입 다물고 있어! 가이라네스…… 너 지금 꽤 심각한 얘기 하지 않았어? 사신이란 말이 들렸는데……."

"……누구인가, 나를 기나긴 잠에서 깨우는 것은……. ……그 죄, 죽어 마땅하다……."

"가이라네스…… 캐릭터 붕괴했어. 누구 흉내야?"

"……이름 없는 파라오."

""그게 누군데?""

잠을 못 자게 하니까 가이라네스는 화가 난 모양이었다.

무슨 기묘한 포즈를 잡으며 일어났지만, 머리는 삐치고 헝클어진 데다가 반쯤 벗겨진 곰돌이 잠옷과 괴수 슬리퍼 때문에 영 폼이 안 났다.

그래도 그 살기만은 진짜였다.

"대답만 하면 자도 되니까 빨리 말해! 사신이 어쨌다고?"

"흐아아아암, 음냐음냐……. 으응, 강력한 중력파 진동을 느꼈어. 아마…… 사신 같아. ……잘 즈아아아아…… 쿠울."

"……여전히 잘 자네. 그보다 사신이라면…… 그 녀석이 부활했어?! 빨리 도망가야 해애애애애애~!"

"진정해! 가이라네스의 감지 능력은 확실하지만, 사신인지 아닌지 아직은 몰라."

대지를 담당하는 가이라네스는 이 세계에 일어나는 이변을 감지하는 능력이 있었다.

하지만 안타깝게도 그 힘이 제대로 발휘된 경우는 없었다. 언제나 퍼질러 자기 때문이었다.

"자세한 건…… 내가 조사할게……."

"윈디아, 부탁할게. 지금 사신이 난리를 피우면 우리는 속수무책이야. 창세신이 남긴 무기는 이제 없어……."

"쉽게 망가지는 도구를 만든 창세신이 멍청한 거야! 더 튼튼한 무기를 만들었어야지~! 이것도 다 용사가 얼뜨기라서 그래애애애애애~!"

4신은 사신을 굉장히 두려워했다.

가장 큰 이유는 사신이 이 세계를 관리하는 창세신의 후계자이며 그녀들의 힘으로는 결코 대적할 수 없는 절대자이기 때문이었다.

정당한 관리 권한을 되찾고자 4신을 쫓아다녔고, 그 결과 세계가 한 번 멸망할 뻔했다. 그때의 공포는 지금도 4신의 트라우마로 남아 있었다.

압도적인 공격력을 자랑하는 구시대의 병기를 벌레처럼 뭉개 버리고, 땅을 가르며 바다를 끓이고 세계에 혼돈과 붕괴를 초래한 괴물.

마치 포식자에게서 도망치는 생쥐처럼 그녀들은 오랜 시간 벌벌 떨면서 도망쳐다녔다.

용사의 희생으로 다시 봉인되기 전까지는 하루하루가 벼랑 끝에 선 기분이었다.

만약 잡히면 내부로 흡수되어 그녀들이 가진 관리 권한을 모조리 빼앗긴다. 요정을 바탕으로 태어났어도 그녀들은 죽음이 두려웠다.

"찾았다……. 그런데 사신은 아니야."

"사신이 아니야? 그럼 뭐야~?"

"사신이 아니라면 전생자일 가능성이 크겠네. 그렇다면 이번 기회에 처리해야……."

"우리는…… 안전해. 강한 전생자는 그렇게 많지 않을 거야."

"그래. 우리끼리 해치울 수 있을지도 몰라. 귀찮은 것들은 얼른 치워 버리는 게 최고야."

사신도 위협적이지만, 전생자도 성가신 존재였다.

강력한 힘을 가진 전생자가 몇 명이나 있는지는 기억나지 않지만, 지금 수를 줄여야 후환이 사라진다. 아무리 바보들이라도 신은 신이라서 절대로 약하지는 않다.

가이라네스를 남기고 세 신은 바로 중력파가 발생한 땅으로 전이했다.

그곳에 그녀들의 의도를 박살 낼 자가 있는 줄은 꿈에도 모른 채—.

남은 가이라네스는 혼자 행복하게 꿈나라로 떠났다.

【어둠의 심판】이 남긴 포악한 파괴의 현장을 바라보는 제로스와 아도는 말을 잇지 못했다.

광범위 섬멸 마법—【어둠의 심판】을 사용한 것을 후회하지는 않았다.

필요한 일이었다고 충분히 이해한다.

하지만 머리로는 이해해도 감정이 완전히 따라가지는 못했다.

사람은 후회의 동물이니까.

【헬즈 레기온】을 막으려면 압도적인 파괴 마법은 틀림없이 유효한 수단이었다.

그래도 실제로 사용하고 그 무시무시한 파괴의 현장을 목격하자 후회가 스칠 수밖에 없었다.

누구라도 자신이 저지른 행위에 의문과 죄책감, 혹은 초조함을 느낀다.

자기 의지로 실행했다면 더욱 그렇다.

예를 들어 핵미사일 보유국이 전쟁에서 패색이 짙어지자 국민을 지키기 위해서 발사 버튼을 눌렀다고 가정하자. 결과적으로 자국민은 지켰으나, 적대국의 무고한 사람이 대거 죽는다.

자국을 지키기 위한 올바른 선택일지도 모르지만, 스위치를 누른 사람은 죄책감에 시달린다. 미래에 비난당할 수도 있으리라.

각오하고 한 행동이라도 양심은 죄를 짊어진다.

무력이 필요할 때도 있다. 하지만 무력을 사용하기까지의 결단에는 뼈를 깎는 고통과 생명에 대한 무거운 책임이 뒤따른다.

제로스와 아도가 느낀 것도 그런 감정이었다. 괴로움을 느끼는 것은 두 사람이 아직 인간이라는 뜻이기도 했다.

"처참해……. 나, 핵미사일 스위치를 누르는 대통령이 어떤 마음인지 알겠어."

"……나도. 죄책감이 엄청나구만……. 솔직히 토할 거 같아."

초중력장 붕괴로 인한 파괴의 폭풍은 아직도 휘몰아치고 있었다.

적이 소멸할 때까지 멈추지 않는 【어둠의 심판】은 핵미사일조차 아득히 능가하는 가공할만한 위력을 가지고 있었다.

가령 이 공격으로 많은 인명을 구할 수 있었더라도 눈앞에서 벌어진 광경은 죄의 상징처럼 마음에 새겨져 잊지 못할 것이다.

사람이기에 짊어지는 무거운 십자가라고 할 수 있겠다.

"전에 【폭식의 심연】을 썼을 때는 얼마간 밥이 목으로 안 넘어갔어……. 각오는 했지만, 막상 짊어지는 죄의 무게를 못 버티겠더라고."

"방아쇠를 당긴 죄와 생명의 무게, 그걸 잊으면 사람이 아니지. 각오를 했든 순간적인 판단이든, 어느 쪽이라도 괴롭긴 마찬가지일 거야……."

떨리는 손으로 담배를 물고 【토치】 마법으로 불을 붙였다.

마물에게 【어둠의 심판】을 썼다고는 하나, 실제로 그 광경을 마주하자 짊어질 죄의 무게를 과소평가했다고 자각했다. 마법이란 결국 무력이며 병기와 같은 책임을 동반한다.

"파프란 대산림 지대에서 사용했을 때는 도망치기 바빠서 감상에 젖을 여유도 없었지만, 실제로 이 광경을 보니까 감정적으로 괴로운걸……."

"이건 사느냐 죽느냐가 아니라 일방적인 학살이니까. 생각보다 훨씬 각오가 필요하다고 깨달았어."

"강력한 힘은 그저 그곳에 있는 것만으로도 위험해. 그렇다고 나라에 몸을 의탁하는 것도 무책임하지. 병기 취급은 사양하고 싶지만."

초인적인 마도사가 강력한 파괴 마법을 사용할 때 책임이 부여

된다.

판단을 타인에게 맡기는 국가의 마도사가 되면 자칫 잘못하다가는 전쟁의 불씨가 될 위험이 있다. 권력자에게는 존재만으로도 매력적인 금단의 열매이다.

누구나 그 힘을 원하고, 손에 넣기 위해 계획을 세울 것이다.

몇 번이나 자신은 비정상적 존재라는 것을 잊지만, 이런 사태가 일어날 때마다 다시 깨닫는다.

"우리, 이 세계에서 적대시되는 거 아니야? 위험하지 않아?"

"【현자】는 고독해. 그러니까 내 길을 가는 수밖에……. 정 안 되면 도망치면 돼."

"아니, 제로스 씨는 【대현자】잖아. 은근슬쩍 랭크 내리지 마."

"인정하고 싶지 않군. 내 흉악한 마법으로 인한 파괴라는 것을……."

"어물쩍 넘어가려고 하지마."

농담으로 기분 전환을 해 보지만, 현실은 잔혹했다.

안전지대에 있는데도 가끔 폭풍에 바퀴벌레 잔해가 날아왔다. 이게 인간의 것이었다고 생각하면 웃지 못할 참상이었다.

"【그레이트 기브리온】…… 해치웠을까?"

"글쎄. 30미터나 되는 괴물이니까 방어력이 남다를 테고, 무엇보다 【마왕】으로 진화하기 전이었어. 만약 살아 있다면……."

"【기브 로드】랑 싸우게 되려나……. 우리만으로 이길 수 있을까?"

【소드 앤 소서리스】에서 나쁜 의미로 큰 반향을 불러일으킨 레이드 이벤트, 【그레이트 기브리온의 진격】(통칭 【바퀴의 전율】).

참가자가 적어서 도시 몇 곳이 멸망한 이벤트로 유명했다. 그 참극이 벌어진 가장 큰 원인이【기브 로드】였다.

레전드 · 레어 장비로 무장한 상위 레벨의 중갑 기사를 가볍게 날려 버리고, 마법 공격에 수많은 유저가 죽었으며, 상상을 초월하는 스피드로【섬멸자】를 포함한 상위 유저들을 농락했다.

무엇보다 무서운 점은 무지막지한 방어력이었다. 희귀 재료를 아낌없이 넣어 만든 장비를 써도 상처를 내는 게 고작인 버그 몬스터로, 게임 밸런스를 완전히 무시한 재앙의 화신으로 악명을 떨쳤다.

【섬멸자】가 전원 참가한 레이드 이벤트에서 유일하게 해치우지 못한, 어떤 의미로는 최고의 명예를 쟁취한 마물이기도 했다. 그래서 몬스터의 정점에 군림하는 최강의 적으로도 유명했다.

그런 부조리한 괴물이 게임이 아니라 현실에 나타나면 지금 제로스와 아도만으로는 막을 방법이 없었다.

그래서【어둠의 심판】으로 마왕이 탄생하기 전에 해치우려고 한 것이었다.

“아도 군…… 너는 그거한테 이길 수 있다고 생각해?”

“절대로 못 이기지. 장담할………… 잠깐, 뭐야?!”

대화 도중에 느닷없이 강대한 마력 반응이 나타났다.

그 마력을 감지한 두 사람이 하늘을 올려다보자 세 개의 마법진이 하늘에 떠 있었다. 심지어 마법 문자로 구성된 마법진이 아닌, 지금까지 본 적 없는 미지의 존재가.

“마법진? 아니, 하지만…….”

"처음 보는 마법식인걸. 해석이 안 돼. 이거 설마……."

마법진에서 나타난 것은 푸른 머리칼이 눈길을 끄는 시스루 드레스의 여성과 붉은 머리 고스로리 꼬마, 녹색 머리 세일러복 여중생이었다.

개성이 너무 강한 별종들이지만, 그것을 잊게 할 정도로 방대한 마력을 느꼈다.

"제로스 씨…… 저건……."

"4신인가? 한 명 부족해 보이는데, 뭐 하러 왔는지 원."

피부로 느껴지는 마력이 그들에게 적대의사가 있다고 알려줬다.

"찾았다아아아아아~, 전생자! 당장 없애 버릴 테니까 각오—."

"【그랑 오버 익스플로드】."

—콰아아아아아아아아아아아아아아아아아아아아아아아아아앙!

제로스가 무심한 척하면서 불시에【익스플로드】개조 마법으로 선제공격을 날렸다.

한계까지 강화한 범위 마법의 최대 위력이 세 여신을 집어삼켰다.

"가, 갑자기 무슨 짓이야! 이래서 인간은—."

"【다크니스 노바】."

—콰과아아아아아아아아아아아아아아아아아아아아아아아아아앙!

다짜고짜 이어지는 아도의 추가 공격.

【폭신의 심연】만큼은 아니지만, 【그랑 오버 익스플로드】에 필적하는 위력의 중력 붕괴 마법을 시전했다.

선공 필승. 악즉참. 불에 뛰어드는 나방.

그들의 사전에 망설임이라는 단어는 없었다.

상대가 4신이라면 자비도 관용도 대화도 필요 없었다.

"이, 이 녀석들…… 우리를 죽일 생각이야!"

"……주저 없이 공격했어."

"야아아아아! 신을 뭐라고 생각하는 거얏!"

""어엉? 그냥 쓰레기지! 뻔뻔하게 잘도 기어 나왔군! 당장 죽여줄 테니까 가만히 있어!""

두 사람은 똑같은 말과 함께 그간의 울분을 토했다.

말살 대상이 제 발로 나타나자 얼씨구나 하고 공격한 것이다.

"너희는 여신을 존경할 생각도 없어?! 우리는 생명의 은인이야!"

"무슨 염치로 그딴 소리를! 뒤져, 망할 날벌레들! 【샤이닝 노바】!"

"처치 곤란의 대형 폐기물을 떠넘긴 주제에, 이제와서 신 행세입니까? 이번에는 당신네들이 죽을 차례입니다! 【흑뢰연탄(黑雷連彈)】 난사!"

【샤이닝 노바】의 중력 폭축에서 빠져나온 세 여신에게 추격 능력이 붙은 제로스의 【흑뢰연탄】이 날아들었다.

퇴로를 막을 정도의 숫자에, 더 나아가서 사각에서 파고드는 무자비한 공격이었다.

"""【폭화요란】!"""

순간적인 열량이 1만 도를 넘는 제로스 오리지널 폭렬 마법 【폭화요란】.

성질 변화를 일으켜 반쯤 플라즈마가 된 열량 마법은 불의 여신 플레이레스의 방어마저 가볍게 뚫어 버렸다. 다른 속성으로 변화한 마법은 아무리 그녀라도 온전히 막을 수 없었다.

그래도 겉으로 효과가 없어 보이는 건 4신이 순수한 에너지 덩어리에 가깝기 때문이리라.

피해를 받은 직후 바로 몸을 재구축하지만, 그로 인한 마력 소비는 피할 수 없었다.

"나이스 폭렬."

"나이스 폭렬."

제로스와 아도가 서로에게 엄지를 척 들어 보였다.

세 여신은 자신들에게 타격을 입히고 있는 전생자들에게 전율했다.

성가신 적은 사신뿐이라고 생각했는데 인간이 무시하지 못할 공격을 가차 없이 날려댔다.

이대로 싸우면 확실하게 죽는다고 직감했다.

"이 배은망덕한 것들아아아아아!"

"우리가 안 받아줬으면 너희는 진작 죽었어! 은인한테 이러기야?!"

플레이레스와 아쿠이라타가 맹렬히 항의하고 나섰다.

"헛소리도 작작 해."

"당신들, 뒤처리를 모조리 우리 세계 신들에게 떠넘기고 전생자는 모두 아무 곳에나 대충 던져 놨죠? 그런데 은혜를 느끼라고요? 덧붙이자면 당신들은 아무런 책임도 지지 않았어. 우리한테도, 용사들한테도……. 사악한 신은 철저하게 없애 버려야죠. 크크크……."

"……여기 오면 안 되는 거였어. 전부…… 들통났어."

단편적인 정보라도 모아 놓고 보면 4신이 어떤 존재인지 충분히 가늠할 수 있다.

무엇보다 두 사람에게는 4신에 대한 격렬한 원한이 있었다.

"내 행복한 가족계획을 망쳐놓은 원한, 오늘 이 자리에서 갚아 주마."

"기대하던 술의 원한, 목숨으로 갚으셔야겠습니다. 크크크…… 재미있게 됐군."

""""처음 건 그렇다 쳐도 술 때문에 죽이겠다고?!""""

"세상은 말입니다, 정말 부조리하고 잔혹한 거예요. 당신들이 한 짓처럼 말이죠~. 인과응보, 복수는 나의 것. 지옥 여행할 준비는 OK? 편도 티켓은 챙기셨나요?"

【현자】와【대현자】의 마력은 분노와 복수심으로 더욱 불타올랐다.

이 두 사람의 마력량은 4신을 뛰어넘었다.

그녀들은 사신이라는 위협을 제거할 생각이었지만, 또 다른 위협을 이 세상에 불러들였다. 생각 없는 행동으로 인한 결과가 이것이었다.

"너, 너희는, 이렇게 귀여운 여자애들을 죽일 생각인거야?"

"여자애? 나이로 따지면 우리보다 오래 산 로리 할망구면서."

"여자는 상냥하게 대하라고 부모님이 안 가르쳤어?!"

"안타깝게도 가족 중에 쓰레기 같은 여자가 있어서요. 이제와서 똑같은 쓰레기를 처리하는 데 거부감은 없어요. 하고 싶은 말은 끝났나요?"

"……변호사를 불러줘."

""너희에게는 인권도, 변호사를 선임할 권리도, 유언을 남길 자격도 없어! 판결, 사형!""

"""이건 횡포야아아아!"""

더는 말을 나눌 의미가 없었다.

신이 횡포를 부리면 인간도 횡포를 부린다. 어차피 이 세상은 약육강식의 논리가 지배한다.

당했으면 돌려줘야 하는 법. 먹느냐 먹히느냐, 혹은 약자가 강자를 쓰러뜨리는 하극상.

인간을 벌레처럼 보던 여신들은 반대로 인간의 가능성이라는 정체 모를 힘에 의해 궁지에 내몰렸다.

결국은 대리신에 불과하고 진짜 관측자도 아니었다.

그녀들은 결코 전능한 존재가 아니었다.

"자…… 파티를 시작하자고, 케케케케케케♪"

"너희에게 베풀 자비는 없다. 그저 자신이 어리석었다고 후회하며 어둠 속으로 사라져라. 영전에 꽃을 바칠 사람도 없겠지만, 크크크……."

사람이 악마에 씐다고는 하지만, 지금 두 사람은 영락없는 악마의 화신이었다.

당장에라도 말살이라는 이름의 심판을 가하고자 손에는 방대한 마력이 모이고 입에는 사악한 웃음이 번졌다.

그들은 이 날, 이 순간을 손꼽아 기다려 왔다.

성난 파도와 같이 무영창 마법을 퍼붓고, 세 여신을 이 세상에서 철저하게 없애 버리고자 흉악한 마법까지 주저 없이 쏴댔다.

두 사람은 확신했다. 이것들은 도망치는 속도만 빠른 잔챙이라고…….

증오가 담긴 방대한 마력 파동 앞에서 공포에 떠는 세 여신과 악마로 변한 두 전생자. 정의 따위 겉바른 말은 끼어들 여지가 없었다.

거기 있는 것은 무자비한 단죄뿐이었다.

"폭식의……."

"심여…… 응?"

두 사람이 마무리를 지으려던 때, 갑자기 멀리서 방대한 마력 반응이 발생했다.

조금 전까지 【그레이트 기브리온】이 존재하던 방향이었다.

"뭐, 뭐양? 이 마력……."

"우리를 능가하는 마력 반응……. 설마, 사신?!"

"아니야……. 그거랑은, 달라……."

그 자리에 있는 모두가 차원이 다른 마력에 경악했다.

그들이 있는 곳에서 떨어진 크레이터 지대에는 철저하게 파괴된 【그레이트 기브리온】의 거구가 굴러다녔다.

가까스로 원형은 유지하는 시체 속에서 그것이 막 깨어났다.

단단한 체조직에 감싸인 어둠 속에서 심홍색 빛이 번뜩인다.

걷잡을 수 없는 방대한 마력이 사지를 순환해 불길처럼 외부로 방출되고, 쓸모없어진 옛 그릇을 날려 버리며 하늘 높이 뛰어오른다.

그것은 머리에 난 긴 더듬이를 움직여서 목표를 즉시 탐지하자마자 정해진 사명을 수행하려는 것처럼 행동을 개시했다.

폭풍처럼 휘몰아치는 마력을 두르고 등에 난 두 쌍의 날개를 고속으로 움직여 번개처럼 날아든다.

본능에 새겨진【적】과 싸우기 위해서―.

제6화 아저씨, 역시나 마무리는 흐지부지

갑자기 발생한 강대한 마력 반응이 단죄라는 이름의 사형 집행을 중단시켰다.

그럴 만도 했다. 그들이 느낀 마력 반응은 지금까지 느끼던 것과 비교도 되지 않을 만큼 강대했으니까.

그 마력을 발하는 무언가가 지금 초고속으로 접근하는 중이었다.

제로스와 아도, 세 여신도 예상치 못한 사태에 몸이 굳어 버리고 말았다.

"저, 저기, 제로스 씨……. 이거 설마……."

"【그레이트 기브리온】을 해치우지 못했나. 그렇지만 이 마력 반응…… 【기브 로드】와는 느낌이 달라. 마력이 이 정도로 느껴진다면…… 사신 수준인가."

"그럼 엄청 위험한 거잖아?"

제로스도 이런 마력 크기는 이제껏 느낀 적이 없어서 해당하는 마물의 모습이 떠오르지 않았다.

하지만 방출되는 마력으로 보아 이쪽으로 다가오는 존재가【사신】만큼은 아니더라도 그에 가까운 힘을 가진 괴물인 점은 확실했다.

설마 사신에 필적하는 마물이 자연환경에서 태어날 줄 누가 예상했으랴.

“【사신】과 동급인가……. 난감하네~. 우리만으로는 절대로 못 이기겠는데.”

“잠깐, 【사신】과 동급이라고?! 그런 괴물이 왜 있어?!”

“난들 알아? 용사 소환으로 마력 농도가 낮은 지역과 비정상적으로 높은 지역이 생겼으니까 무섭도록 짙은 마력을 축적한 마물이 있었나 보지. 그게 우연히 【그레이트 기브리온】이었던 거고?”

“왜 용사 소환으로 마력 농도가 변한다는 거야? 세계의 마력은 일정하게 유지돼. 네가 하는 말은 이상해.”

“딴에는 【신】이라면서 그것도 모르나요? 용사 소환에 필요한 마력을 모을수록 소환 마법진에서 먼 곳의 마력 농도가 서서히 열어지고, 반대로 가까운 곳일수록 농도가 짙어집니다. 파프란 대산림지대를 보고도 이상하다는 생각을 못 했나요? 앞으로 1500년 정도면 이 세계가 멸망할 판국이었는데?”

““““…….””””

여신들이 얼마나 이 세계에 무관심했는지 판명된 순간이었다.

제로스와 아도가 싸늘한 눈길을 보냈다. 세 여신은 자신들의 실수에서 눈을 돌리듯 시선을 엉뚱한 곳으로 돌려 버렸다.

사신급 마물이 탄생한 진위가 뭐든, 세계가 멸망 직전이라고 하니 더 할 말이 없었다.

누가 뭐래도 원인은 그녀들이니까.

“……온다.”

윈디아가 불쑥 중얼거림과 동시에 푸른 하늘에서 흉흉하게 빛나는 점 하나가 맹렬한 속도로 다가왔다.

그 모습을 뭐라고 형용해야 좋을까. 길이는 170센티미터 정도로 【마왕】치고는 작은 편이지만, 그 몸은 기이할 정도로 두꺼운 갑각에 싸여 있었다.

격렬하게 퍼덕이는 두 쌍의 날개, 울퉁불퉁하고 견고해 보이는 머리 장갑, 그중 유일하게 얇은 갑각 속에서 심홍색 눈 두 개가 빛나고 있었다.

두 개의 더듬이를 보고 가까스로 바퀴벌레 계통임을 알 수 있지만, 이 마물의 모습은 누가 봐도 이상했다. 구태여 비유한다면—.

"저거…… 사○기맨[#6] 아냐?"

"비슷하지만, 바퀴벌레는 탈피하면서 성장해. 번데기는 안 될 텐데?"

"생김새를 보면 제2 형태가 있을 것 같은데……."

"그럴싸해. 이○즈맨처럼……."

옛날 변신 히어로에 가까운 인상이었다.

그리운 히어로를 연상케 하는 적은 제로스와 아도를 내려다보고는 방대한 마력을 급속도로 압축하듯 모았다.

"죠죠죠죠죠."

""말했어! 화성 바퀴벌레야?!""

뜻은 모르겠지만, 분명히 지성이 있었다.

#6 사○기맨 일본 특촬물 『이나즈맨』에 등장하는 캐릭터 사나기맨. 사나기는 일본어로 번데기를 의미하며 힘이 모이면 이나즈맨으로 변신한다.

이 미스터리 생물은 두 팔을 가슴 앞에서 교차하더니 압축한 마력을 팔로 모았고—.

"죠와치!"

—피유우우우우우우우우우우우우우우우우우우우우웅!

정체 모를 광선을 쐈다.

제로스와 아도는 광선을 피했지만, 불행히도 플레이레스에게 직격했다.

"으게게게게게게게게게게게게게게게겍!"

"예쁘네~."

"멋진 공격이구만. 가슴을 울리는 로망이 있어. 동심으로 돌아가는 기분이야."

"……너무해. ……구해주면 어디 덧나?"

""우리가 왜? 그냥 죽어.""

"이 인간들…… 인성이 썩었어."

여신들이 경멸의 눈빛을 보냈다.

하지만 제로스와 아도가 그녀들을 구할 이유는 전혀 없었다.

애초에 그녀들은 전생자를 처리하러 왔고, 제로스와 아도도 4신에게 원한이 있는 터라 함께 싸워줄 리 만무했다. 오히려 저 정체불명의 생물을 이용해서 끝장낼 셈이었다.

하지만 처음부터 적이었으면서 계속해서 자기네의 위대함을 강조하는 여신들이 짜증 나서 빠르게 결판을 내기로 했다.

“【라이트닝 슈터】.”

“【흑뢰연탄】.”

결론을 낸 그들의 행동은 빨랐다.

즉시 세 여신을 향해서 공격을 개시했다.

“잠깐?! 뭐 하는 짓이야!”

“……위험해.”

“우리는 처음부터 적이라고. 뭐가 아쉬워서 너희랑 같이 싸워?”

“적이 한 명 늘었다고 진짜 협력할 줄 알았나요? 언제 배신할지도 모를 관계는 이쪽에서 사양합니다. 크크크…….”

“쳇! 이것들, 상식이 안 통해…….”

아쿠이라타는 제로스와 아도에게 저 정체불명의 생물체를 떠넘기고 도망치려고 생각했다.

하지만 처음부터 협력할 생각은 눈곱만큼도 없던 둘은 오히려 공격에 가세하며 그녀의 계획은 무산됐다.

항상 거만하게 신 행세를 하던 그녀들은 인간이 모두 자신들에게 굽실거리리라 진심으로 믿고 있었다. 그것이 잘못됐다고는 꿈에도 생각지 못하고.

“죠아!”

정체 모를 바 선생— B몬스터가 웬 빛의 거인 같은 소리를 내며 뛰어올라 아쿠이라타의 정수리에 날아 차기를 감행했다.

“꺄?!”

““으아아악?!””

아쿠이라타가 간발의 차로 피하자 【B몬스터】는 곧장 제로스와 아도 쪽으로 고속으로 돌진했다.

토사가 거대한 기둥처럼 하늘을 찌르고 우박처럼 쏟아져 내렸다.

"위험하잖아, 제대로 맞았어야지!【플라즈마 랜서】!"

"히익?! 그런 억지가 어디 있어! 우리더러 죽으라는 소리야?!"

"죽으라는 소립니다.【사이클론】!"

"우와아아아아아아아아아아아아아아앙?!"

아쿠이라타에게 쏜 바람 속성 마법【사이클론】은 아쉽게도 빗나갔고, 대신 뒤에 있던 플레이레스에게 직격했다.

사이클론에 휘말린 플레이레스가 하늘로 날아갔다.

"재밌겠네. 따라 하고 싶지는 않지만."

"동감. 저걸로 죽으면 얼마나 편할까."

"한눈…… 팔지 마."

""으아아아아아아아아아아아아아아아아악?!""

어느샌가 뒤로 돌아온 윈디아가 제로스와 아도를 강력한 회오리로 묶었다. 세 여신이 싸움에 익숙하지 않다고 방심하다가 허를 찔리고 말았다.

마무리를 지으려던 윈디아에게 경이로운 속도로 접근한【B몬스터】가 라이트 스트레이트를 때려 박았다.

"아윽!"

"죠죠죠죠, 죠아!"

윈디아를 날려 버린【B몬스터】는 다시 두 팔을 교차해 마력을 집중하기 시작했다.

""앗, 저건…….""

"죠악!"

그리고 발사되는 광선.

제로스와 아도는 순간적으로 반사 마법 장벽【리플렉트 미러】로 튕겨 내고 그 광선은 또 플레이레스에게 명중했다.

"으베베베베베베베베베베베베베베베베베……."

가엾은지고, 플레이레스는 아프로 고스로리 여신으로 진화했다.

불의 여신이 웃음의 여신으로 전직하는 순간이었다.

"너희 진짜…… 이 기회에 날 없애려구 일부러 그러지?!"

"……오, 오해…… 푸흡!"

"그래, 우리가 그런 짓을 할 리…… 픕!"

"우리는 처음부터 너희를 없애…… 푸하!"

"너무 피해망상에 빠진 거 아닌가요? ……잠깐 실례. 푸하하하하하하하하하!"

"죠?! ……죠죠죠죠죠죠!"

그 자리에 있던 모두에게 맵병기【웃음보】가 크리티컬로 터졌다.

역시 웃음의 신. 살의가 감도는 난전 속에서 기습적인 폭탄 머리로 모두의 허를 찔렀다. 밀려 올라오는 웃음을 참지 못하고 결국 모두 충동적으로 대폭소했다.

"사이……좋구나, 너희……. 전부…… 전부 아프로나 돼!"

"""""화났어?!"""""

플레이레스는 분노의 충동에 몸을 맡기고 거대한 불덩이를 던졌다.

표적이 된 전원이 다 같이 회피하는 와중에【B몬스터】만 웃기 바빴고, 말 그대로 분노의 불꽃을 정통으로 맞았다.

범위 마법조차 간단하게 초월하는 연옥의 불길은 여신이라는 직함을 새삼 떠올리게 했다.

"일단 한 마리……. 다들 새까맣게 타 버려~!"

"푭…… 플레이레스, 적은 저쪽이야. 왜 우리까지 노려?"

"남의 불행을 비웃는 것들은 전부 불태워 버려야 해……."

"너도 남을 불행하게 만들었잖아. 이제와서 아프로가 돼 봤자…… 푸흡! 죄가 가벼워, 지지는…… 않아. 크크…… 배, 배 아파……."

"인간이 불행해지든 말든 내 알 바 아니거든? 아프로로는 부족해. 아예 뽀글머리로 만들어주겠어~!"

"자기와 같은 사람이 늘어나면 불행이 줄어듭니까? 수준 알 만하네요. 아프로 주제에 건방지게……."

"되고 싶어서 된 줄 알아?! 왜 처음부터 아프로였다는 식으로 말해~!"

"……아프로 여신. 아프로 여신은 아 · 프 · 로[#7]…… 푭."

"플레이레스?! 완전히 아프로로 낙인찍혔어?!"

플레이레스는 아프로라는 공식이 모든 사람에게 인지됐다.

그녀는 깨닫지 못했다. 자신이 아프로가 되어 이곳에 있는 이들의 마음을 하나로 묶었다는 사실을…….

플레이레스를 제외한 이들이 분노와 반목을 넘어서 일시적으로나마 단합했다.

웃음의 신은 세상을 평화롭게 이끌 싹이 보이지만, 정작 그녀는 점점 더 신경질적으로 변하고 동료를 늘리고자 집요하게 공격해

#7 아프로 여신은 아 · 프 · 로 애니메이션 『개구리 중사 케로로』의 엔딩곡 『아프로 중사』 패러디.

왔다.

"제로스 씨…… 저거……."

"왜, 아도 군? 우리는 고스로리 아프로 여신에게 뽀글이가 될 사상 최대의 위기에 빠졌는데 무슨 할 말이라도? 이대로 가면 우리 다 같이 펑키야."

"아니, 저 불바다 속에…… 뭔가 움직이지 않아?"

"……으잉?"

제로스가 불길을 돌아보니 사람 형태의 그림자가 움직이고 있었다.

그것은 천천히 일어나서 고온의 불바다를 자기 집 앞마당처럼 유유히 걸어 나오며 범상치 않은 기운을 발산했다.

"말도 안 돼, 저 불 속에서도 끄떡없어?! 저 갑각에 불 내성이라도 있나……."

"곤충형은 특정 환경에 적응한 녀석 말고는 불에 약하지 않았나……. 바퀴벌레 계열은 불이 약점이었지?"

"그럴 텐데……. 저거 역시 【기브 로드】 아닐까? 정말로 사○기 맨인가?"

정체 모를 【B몬스터】는 불길 속에서 어마어마한 마력을 방출해 불길을 날려 버렸다. 그리고 두꺼운 장갑을 갑자기 폭발시켜 깨진 파편을 산탄처럼 흩뿌렸다.

단순한 장갑 분리가 아니었다. 정통으로 맞으면 인간은 결코 무사하지 못할 위력, 잘못하면 즉사할 정도로 가공할 살상력을 품었다.

"꾸엑?!"

"꺄아아아아아아아아?!"

"……긴급 대피."

"캐, 캐스트 오프 했어?! 노오오오오오오오오오오오오!"

"역시 제2 형태가 있었나……. 어디 나오는 가면 히어로야?! 오우!"

플레이레스에게 또 직격타.

아쿠이라타와 윈디아는 즉시 급속 이탈하고 제로스와 아도도 마법 장벽을 전개해 파편을 막으며 여파에서 도망치느라 여념이 없었다.

평원은 마치 폭격이라도 당한 것 같았다.

주변은 열풍에 휘날린 흙먼지로 한 치 앞이 보이지 않았다.

"어떻게 되어 먹은 위력이야? 저건 이미 존재 자체가 병기야!"

"대자연은 때로 저런 생물을 낳기도 하나……. 음?!"

자욱한 흙먼지 속에서 심홍색 빛이 유일하게 눈길을 끌었다.

그리고—.

"칠 · 흑 · 유 · 성 기브리온."

—퍼어어어어어어어어어어어어어어어어어어어엉!

흙먼지마저 가르고 유려한 동작으로 포즈를 잡았다.

등 뒤에서 발생한 폭발 이펙트가 참으로 아련한 향수를 일으켰다.

""유창하게 말하는 데다가 정의의 편이야?!""

연마한 흑요석처럼 아름다운 광택을 발하는 장갑. 영혼을 울리는 강인하면서도 세련된 외형.

그리고 원본이 바퀴벌레라고 생각하기 어려울 만큼 멋있기까지.

그것은 의심의 여지가 없는 영웅의 탄생이었다.

붉게 빛나는 두 눈으로 적들을 바라보고는 균형 잡힌 직립 자세로 손가락을 힘차게 뻗었다.

두 오타쿠에게 싹튼 것은―.

"……주, 죽인다."

"바퀴벌레인데…… 바탕이 바퀴벌레일 텐데, 마음이…… 큭!"

"안 돼…… 나는 저 녀석이랑 싸우기 싫어."

"그러게. 저것과 싸우면 뭔가 소중한 것을 잃을 것 같아."

가슴 속에서 날뛰는 뜨거운 열정. 남자라면 한 번은 꿈꾸는 정의의 히어로가 두 사람에게 어린 소년의 마음을 불러일으켰다.

누구나 한 번은 꿈꾸고, 어른이 되면 잊고 마는 소중한 마음을…….

"자연을 파괴하는 사신들, 그리고 인간들은 들어라! 이 아름다운 세계를 멸망으로 내모는 사악한 음모, 내가 여기서 끝내주겠다!"

"누가 사신이란 거야~!"

"웃겨, 정말! 감히 어디서 마물 주제에."

"……불쾌해."

"어라? 우리도 악역이야?"

"그야 인간의 역사는 창조와 파괴의 연속이니까. 어떻게 보면 이렇게 사악한 생물도 없지~."

히어로가 하는 말은 크게 틀리지도 않았다.

인간 문명이 오랜 세월 자연을 파괴하며 발전한 것은 엄연한 사실이었다.

숲을 태우고 산을 깎아 생태계를 파괴하면서 다양한 기술을 개발했고, 그 기술로 또 발전을 거듭하려고 한다.

그것은 동시에 전쟁의 역사이기도 하며 자연적인 약육강식과는 별개로 이데올로기로 수많은 생명을 희생시켰다.

전쟁을 정의라고 부르짖으며 종교와 문화의 차이, 혹은 위정자의 야심에 따라서 대지를 피로 적셨다.

세계 그 자체에 의지가 있다면 지성을 가진 존재가 사악하게 보일지도 모른다.

【칠흑유성 기브리온】은 그런 대자연의 분노일 것이다.

"그렇다고 심판받을 생각은 없지만."

"그래. 우리도 살아 있는 생명이고 문명의 흥망성쇠는 늘 있는 일이지. 그래도 싸우기는 싫은데……."

"동감이야. 인간이 멸망하는 것도 자연의 이치. 오랜 세월이 지나면 대자연으로 돌아갈 테니까 세계를 완전히 망가뜨리지 않으면 가능성은 있어."

삶은 싸움의 연속이다.

만약 세계가 인류 문명을 없애려고 해도 생물은 환경에 적응해서 살아가는 힘을 가졌다.

그것은 생물의 정점에 군림한 인간 또한 마찬가지. 정의의 히어로가 멸망하라고 말해도 넙죽 알겠습니다. 하고 받아들일 수는 없는 노릇이다.

"흠, 분명히 인간은 복잡하게 진화한 생물이지. 좋다, 인간에 관한 결론은 이 자리에서 내지 않겠다. 발전한 기술도 사용법에 따라서는 자연과 조화할 수도 있으니까. 하지만 **사신들**, 너희는 아니다!"

"왜~?!"

"너는 이 세계가 낳은 생물이잖아! 그렇다면 우리에게 복종하고 이 전생자들이나 처리해!"

"……편드는 거야?"

"아니! 아니다! 결코 아니다! 너희는 자기들의 욕망을 위해서 수없이 이세계 소환을 강행해 이 세계를 멸망시키려고 한 대역죄인이다. 신의 대행자 주제에 전능한 존재와 동급인 체하는 것 자체가 가소롭기 짝이 없다."

그래도 신이라고 불리는 존재인데 괴상하게 진화한 바퀴벌레에게 정곡을 찔렸다.

그나저나 묘하게 아는 게 많은 히어로였다.

'이상하게 사정을 잘 아는군. 외부에서 간섭이 있었나? 이 생물은 【그레이트 기브리온】에서 진화했으니까 단순히 대자연의 자정작용이라고 봐야 할까……. 알다가도 모르겠구만.'

도통 이해할 수 없는 존재였다.

마물에서 진화한 것 치고는 묘하게 세상 물정에 밝고 4신을 쭉 지켜봤던 것처럼 사정에 해박했다. 제로스와 아도가 시간을 들여 조사한 사실도 이미 알고 있던 것 같았다.

그런 의문과는 별개로 히어로와 악당 조직 간부 셋은 양보할 수 없는 싸움에 돌입했다.

한쪽은 대자연이 낳은 정의의 히어로.

다른 한쪽은 욕망대로 세상을 망쳐 온 신. 서로를 용인할 수 있을 리 없었다.

"대자연을 대신해 내가 응징해주마! 【기브리온 소드】!"

“이거나 먹어!”

아쿠이라타가 만든 초고압 물덩어리는 수십 톤에 달하는 질량을 가졌다.

그것을 고속으로 던졌지만, 기브리온은 팔의 장갑을 늘린 검으로 물덩어리를 종잇장처럼 잘라 버리고 아쿠이라타에게 급속도로 접근해 돌려차기로 그녀를 날렸다.

그리고 몸을 돌려 다음 표적인 고스로리 아프로를 향해서 흉부 장갑을 열었다.

대항하는 플레이레스는 다시 거대한 불덩이를 만들어서 막 기브리온에게 던지려던 참이었다.

서로의 사선(射線)이 겹쳤다.

“벌레는 소각이다~!”

“【기브리온 스매셔】!”

두 고열량의 공격이 정면에서 부딪쳤다.

어마어마한 충격파와 열이 주변 인물들을 덮쳤다.

“으아아아아아아아아아아아아?!”

“큭,【고요한 빙결의 세계】!”

제로스는 화염 방어용 마법을 발동해 충격파와 폭염을 막았다.

【고요한 빙결의 세계】는 절대영도인 얼음 장벽과 결계라는 이중 구조로 구성된다. 화염 브레스를 쓰는 드래곤을 상대할 때 유용하지만, 마력 소비가 너무 커서 연비가 좋지 않아 사용할 기회 없이 썩히던 개조 마법이었다.

그걸 이렇게 쓸 날이 올 줄이야. 역시 세상일은 모르는 거다.

"제발 다른 곳에서 싸워주면 안 되나……."

"아프로 여신이 팽글팽글 돌면서 추락하네. 그러고 보면 중학교 시절에 폭탄 머리 여자 일진이 있었지. 화장이 변장 수준이었어……."

아저씨와 아도는 이미 관객이었다.

【칠흑유성 기브리온】이 자신들을 적대시하지 않으면 싸울 이유가 없고 만악의 근원에게 적개심이 쏠린 탓에 두 사람은 대자연의 전사가 싸우는 모습을 구경하기로 마음먹었다.

눈앞에서 펼쳐지는 생동감 넘치는 스펙터클 무비에 가슴이 뛰었다.

"이러면 로봇이나 비밀병기가 보고 싶은걸."

"제로스 씨, 고독한 히어로에게 그런 걸 바라면 안 돼. 한발 양보해서 바이크 정도면 괜찮지만. 그래도 뭔지 모를 합체 로봇이나 물리 법칙을 무시한 거대 병기는 촌스러워. 사나이라면 역시 주먹으로 싸워야지."

"공을 차면서 마무리하는 연계 무기랑 조립하기 귀찮고 쓰기도 불편한 괴상한 바주카도 좀 그렇지? 마지막에는 모든 로봇이 합체하는 최종 형태는 너무 덕지덕지 붙여놔서 정이 안 가. 그러니까 강화 없는 거대 로봇도 고독한 히어로가 사용해야 멋진 거야."

"나는 제법 좋아하는데? 그럼 우주에서 온 3분 히어로는?"

"그건 원래 적이 거대하니까 괜찮아. 마음대로 늘었다 줄었다 하는 우주인도 있었고……."

"제로스 씨가 좋아하는 히어로의 기준을 모르겠어……."

두 사람은 쇼를 구경하며 히어로 토크를 벌였다.

방관자의 눈앞에서는 자칭 여신들이 검은 히어로에게 쫓겨 다녔다.

"……앗, 설마 바보 여신들도 거대화하나?"

"그건 보고 싶지만, 가능한지는 모르겠구만. 한번 물어나 볼까? 어이, 거기 두 사람~. 댁들 거대화는 할 수 있습니까? 할 수 있으면 좀 보여주세요~!"

""가능할 리가 없잖아! 으갸아아아아아아아아아아아아!""

친절하게도 제로스의 질문에 답한 아쿠이라타와 플레이레스는 집중력이 끊긴 순간을 찔려 기브리온의 더듬이에서 쏘아진 고전압 전격에 정통으로 당하고 말았다.

그래도 끈질기게 살아 있는 둘을 보고 무심결에 『젠장, 살아 있었나. 아깝다!』라며 못내 아쉬워했다.

사실 이 둘은 여신들이 호된 꼴을 당하기를 바라는 것이지 딱히 직접 복수하지 않아도 상관없었다.

동시에 호된 꼴을 당한 플레이레스가 그들의 의도를 눈치챘다.

"저것들이~! 자기네는 안전하다고 우리를 방해해서 없앨 생각이야~!"

"윈디아! 너도 좀 도와…… 얘 어디 갔어?"

격렬한 공방 중에 공격하는 사람은 아쿠이라타와 플레이레스뿐이고 바람의 여신은 참가할 낌새가 없었다.

아쿠이라타는 주변을 돌아보고야 이곳에 세일러복 여신이 없다는 사실을 깨달았다.

"우꺄아아아아~! 윈디아가 도망쳤어~!"

"가이라네스나 그 애나…… 하나같이 단합이 안 돼. 큰일이네, 어떻게 해서든 도망쳐야 하는데……."

하지만 이 짧은 빈틈을 놓칠 히어로는 없었다.

태고의 힘을 품은 히어로【칠흑유성 기브리온】은 하늘 높이 상승해 날개를 펼치고 장갑을 열어 태양광을 모으기 시작했다.

"저건 설마?!"

"【그랜드크로스 어택】?!"

두 오타쿠가 격하게 반응했다.

순수한 소년처럼 눈이 초롱초롱했다.

"기브리오오오오오온 노바아아아아아아아아아아아아아!"

흉부와 두 어깨, 양 무릎에 있는 푸른 보석에서 눈부신 빛이 방출되어 두 여신을 삼켰다.

그 빛은 땅에 명중하자 대규모 폭발을 일으키며 주변 일대를 초토화했다.

가히【어둠의 심판】에 필적하는 위력이었다.

"크아아아아아아아! 위력 끝내주잖아!"

"이 나이에도 흥분되는군. 히어로는 이래야지!"

폭발에 말려들면서도 아도와 아저씨는 왠지 기뻐 보였다.

소년의 마음을 잃지 않은 두 사람은 좋은 걸 봤다는 만족감에 젖은 채 폭풍에 떠밀려 상당히 먼 곳까지 날아가 버렸다.

하지만 그들에게 후회는 없었다.

오타쿠 스피릿은 사람을 바보로 만든다.

"악멸!"

거대한 크레이터를 만든 기브리온은 제자리에서 멋지게 포즈를 잡았다.

참고로 이 공격으로 메티스 성법신국으로 이어지는 가도가 끊어져서 복구 작업은 더욱 늦어지고 만다.

그 결과, 민중과 신전이 갈등을 빚으며 곧 대규모 데모가 발발한다.

그리고 데모는 곧 내란으로 발전하지만, 아직은 아무도 모르는 일이었다.

"꽤 멀리까지 튕겨져 나왔구만……."

"용케 살아 있네, 우리……. 보통 사람이면 죽었어."

"새삼스럽게 이 몸의 튼튼함에 놀라게 돼. 이거야 원, 초인이 따로 없군."

보통이라면 골백번은 죽었을 공격에 노출되고도 살아남았다. 놀라움을 넘어서 어이가 없을 수준이었다. 【극한 돌파】를 한 사람은 인간이라는 생물의 범주에서 벗어나는 것 같았다.

몇 번이나 비상식적인 경험을 겪은 아저씨는 이제 생각하기를 그만둬야겠다는 생각마저 들었다. 레벨이 곧 힘인 세상에서 상식이 무엇인지 생각하는 것 자체가 무의미하게 느껴졌다.

실제로 괴물 같은 체력과 마력을 가진 그들은 말 그대로 인간병기였다.

"이 세상에서는 일반인도 조금만 레벨업 하면 금메달을 딸 수준이지. 우리 힘은 핵무기와 비등할 거야. 일반 마도사는 이지스함 정도 되려나?"

“기준을 모르겠어. 어디 나오는 마법 선생이야? 판타지 세계 인간은 죄다 괴물이냐고.”

“드래곤이랑 맞붙을 수 있는 종족도 있으니까 지구의 상식은 별 도움이 안 돼. 이 세계의 기사가 지구에 가면 한 나라의 군대도 쓸어버릴 수 있다고 봐.”

“지구의 물리법칙이 더해지면 마법이 무한정으로 강해지는 거 아냐? 대마법을 펑펑 쏘면 세계 종말 전쟁이 되겠어.”

“하긴, 공격 마법의 순간적인 성질 변환은 위험하지. 특히 익스플로드에 핵폭발 수식을 더하면 가공할 위력이 나와. 다만, 마력을 어마어마하게 소비해서 실용적이지는 않겠지. 지속형 마법과 비교하면 효율에 문제가 있어.”

“그래?”

공격 마법 위력은 마법식의 정교함과 사용자가 쓰는 마력량에 비례하는데, 핵폭발 급의 위력을 내려면 무식하게 많은 마력이 필요하다. 일개 개인의 마력만으로 발동할지조차 의심스럽다.

그만한 마력을 보유한 자는 존재하지 않으며, 만약 그런 마법을 쓸 수 있는 생물이 있다면 용왕급 드래곤 정도가 아닐까.

그리고 마법식의 규모를 고려하면 잠재의식 영역의 대부분을 차지해서 다른 마법을 습득할 여력이 없으므로 굉장히 극단적인 마도사가 되어 버린다.

자연계의 마력을 이용해도 이 세계 사람들은 다룰 수 없는 마법이다. 그럴 능력이 있는 제로스와 아도가 이상하다고 생각하는 편이 옳다.

지속형 마법이란 주로 방어 거점인 성채나 요새에 설치하는 마법으로, 자연계 마력을 순환시켜 마법식을 기동한다.

반영구적으로 사용할 수 있지만, 그 마법식을 건물에 설치하려면 번거로운 작업이 필요하며 기동할 때도 막대한 마력을 잡아먹는다. 하지만 인간이 기동하기에는 마력량이 너무나도 부족해서 구시대 유적에서나 볼 수 있다.

예를 들어 요새를 방어하기 위한 장벽에 강화 마법을 걸 경우, 요새를 건축하는 단계에서 설계해 넣어야 하고, 기동하려면 인위적인— 혹은 기계적인 보조가 필요하다.

이 시대에 이런 지속형 마법식 설치는 불가능에 가까우며, 연구가 진행되고 있어도 아직 전모를 파악하는 수준에는 미치지 못했다. 자연계 마력을 이용하는 술식이 유실됐기 때문이었다.

전에 위슬러파의 마도사들이 총력을 기울여 연구를 진행했던 광범위 섬멸 마법도 여기에 분류되며, 그 마법식의 크기는 콜로세움 하나에 버금간다.

그런 것을 인간의 손으로 기동할 수 있을 리 없었다.

"잠깐 스톱! 제로스 씨…… 우리가 쓰는 【폭식의 심연】은 섬멸 마법이지? 이 세계 사람이 섬멸 마법을 쓸 수 없다면 우리는 왜 쓸 수 있어?"

"그야 우리가 이 세계의 인간이 아니니까. 판타지답게 말하면 우리 역할은 신의 사도 아니야? 다른 세계 신들이 보냈잖아."

"뭐, 그렇다고도 할 수 있겠지. 착각인지는 몰라도 이 세계에 오고 머리가 살짝 좋아진 느낌도 들고."

"착각이 아니야. 지금 INT가 얼마인지 봤어? 나는 아직 무서워서 못 봤지만, 【소드 앤 소서리스】의 스테이터스가 그대로 우리 능력이 됐다면 천재도 울고 갈 수준이야."

"그렇게까지 천재가 된 기분은 안 드는데?"

"게임에서 INT는 방대한 마법식을 기억하고 제어하는 수치였는데, 그 법칙이 이 세계에서도 적용되지 않을까? 그것만으로 우리는 충분히 위험한 존재야."

"정말로……?"

"마력도 괴물, 체력도 괴물……. 후후후…… 언제든 신이나 악마가 될 수 있겠어."

제로스는 HP와 MP, 스킬 항목은 확인했지만, 신체 스테이터스는 확인하지 않았다.

아니, 자신은 인간이라고 믿고 싶은 마음이 확인을 거절한다고 해야 할까?

가뜩이나 무식하게 많은 상위 스킬을 가졌고 그것을 모두 자유자재로 다룰 수 있다. 체력만 해도 주체할 수 없을 정도였다.

이 세계의 사람들과 스테이터스를 비교한 적은 없지만, 평범한 생활 속에서도 자신이 비정상임은 알기 싫어도 알 수 있었다. 스테이터스를 비교하면 스스로 인간임을 포기해 버릴 것만 같아서 무서웠다.

아저씨는 인간으로 남고 싶었다.

"……거기까지는 생각 안 해 봤어."

"아도 군…… 아티팩트급 마도구를 만들지는 않았겠지? 만약 만들었으면 조심해. 이 세계의 전쟁을 근간부터 뒤흔들지 모르니까."

"……으윽?! 조심할게."

실제로 위험한 마도구와 위험물을 만들었지만, 제로스에게 순순히 알릴 수는 없었다.

심지어 한때 제로스를 죽이려고 했었으니까 과거 행적을 들키면 차라리 죽는 게 나은 수준의 응징을 가할 게 틀림없었다. 이 사실만은 무덤까지 들고 가겠다고 마음에 새겼다.

"이, 이제 돌아가자. 황야에 있어 봤자 시간만 아깝고 내 동료들도 기다리고 있어."

"……그래. 기브리온도 안 보이고 여신들은…… 감이지만 아마 살아 있겠지. 뭔가 이도 저도 아닌 결말이지만, 의뢰는 달성했으니까 후딱 돌아갈까."

"앗, 유이가 어디 있는지 진짜 말해줘야 한다? 끝까지 도왔잖아."

"난 약속은 지키는 사람이야."

예상하지 못한 난입으로 흐지부지 마무리된 【그레이트 기브리온】 토벌전.

결과야 어떻든 위기는 모면한 터라 두 사람은 스라이스트 성곽도시로 돌아가기로 했다.

인벤토리에 대량의 마석을 채운 채…….

【칠흑유성 기브리온】의 【기브리온 스매셔】로 뚫린 크레이터 바

닥, 고온으로 유리화된 지면을 뚫고 작은 불과 물이 솟아나왔다.

그것은 곧 형태를 갖추더니 어린 여자아이의 모습으로 변했다.

"죽는 줄 알았다구……."

"윈디아…… 어떻게 우리를 버리고 도망칠 수 있어? 나중에 혼을 내줘야겠어."

부활한 플레이레스와 아쿠이라타는 힘을 대거 소비한 탓에 그 모습도 볼품없이 왜소했다. 이 몰골로 여신이라고 말해도 대체 누가 믿어줄까.

"그나저나 그 이상한 녀석은 놔두더라도 전생자한테도 못 이기겠는데? 사신이랑 동급 아니야?"

"인간들을 쓰면 되잖아! 난 전생자랑은 두 번 다시 안 엮일 거야."

바탕은 요정이기에 핵만 있으면 재생은 쉬웠다.

이것을 생물이라고 불러도 될지 의문이지만, 존재 자체가 말이 안 되는 것들이었다.

"여신 때려치우고 싶어졌어……. 왜 그런 악랄한 것들만 나오는 거냐구……."

"그건 걔네한테 따져! 우리 세계를 맘대로 주무르고 다니는데 너는 화도 안 나?!"

"그치만 적이 우리보다 세잖아! 승산이 전혀 안 보이잖아!"

"윽……."

전생자와 정체 모를 생물의 힘은 압도적이었다.

그녀들은 신일 텐데 그들의 힘은 그에 필적, 아니, 그보다 우월했다.

"됐어. 이번 일로 전에 본 파괴의 흔적은 전생자의 소행이라는 걸 확인했고 우리를 위협하는 존재가 없다는 걸 알았어. 그것만으로도 충분해."

"위협하던데? 근데 엄청 원망하더니 왠지 놓아줬네."

"……아마 그 괴상한 생물의 공격 때문에 우리를 놓친 거야. 그 녀석도 자기가 공격해 놓고 놓친 걸 보면 바보야."

"얕보인 거 같아서 열 받아~! 근데 아쿠이라타는 그 녀석들한테 이길 수 있어?"

"전생자에게는…… 솔직히 어렵지."

아쿠이라타도 전생자에게 이길 수 있으리라고는 생각하지 않았다.

분명히 상식 밖에 있으며, 이 세계의 법칙과도 동떨어져 있었다.

그녀들은 다른 세계에 사고를 친 전적이 있어서 그쪽 세계 신들의 무리한 부탁도 거절하기 힘든 처지였다. 그게 이런 귀찮은 사태로 이어질 줄은 예상도 하지 못했다.

심지어 전생자는 노골적인 적의를 드러내며 다짜고짜 자신들을 죽이려고 들지 않던가.

하지만 인간은 오래 살지 못한다.

적어도 100년만 지나면 전생자도 다 무덤 속일 것이다.

"그래도 문제없어. 인간 따위 얼마 살지도 못하니까 가만히 놔두면 저절로 사라져."

"건너편 녀석들이 무슨 가호를 줬을지도 모르잖아? 낄낄대면서 라이트 노벨이나 따라 할 녀석들이라구."

"그 정도로 간섭하지는 못해. 우리는 창세신님께 직접 관리 권한을 받았으니까 가능해도, 신의 영역에 손을 대지는 못할…… 거라고 생각해."

"우웅…… 그래도 우리도 고차원 세계에 있는 【신역】에는 못 가잖아? 저쪽은 창세신의 동족이니까 무슨 수단이 있을지도 몰라."

"플레이레스…… 너, 오늘따라 똑똑하다? 평소에는 바보면서. 어디서 머리라도 다쳤어? 열은 없지? 내일 세상이 멸망하기라도 하나."

"뭐라고오?!"

자기들이 즐기기 위한 것에는 최선을 다하는 것이 4신이었다.

세계 관리와 생태계 유지, 환경 안정화 같은 일은 안 하면서 놀기 위한 머리는 핑핑 돌아갔다.

그래서 그런지 의외로 예리할 때가 있었다.

"언제까지고 이런 곳에 있을 수는 없어. 또 그 묘한 생물이 올지 모르니까 빨리 돌아가자."

"응. 돌아가면 윈디아는 가만 안 둬……. 치사하게 혼자서 돌아가~?!"

둘은 성가신 천적의 존재를 몸소 확인했다.

작아진 그녀들은 도망치다시피 자신들의 거점으로 귀환했다.

웬일로 진지한 이야기를 나눈 둘은 지금 겉모습이 어떤 상태인지 전혀 깨닫지 못한 채 성역에서 폭소를 자아낼 때까지 이 모습이었다고 한다.

정의의 히어로는 아프로의 저주를 가진 듯하다.

제7화 아저씨, 의심하다 ~흐지부지 넘어간 뒷이야기~

【칠흑유성 기브리온】은 위성 궤도에 있었다.

보통 생물은 진공 상태인 우주 공간에서 살 수 없다.

그러나 이 불가사의한 생물은 우주에서도 살아 있었다.

상황이 종료되고 새로운 단계로 나아가기 위해서 다음 활동 장소인 우주 공간으로 진출한 것이었다.

『다음 상황 프로세스로 이행. 지금부터 위장을 해제한다. 세라핌 코어, 정상 가동 확인. 페르소나 프로그램, 현 시간부로 폐기.』

지상에서 뜨거운 대사를 읊던 때와는 180도 달라진 말투. 거기에 감정은 담기지 않았다.

지금의 기브리온은 마치 기계 같았다.

『성역 관리 영역에서 이탈 완료 확인. 의태 폐기를 개시합니다. 향후 미션을 세라핌 코어로 이양, 사도【루시펠】의 동결을 해제합니다.』

히어로의 갑옷에 금이 가더니 우수수 부서지기 시작했다. 파편은 입자가 되어 사라져 갔다.

소멸하는 몸속에서 나타난 것은 빛나는 구체와 그것을 둘러싼 복잡한 회로였다.

굳이 표현하자면 구체를 중심으로 마법진 수십 개가 감겨 있다고 해야 할까? 마법진은 정해진 지령을 실행하고자 어지럽게 가동했다.

그 구체는 우주의 먼지를 빠르게 모아 물질을 구축했고 정해진 다음 모습으로 변해 갔다.

『보디 형성을 개시. 가디언 프로그램의 간섭 없음. 안티 프로그램의 간섭 없음. 관리 시스템은 휴면 상태로 추정. 제3급 이계 간섭으로 고발 조항에 의거해【관측자】가 일시적 관리권 간섭을 개시. 동시 진행으로 의태 소거를 시작합니다.』

히어로는 다른 세계에서 보낸 시스템이었다.

특정 조건 아래에서 이세계 간섭이 가능해지는, 어떤 역할을 수행하기 위해 위장 잠입한 프로그램.

미리 인스톨 된 시스템이 정상적으로 가동하고 구체를 중심으로 어떤 존재를 이루어 갔다.

다양한 물질을 끌어들여 형태를 재구축하면서 이윽고 구체 옆에 투명한 인간이 만들어졌다.

그것은 여섯 쌍, 열두 장의 날개를 가진 소녀였다.

앳된 모습이면서도 어딘지 모르게 사람과는 다른 인상을 주는 조형.

웨이브가 들어간 긴 금발은 바람이 없어도 나부꼈고 마치 잠든 것처럼 온화한 표정을 짓고 있었다.

흔히 천사라고 불리는 그것이 광대한 우주 공간에서 조용히 눈을 떴다.

"이곳은……. 무사히 이세계에 도착했나 보네요."

외계신의 관리 구역 밖에 도착하여 안도한 표정을 지은 그녀는 다음 사명을 이루기 위해서 행동에 나섰다.

"신역으로 가는 게이트는…… 안 되겠네요. 관리 권한이 동결됐어요. 이래서는 이 세계 관리자들도 신역에 접속할 수 없겠군요. 【관측자】 관리 코드는…… 사용할 수는 있어 보이지만, 역시 신역으로 진입할 수는 없네요."

그녀는 다음 프로세스로 이행했다.

성약 파기에 따른 외계신의 불신임안과 연립 세계의 【관측자】들에게 받은 권한을 행사해 **아카식 레코드**에서 정보를 끌어냈다.

"이 세계는 상태가 이상하네요. 3등급 관리자가 모두 현지 생명체를 바탕으로 만들어졌고 2급부터 상위 관리자가 존재하지 않아요. 관리 시스템이 완전히 관리자들의 손에서 벗어난 걸까요? 아니, 이건 독립한 건가?"

수십만의 세계를 홀로 관리하는 【관측자】는 한 세계에 반드시 자신의 분신을 남겨 관리한다. 그래서 차원을 초월한 네트워크를 구축할 수 있다.

관리를 돕기 위해 태어난 신들과 사도는 저마다 역할이 정해져 있었다.

쉽게 말하면 불의 신에게 불과 관련된 관리 권한이 주어지는 식이다.

물론 여러 관리 권한을 가진 존재도 있는데, 그런 존재는 각 관리자들의 총괄자로서 관리 업무를 맡는다.

그녀도 원래 세계에서는 그런 권한을 가진 존재 중 하나였다.

"관리 시스템은 우리 세계보다 수준이 높아 보이지만, 관리자가 무시무시하게 자유롭네요. 자칫 잘못하면 세계를 멸망시킬 수도 있어요. 그것도 하나의 가능성일까요? 하지만 의도적으로 그런다는 것은 비정상입니다. 그렇기에 이세계 소환 같은 짓도 태연히 하는 거겠지만, 그건 다른 관리 세계에서 보면 외부 간섭과 같은 뜻. 대체 이 세계의【관측자】는 무슨 생각인지 이해하기 힘드네요."

자신들 이상으로 고도의 시스템을 사용하면서 관리가 너무나도 허술했다.

정보에 따르면 이 세계의【관측자】는 계위가 올라서 더 광대한 관리 세계로 이동하게 되어 그 전에 관리 시스템을 일신하려고 했다.

시스템 자체는 그녀도 경악할 수준이지만, 그것을 빼면 세계 관리가 지나치게 엉성했다. 관리자 수는 적으면서도 그들의 자유도가 굉장히 높았다.

그녀의 상식선에서 관리자가 세계에 간섭하는 행동은 상상도 하지 못할 일이었다.

하지만 이 세계에서는 관리자가 당당히 다른 생명체에 간섭하고, 또 제멋대로 혼란을 초래하고 다녔다.

그 소란이 이쪽 세계에서만 그친다면 상관하지 않겠지만, 다른 세계까지 영향을 미치고 간섭한다면 그건 간과할 수 없는 사태로 부상한다.

여기서 말하는 간섭이란 바로【용사 소환】이었다.

원래 다른 법칙을 가진 세계에 사는 생물을 소환할 경우 소환하는 세계와 소환되는 세계 사이에 반드시 면밀하게 논의를 거쳐야 한다.

생물의 영혼은 쉽게 말하면 고밀도의 에너지와 같아서 다른 세계로 이동할 경우 어떤 악영향을 끼칠지 미지수이기 때문이다.

관리 시스템에 버그가 생기는 정도라면 다행이지만, 그것이 쌓이고 쌓이면 차원 붕괴를 일으킬 위험이 커진다.

다시 말해 용사 소환을 계속하면 어떻게 될지는 쉽게 상상할 수 있었다.

물론 다른 세계의【관측자】들도 뭔가 수를 쓰려고는 했으나, 문제는 이 세계에【관측자】가 부재중이란 점이었다.

아무리 컴플레인을 넣어도【관측자】에게서 관리자에게 그 요청이 전달되지 않는다.

사장이 없는 회사를 어린애들이 내키는 대로 운영하는 꼴이었다.

"후우…… 왜 이런 귀찮은 사태가 된 걸까요."

【관측자】들은 기본적으로 자신의 관할 세계 말고는 무관심했다.

가령 이세계 소환이 벌어져서 다른【관측자】가 상담하러 와도 『아, 그래~? 큰일이네.』라고 한마디하고 땡이었다.

그러나 이번에는 그녀의 세계 외에도 이세계 소환을 당한 세계가 상당수에 이르렀고 소환된 자들도 돌아오지 않았다.

세계가 다르면 영혼의 질 또한 달랐다.

만약 소환된 영혼이 이 세계에 머물고 관리 시스템 안에서 연쇄적으로 버그를 만들어낸다면 최악의 경우 차원 붕괴의 영향으로 소환 대상이 된 세계에도 영향이 미칠 위험성까지 있었다.

연쇄 붕괴라도 벌어지면 그야말로 대참사다.

그래서 무분별한 이세계 소환에 피해 입은【관측자】들은 계략을 써서 이 세계에 간섭을 시도했다.

요컨대 강 건너에 난 불이 자기네 집까지 번지게 생겨서 들고 일어난 것이었다.

지금까지처럼 무관심할 수는 없었다.

무엇보다 소환된 자들의 영혼을 회수하지 않으면 뒤틀린 세계를 수정할 수도 없었다.

한 개인의 영혼이라도 다른 세계에 방치해서는 안 됐다.

"관리자가 이세계에서 문제를 일으키도록 방관하고 성약을 빌미로 저와 같은 **사도**를 이 세계로 보낸다. 무단으로 이세계 소환을 행한다면, 【관리자】들의 간섭에도 정당성이 부여되죠. 왜 이렇게 되기 전에 손을 쓰지 않았을까요. 무관심에도 정도가 있지."

그녀 입장에서는 상사들의 부주의로 튄 불똥을 치우는 격이었다.

그러나 이 세계에는 그녀 말고도 침투한 **사도**가 있었다.

굳이 설명할 필요도 없겠지만, 제로스를 비롯한 전생자들이다. 그들이 사사로운 복수라고 생각하던 행동은 사실 이 세계에 고정된 영혼을 회수하기 위한 보조 활동이기도 했다.

즉, 전생자는 무의식중에 이세계의 혼을 찾는 탐색기 역할을 수행하는 것이다.

그리고 다행히도 【모형 정원】에서 【관측자】의 모형을 입수할 수 있었다.

이제는 모형을 재생해서 관리 권한을 새로운 【관측자】에게 양도할 뿐이었다.

그것이 가장 어려운 작업이기도 하지만—.

"대략적인 정보는 끌어냈어요. 일단 정기 연락을 할까요."

그녀는 바로 원래 세계로 연락을 시도했다.

이 세계의 방어 시스템이 멀쩡하다면 다른 세계와 연락하기는 불가능하지만, 다행히도 이 세계에는【관측자】가 없었다.

정확히 말하면 있기는 있지만, 미숙한 개체였다.

그녀의 눈앞에 모니터가 나타나고 상사에게로 연결을 시도했다.

그렇게 비친 영상에는 어수선하게 물건이 쌓인 연립주택의 좁은 방과 왠지 등만 보이는 교복 소년이 있었다.

그는 빙글 돌아보더니―.

『안녕, 케모 오빠야.』

―라며 옛날 교육 방송 사회자처럼 상쾌하게 말했다.

그녀의 등으로 땀이 삐질 흘렀다.

"주인님…… 대체 언제부터 거기서 기다리셨나요?"

『에이~, 루시펠도 이상한 소리를 다 하네. 내가 그렇게 한가할 리 없잖아?』

"아뇨…… 주인님의 기행은 딱히 어제오늘 일이 아니라 딱히 문제시할 생각도 없습니다."

『쌀쌀맞기도 해라~. 아직 옛날 일로 화났어? 파업해서 분풀이로 때린 건 여러 번 사과했잖아. 게다가 다 옛날 이야기인데 이제 좀 용서해주면 안 돼? 나도 미안하게 생각하니까…….』

"화나지 않았습니다. ……포기했을 뿐이죠."

자신을 케모라고 밝힌 소년. 그가【루시펠】의 상사이자 그녀가 아는【관측자】중에서 가장 강력한 힘을 가진 존재였다.

다만, 그의 행동은 어딘가 이상했다.

문명 수준이 낮은 시기에 만들 수 없는 귀금속 장식품과 수정 해골 따위를 남기거나 석조 건축물에 고도 과학 문명을 예지하는 조각을 남기는 등, 여하튼 이해하기 힘든 짓을 벌였다.

훗날 오파츠라고 불리는 것들을 태연히 지상에 남기니 관리자로서 머리가 아플 노릇이었다.

다양한 오컬트 잡지나 만화에서 이 오파츠를 다루었을 때 그는 남몰래 씩 웃고 있었다. 아무리 봐도 다분히 의도적이고 악질적인 장난이었다.

【관측자】라는 역할을 맡았으면서 시간축을 넘으면서까지 이러한 장난을 치니 사도들도 화가 안 날 수가 없었다.

별 영향력이 없는 자잘한 역사 수정을 반복해서 저지르는 탓에 사도들은 뜻을 모아 단체 파업을 단행했다.

처리하지 못한 이물질이 원인이 되어 【인드라의 화살】이라는 시대에 맞지 않는 병기가 만들어진 일도 있었다.

케모의 행동으로 대규모 군사 충돌이 벌어져 이미 확정된 역사에 묘한 분기가 생기기도 했다. 관리하는 시간축이 늘어나면 관리자의 부담도 커지고 일도 늘어나는데 말이다.

어쨌든 성서나 신화를 안다면 이해하겠지만 파업의 결과는 참담했다.

참고로 라그나로크는 케모를 포함한 관리자들의 술자리에서 심하게 싸운 일이 곡해되어 신화가 된 사례였다.

"왜 우리가 악마인가요? 그건 주인님 잘못일 텐데요?"

『나는 아무것도 안 했는데? 다른 관리자가 신탁에서 실수로 우리쪽 일을 떠벌린 거 아니야? 그게 곡해돼서 성서에 적혔나 보지.』

"알고는 있지만, 시간을 넘어서 이상한 장난을 치지 말아주십시오. 솔직히 말씀드리면 관리자 모두 진절머리 치고 있습니다!"

『알고는 있는데 그만두기가 쉽지 않네~.』

"돌아가면 한 대 쳐도 될까요? 아르바이트 도중에 납치돼서 강제로 이쪽으로 전이됐는데요……."

『노, 농담이야……. 요즘은 놀 곳이 생겼고 다른【관측자】들도 참가하기 시작했으니까 이제 와서 그런 장난은 안 쳐.』

【관측자】는 기본적으로 세계를 지켜보고 기록할 뿐인 존재였다.

강대한 힘을 보유했지만, 그것은 어디까지나 자신의 담당 구역에 세계를 구축하고 유지하기 위한 힘이었다. 하지만 간혹 그 힘을 악용해서 사소한 장난을 저지르는 자도 많았다.

그리고 그 이유는『심심해서』였다.

【관측자】는 인간이 생각하는【신】은 절대로 아니었다. 사실 장난기 많고 평소부터 남아도는 시간을 주체하지 못하는 **관음 중독자**였다.

『……그건 그렇고 신역에는 들어갈 수 있겠어? 선배의 시스템은 정교하니까 아마 귀찮을 거야.』

"어떻게든 들어갈 수는 있겠지만, 그러려면 다른【관측자】의 관리 규정 코드가 여러 개 필요합니다. 관리자의 감독 부실만으로는 부족해요. 너무 복잡해서 직접 관측자 코드를 입력하지 않으면 신역 게이트가 안 열립니다."

『선배는 나보다 관리 세계가 많았고 이제는 상위 존재야. 시스템이 복잡한 것도 이해해. 그럼 나를 포함한【관측자】38명의 관리 규정 코드를 보낼게.』

"그렇게 해주십시오. 이런 일은 빨리 끝내고 싶으니까요."

아무리 그래도 상사 앞인데 루시펠의 태도는 까칠했다.

업무에 불만을 품고 파업을 일으켰더니 사탄이라는 악마의 대명사가 되었으니까 그럴 만도 하리라. 그 사건에 대한 사과로 그녀는 장기 휴가를 얻었다.

그래서 신화시대부터 지금까지 루시펠은 일을 하지 않았다. 참으로 긴 휴가였다.

『전에 왔을 때는 성약으로 행동이 제한돼서 사상 데이터밖에 가지고 오지 못했어. 이번에는【관측자】의 권한을 쓸 수 있으니까 아마도 더 편할 거야.』

"아마도……요? 믿어도 될지 불안하네요."

『어쩌겠어, 선배의 권한이 나보다 훨씬 큰걸. 후계자를 봉인하고 대리 관리자를 방치하다니, 보통은 안 그러잖아?』

"……주인님의 선배니까 충분히 그럴 수 있다고 봅니다."

『그게 무슨 뜻이야?! 아무리 나라도 이렇게 무책임하지는 않아.』

쌀쌀한 눈길을 보내는 루시펠과 왠지 고개를 돌리는 케모.

일단 반박하기는 했지만, 그 태도가 내심 찔리는 구석이 있다는 증거일 것이다.

"빠르게 다른 서포트 요원을 보내주세요."

『괜찮아, 준비는 다 마쳤어. 그럼 나는 시간 이동으로 그녀한테 고백하고 올게. 이번에야말로 성공해서 그 아이한테 고양이 귀랑

학교 수영복을 입힐 거야. 만약 실패해도 시간축을 반복하면…….』

"역시 준비하고 있었어요?! 1초마다 세계선을 넘나들지 마세요! 얼마나 폐가 되는지 알아요?!"

『그 아이에게 학교 수영복을 입히고 고양이 귀랑 꼬리를 채울 수 있다면 나는 악당이라도 되겠다! 왜냐면 나는 시간이 남아도는 유쾌한【관측자】니까아아아아아아아아아아!』

"윽, 그래도 일은 제대로 끝내신 뒤니까 할 말이 없네요. 무슨 일이 생기면 직접 수정하기도 하고……."

케모는 중증이었다.

그리고 악질이었다.

취미 생활을 위해서라면 부하도 울리지만, 뒤처리도 잊지 않았다.

『그런데 루시펠…….』

"뭐죠?"

『머리에 난 더듬이는 뭐야?』

"네?"

말을 듣자마자 자기 머리를 만졌다. 거기에는 검고 긴 더듬이 두 개가 뻗어 있었다.

서둘러 위성궤도로 올라오기 전 기록 정보를 검색하니 위장용 매개체가【그레이트 기브리온】이었다. 더듬이는 거기서 정보를 흡수하고 남은 잔재였다.

심지어 파이팅 넘치는 포즈를 잡으며 정의를 집행하는 기록까지 나왔다.

그녀가 부들대면서도 주인을 보자 모니터에는 히죽대는 케모의 얼굴이…….

이 순간 루시펠은 전부 깨달았다.

“주인님…… 속였구나아아아아아아아아아아아아아아아아!”

이제 와서 깨달아도 엎질러진 물.

그녀가 눈 뜨기 전에 케모가 감수한 유사 인격이 이미 한바탕 소동을 피운 뒤였다.

정말로 눈 뜨고 보기 힘들 정도로—.

그리고 그 사실을 깨달았을 때의 반응을 보고 케모는 또 싱글벙글했다.

이것도 그 나름의 애정표현일 것이다.

만악의 근원은 『그럼 열심히 해~.』라고 무책임한 말만 남기고 영상을 끊었다.

혼자 남은 루시펠은 고독한 우주 공간에서 서럽게 울었다.

이 더듬이에 묘한 프로그램이 내포된 탓에.

부조리하고 불합리한 【신】에게 농락당하는 것은 인간이든 사도든 매한가지였다.

◇ ◇ ◇ ◇ ◇ ◇ ◇

제로스와 아도가 스라이스트로 돌아왔을 때는 이미 해가 저물고 어둠이 내려앉은 뒤였다.

이미 【소풍정】 1층 술집은 남자들이 들어앉아 마시고 떠드느라 시끌벅적했다.

아마 스라이스트 방어을 성공한 축하연이리라. 용병들이 술병을 입에 물고 거나하게 취해있었다.

“주정뱅이가 시비 걸지는 않겠지?”

“혼쭐 내주면 되지. 용병은 자기 행동에 책임을 질 줄 알아야 해.”

“조폭 같은 직업이군.”

4신은 놓쳤지만, 정보는 제법 얻었다. 앞으로 상대할 때 참고가 될 것이다.

하지만【칠흑유성 기브리온】을 상대하기만은 싫었다.

누가 뭐래도 상대방은 정의를 지키는 히어로. 4신을 공격하는 점을 봐도 적대해서 좋을 일은 없었다.

애초에 신경 쓰이는 점도 너무 많았다.

“마스터, 에일 큰 잔으로 두 개요.”

“좋아! 프로틴 말이군. 기다려, 바로 가지고 올게.”

“아니, 프로틴은 없어도 돼. 왜 우리한테 근육을 강요해!”

“용병은 몸이 재산이잖아! 근육을 안 키우면 어쩌자는 거야?”

““용병 아니야.””

아도는 용병 자격을 가졌어도 용병 활동은 하지 않았다.

제로스도 S랭크 용병이지만, 평소에는 아르바이트를 주로 했다. 어느 쪽이건 용병이라고 하기에는 입장이 조금 달랐다.

“리사랑 샤크티가 없네?”

“여성 두 명이 이런 짐승 소굴에서 식사를 하겠어?”

“안 하겠군. 술 취한 아저씨가 집적거릴 게 뻔해.”

도시 치안이 나쁜 세계에서 여성 두 명만 행동하기는 위험했다.

마법 같은 성가신 능력이 있는 이 세계에서 여성을 대상으로 하는 범죄가 상당히 많았다. 몸을 지키려면 밤에는 돌아다니지 않는 게 상책이었다.

"여기…… 에일이야."

""왜 실망해? 이 마스터…….""

맥주잔을 가지고 온 마스터는 굉장히 아쉬워 보였다.

그가 얼마나 근육맨을 늘리고 싶어 하는지 관심은 생기지만, 물으면 안 될 것 같은 느낌이 들었다. 관심을 보인 순간 붙잡힐 거라고 직감이 말해줬다.

이 마스터에게서는 확고한 **고집**을 가진 동족의 냄새가 나기 때문이었다.

이 **고집**을 가진 인간은 때때로 남의 의사를 무시하고 자기 취향을 밀어붙인다.

"일단 잔부터 들고, 오늘은 수고 많았어!"

"진 빠지는 하루였어, 정말로……. 설마 【그레이트 기브리온】이 그렇게 진화할 줄은 생각하지도 못했어."

"그거 말이지……. 영혼을 뒤흔드는 무언가를 느꼈지만, 지금 생각하면 좀 이상하지?"

"역시 제로스 씨도 그렇지? 나도 이상하다고 생각하던 참이야."

정의의 히어로가 보인 이해하지 못할 언동.

두 현자는 거기에 의문을 품고 있었다.

"갑자기 유창하게 말했지. 언어 정보는 어디서 얻었나 몰라. 우리에게 배웠다기에는 너무 빠르고, 그 외에도 이것저것 알 수 없는 점이…….”

“그렇지……. 마물이 진화한다고 그렇게 되지는 않지. 【소드 앤 소서리스】에서도 그 녀석이 언어를 습득할 때까지 일주일 가까이 걸리지 않았어?”

마물의 진화는 【소드 앤 소서리스】에도 있었지만, 냉정하게 생각하면 그레이트 기브리온의 변질은 그것과는 결이 달랐다.

애초에 그 짧은 시간에 언어를 이해하는 것은 현실적으로 불가능하다.

설사 인간을 포식해서 뇌 내의 정보를 흡수했다고 하더라도 바퀴벌레에게 그것을 이해할 수 있는 지능이 있다고 생각하기는 어려웠다. 본능적으로 사는 생물이 이성적인 사고를 얻으려면 아무래도 어느 정도 학습 기간이 필요할 것이다.

【기브 로드】는 보통 크기의 바퀴벌레를 부려서 사냥감이 있는 곳을 탐색하는데, 도시나 마을에 사는 인간에게서 언어 정보를 얻고부터 급속도로 이해력을 키웠다.

하지만 아무리 성장이 빨라도 순식간에 말을 하게 되도록 변화할 리는 없었다.

“4신에게 가장 먼저 달려든 점도 신경 쓰여. 【기브 로드】였다면 무차별 공격을 했을 텐데 뭔가 작위적인 느낌이 드네~.”

“처음에는 무차별로 공격했잖아?”

“노골적으로 『지금부터 공격할게요~. 피하세요~.』라고 포즈를 잡았잖아. 지구…… 일본 출신이라면 보기만 해도 알아.”

“아, 그건 그래……. 그 포즈는 너무 노골적이었어.”

모 우주 히어로[#8]가 쓰는 광선 발사 자세.

이 세계의 주민이라면 크게 경계하지 않아 직격탄을 맞았을 가능성이 크지만, 이세계에서 온 자들이라면 바로 알아본다.

캐릭터 쇼에서나 볼 오버액션이니까.

"4신조차 허둥대는 걸 보면 저런 생물이 존재하는 줄 몰랐나 봐. 아무리 생각해도 이 세계의 불순분자야. 심지어 너무 장난스러워."

"너무 오타쿠 취향이었지. 듣고 보니까 수상해……. 그래서 제로스 씨는 어떻게 생각해? 어느 정도 예측은 했을 거 아니야?"

"다른 세계의【신】의 장난질. 아니면 그런 척하는 위장 공작. 나는 뭔가 다른 목적이 있다고 봐."

"장난이라고 하기에는 지나치게 흉악한 공격이던데?【어둠의 심판】을 능가하는 파괴력이었어. 자칫 잘못하면 죽어도 이상하지 않아."

"레벨이 전부인 세계에서 우리가 쉽게 죽지는 않겠지. 싸워 본 느낌으로는 우리만으로도 4신은 해치울 수 있어. 그렇다면 그 녀석은 무슨 이유로 보낸 걸까?"

"생각한다고 답이 나오겠어? 그보다…… 우리, 완전히 인간을 그만두지 않았어?"

아무리 대리라도【신】이라고 불리는 존재와 정면에서 싸울 수 있는 인간.

물리적인 법칙은 지구와 크게 다르지 않았다. 하지만 거기에 레벨 성장이라는 요소가 들어가면서 인간은 한계를 초월해서 강해질 수 있었다.

#8 모 우주 히어로 애니메이션 『DETONATOR 오건』의 오건. 필살기로 그랜드크로스 어택을 사용한다.

이것을 성장이라고 말해도 될지는 모르겠지만, 레벨이라는 세상의 법칙은 굉장히 위험했다.

"경험이 수치화되고 곧바로 적용되는 세계란 것도 문제야. 그 대신 마물도 이상하게 강하지만."

"그래도 나이프로 드래곤을 해치울 수는 없잖아. 그런 점에서는 밸런스가 잡힌 거 같은데? 대형 마물에게는 그 크기에 적합한 무기는 필요하니까."

"시스템으로는 밸런스가 잡혀 있어도 자연적으로는 말이 안 돼. 드래곤을 상대하려면 발리스타 같은 공성 병기가 필요해. 그리고 압도적인 화력."

"스킬 시스템도 꽤 문제가 있다고 봐. 특히 무기와 방어구에 부가되는 특수 효과를 노리고 붙일 수 없는데 말이야."

"그건 거의 랜덤이니까. 재료와 제작 과정으로 어떤 무기가 완성될지 알 수가 없어. 마검을 만드는 쪽이 훨씬 편하지~."

【스킬 효과】가 부여되는 무기는 재료와 제작 방식에 따라서 부여되는 스킬이 변하지만, 완성해 보지 않으면 어떤 스킬이 붙을지 판별할 수 없었다.

랜덤성이 짙고 때로는 무기 성능을 떨어트리는 효과가 부여되는 경우도 있다.

몇 번이나 제작하다 보면 어느 정도 법칙성이 보이는 정도지만, 그 법칙도 절대적이지 않았다.

반면, 마석에 넣은 마법을 사용하는【마검】을 만들면 노리는 효과를 부여할 수 있으므로 헛되게 반복 제작할 필요가 없었다.

“같은 재료를 써도 다른 스킬이 붙는 경우는 자주 있었고, 그 스킬 효과에 따라서는 같은 무기라도 성능이 변해. 대충 만든 검조차 명검이 될 수도 있으니까 만든 물건을 무턱대고 팔지도 못해.”

“나도 그런 적 있어. 간단한 무기라도 이 세계에서는 파격적인 장비라면서 엄청나게 감사했어. 『어, 이 가격에 이걸?!』이라면서 놀라더라고.”

“우리가 보유한 무기는 신화에 나오는 성검 수준이야. 실패작을 한꺼번에 처분하고 싶어도 너무 위험해서 팔지도 못하고…….”

제로스와 아도는 생산 활동도 가능한 만능 직업이었다. 하지만 만드는 무기와 마도구는 이 세계의 도구들과 비교하면 무섭게 높은 성능을 가져서 전쟁에 사용되면 얼마나 피해가 커질지 예상하기 힘들었다.

그 사실을 알기 때문에 아직 진심을 다해서 무기를 제작하지 않았다.

이곳이【소드 앤 소서리스】라면 강력한 무기와 아이템에는 장비 레벨이 있어서 레벨이 낮은 캐릭터는 사용할 수 없었다.

그렇지만 현실 판타지 세계에서는 그 법칙이 성립하지 않아서 레벨이 낮아도 강력한 장비를 다룰 수 있었다.

“문제는 우리 레벨이 되면 누구나 다룰 수 있는 흉악한 무기를 만들어 낸다는 거지. 전에 저레벨에게 무기를 빌려줬는데 상위 레벨의 마물을 한 방에 잡아 버렸어.”

“그거, 위험하지 않아?”

“위험하고말고. 자제해야겠지만, 우리는 가끔 취미를 우선하니까 문제지."

전에 아한 광산에서 저레벨 소녀에게 무기를 빌려준 적이 있었다.

개인의 레벨은 별 볼 일 없지만, 무기 성능만으로 레벨 차이가 나는【워 앤트】를 단 일격에 처치했다. 이런 상황을 결코 정상이라고 볼 순 없었다.

실제로 사용하는 광경을 보고【소드 앤 소서리스】와는 다르다는 사실을 알았다.

레벨 차이를 뒤집어 버리는 무기의 존재는 위험하기 짝이 없었다. 무기 하나로 영웅이 될 수 있다……. 왕족, 귀족이 나라를 다스리는 사회에서는 이만큼 야심을 자극하는 물건이 또 있을까.

당연히 그런 무기를 만들 수 있는 제로스와 아도는 권력자에게 무시할 수 없는 존재였다. 까딱 잘못하면 유폐되어 자유를 빼앗긴 채로 무기만 만드는 생활을 강요받을지도 모른다.

그렇게까지 하지 않더라도 실패작을 대충 팔기만 해도 세상을 혼란에 빠뜨리기에는 충분하겠지만.

제로스와 아도는 불량품 처분에도 세심한 주의가 필요한 처지였다.

"생각해보니 귀찮네……. 그런데."

"응?"

"슬슬 유이가 어디 있는지 알려줘. 아이도 걱정돼……."

"아이고, 내가 깜빡했네. 산토르 남쪽에 하삼 마을이라는 곳이 있어. 그곳 촌장님의 집에 의탁해서 지내고 있어."

"……나, 그 마을 지난 적 있는데? 이스톨 마법 학교 도서관에 갈 때……."

“그냥 지나쳤어?”

“이상하게 펑키한 마차에 타는 바람에……. 정신을 차리니까 마을을 지나친 뒤였어. 슬레이프니르 두 마리가 끌어서 그런지 빠르더라…….”

“……【하이스피드 조나단】인가. 활동 범위가 참 넓구만.”

펑키한 운송부는 제로스가 모르는 곳에서도 대활약하고 있었다.

화물 운반에서 여객 운송까지, 어떤 택시를 방불케 하는 폭주가 머리에 떠올랐다.

피해자가 얼마나 있을지 상상도 되지 않았다.

“그 인간, 달리기 시작하면 멈출 줄 몰라……. 떨어지지 않으려고 죽을 각오로 매달렸어.”

“이해해……. 난 그 자식한테 치였어…….”

“교통사고?! 용케 살아 있네…….”

이때부터 공통된 화제로 차츰 주량이 늘어나더니 날짜가 바뀔 때까지 술자리가 이어졌다.

방으로 돌아온 뒤에도 자기 전에 한잔하자며 인벤토리에서 술을 꺼냈고, 결국 신나게 퍼마시다가 동이 튼 뒤 곯아떨어졌다.

이 소란으로 옆방에서 자던 리사와 샤크티가 깨는 바람에 불평을 하러 방으로 들이닥쳤지만, 제로스와 아도는 전혀 기억하지 못한다고 했다.

남자 둘의 술판은 크게 흥이 올랐나 보지만, 필름이 끊긴 아저씨들은 어떤 대화를 했는지 기억하지 못하고 두 여성에게 눈총을 살 뿐이었다.

일단 주정뱅이는 민폐라는 사실만 가슴에 새기기로 한 두 사람이었다.

제8화 아저씨, 한탕 끝내다

【그레이트 기브리온】의 위험이 사라지고, 야생의 직감인지 스탬피드를 일으키던 마물들은 차차 각자의 영역으로 분산되기 시작했다.

스라이스트 성곽 도시에서도 그 현상을 확인하여 미증유의 대참사는 이대로 종식되는 분위기였다.

도시에 큰 피해는 없었지만, 주변 마을은 피해가 막심해 복구에 시간이 걸릴 듯했다.

도시에는 기쁨이 가득했고 많은 피난민도 안도한 기색을 보였지만, 아직 섣부른 판단은 금물이었다.

그리고 남몰래【그레이트 기브리온】과 대결하던 두 마도사, 제로스와 아도는 보고를 위해서 용병 길드에 와 있었다.

대결한 장소는 스라이스트 성곽 도시에서 북쪽 가도를 따라가면 나오는 넓은 평원이며 솔리스테어 마법 왕국에 인적 피해는 거의 나오지 않았다.

하지만 메티스 성법 신국으로 통하는 가도가 완전히 끊겨서 경제에 영향을 끼칠 수 있으므로 그 점만은 보고해야 했다.

메티스 성법 신국이 일방적인 단교를 선언한 상황이기는 하지만, 상인들이 오가려면 가도가 가급적 빠르게 복구되는 편이 좋았다.

그러나 크레이터가 생긴 곳은 메티스 성법 신국의 영토. 당연히 공사를 진행하는 곳도 그 나라였다.

그렇지만 솔리스테어 마법 왕국이 복구 작업을 지원하지 않고 내부 정세도 혼란스러운 지금, 가도의 빠른 복구는 불가능에 가까웠다.

그래도 두 마도사와는 관계없는 일이므로 무덤덤한 얼굴로 사무적인 보고를 할 뿐이었다.

"그럼 이 메티스 성법 신국으로 가는 가도는 이제 못 쓴다는 말인가요?"

"네. 설마 마왕급을 넘어서 사신에 필적하는 게 나올 줄은 몰랐네요. 4신을 눈엣가시로 보니까 당분간은 안전할 겁니다."

"마물이죠? 정말로 놔둬도 괜찮습니까?"

"아마도 괜찮아. 4신을…… 세 명뿐이었지만, 끈질기게 쫓아가느라 우리를 무시했어. 인간은 안중에 없는 모양이야."

"희한한 마물이네요. 심지어 인간의 언어를 이해한다니, 그런 강력한 마물이 있다는 소리는 난생처음 듣습니다."

알레프는 정체불명의 진화 생물【칠흑유성 기브리온】에 관해 보고받고 당혹감을 숨기지 못했다.

애초에 그들은 인간에 가까운 지성을 가진 마물이 있다고는 생각조차 해 보지 않았다.

전승으로 들은 적은 있어도 실제로 확인한 일이 없기 때문이었다. 그냥 그런 줄 알라고 해도 이성적으로 믿기 어려우리라.

"지금은 그 가도를 이용하는 상인이 적으니까 저쪽에서 머리를 숙이지 않는 한 폐하도 손을 쓰지 않겠지요."

"얼마나 사이가 나쁜 거야? 성법 신국은 여기저기서 다 미움받는군."

"듣기로는 신의 이름을 내세워서 악독한 짓을 한다죠? 찰과상을 회복 마법으로 고치기만 해도 말도 안 되는 고액을 요구한다나 뭐라나."

"바가지야? 그러면 원한을 살 만도 하네. 상처별로 적정 금액도 안 정했어?"

지금까지 신성 마법(회복 마법)은 신관만 쓸 수 있다고 전해졌지만, 마도사도 사용할 수 있다고 알려진 지금은 신관의 가치가 폭락했다.

최근에는 【의료 마도사】라는 직업이 새롭게 발견되어 많은 연금술사들이 전직하는 추세였다.

신관보다 회복 효과가 낮은 직업이지만, 마법약 제작에 보정이 들어가므로 마도사로서는 아쉬울 게 없었다. 어떤 측면에서는 신관보다 중요시되기도 했다.

무엇보다 솔리스테어 마법 왕국에서 무직 마도사는 발에 차일 만큼 많았다. 기껏 마도사가 됐는데 활약할 자리가 없던 그들은 대부분 마법과 관계없는 삶을 살고 있었다.

그 남아도는 인력들에게 마도사로서 활약할 기회가 주어진다면 경제도 크게 활성화되리라.

"요즘은 농민도 마당에 약초를 재배한다죠? 앞으로 의료 마도사가 늘어나면 약초 수요도 많아질 테니까 국가에서 약초 재배를 권장하고 있어요."

"의학도 발전하겠지. 신관들은 회복 마법을 독점하던 입장이라서 타국 정책에 참견하지 못해. 그나저나 누가 회복 마법 스크롤을 나라에 판 거지?"

"글쎄? 나라들이 공동으로 개발했다고 들었는데."

아저씨는 시치미 뗐다.

성법 신국을 궁지로 몰아넣은 장본인이 공공연하게 정체를 떠벌리고 다닐 수는 없었다.

"경위야 어떻든 회복 마법을 쓰는 마도사가 있으면 기사단에도 큰 도움이 됩니다."

"포션만으로는 불안하죠. 【부여 마도사】도 늘어나고 있다면서요?"

"지원 담당인 전문 마도사도 실전으로 효과를 높이는 중입니다. 위슬러파 학생이 제안한 개혁안이 채용되면서 시험 운용을 했을 뿐이지만 성과는 나오고 있습니다."

"아~, 츠베이트 군인가? 이것저것 가르쳐주긴 했지~."

제로스는 가정교사를 하면서 두 제자에게 마도사의 역할을 가르쳤다.

마도사는 크게 세 종류로 나뉜다. 공격 마법을 중심으로 하는 【공격 마도사】, 방어에 특화한 부여 마법을 주로 사용하는 【지원 마도사】(부여 마도사), 마법 도구와 마법약을 연금술로 생산하는 【생산 마도사】가 그것이다.

마도사단이 싸울 때는 【공격 마도사】와 【지원 마도사】가 부대를 지탱하며, 【생산 마도사】는 전투에서 완전히 떨어져 있는 직업이다.

거기에 최근 회복 마법 스크롤이 유통되면서 상처를 치유하는 【의료 마도사】가 새롭게 추가됐다.

제로스와 아도의 경우 【만능 전투형 마도사】지만, 공격과 지원, 생산직까지 혼자서 소화하는 마도사는 거의 없었다.

원래 마도사단 대부분은 공격 마도사로 구성되어 굉장히 편향되는 편이었다.

그들은 기사단의 보호를 받으며 중요한 순간 강력한 공격 마법을 쓰는 대포 같은 역할이었고, 그런 자신들의 모습에 취해있었다.

츠베이트를 필두로 한 학생들의 리포트는 각자 역할에 특화한 마도사를 육성해 편향을 해소하고 효율적으로 부대를 운용하는 전술 기획안이었다.

어찌 보면 제로스가 가르친 게임 전투 시스템을 현실에 도입한 내용이었다.

거기에 상처를 치료하는 【의료 마도사】가 더해지며 그 기획은 더욱 실용성을 갖게 됐다.

기사단이 전선을 유지하고 후방에서 공격 마도사가 공격.

지원 마도사는 기사와 마도사를 부여 마법으로 지원.

생산 마도사는 소비량이 많은 아이템을 즉석에서 제작해 시시각각 변화하는 전황에 대응.

그리고 의료 마도사는 다친 동료의 회복을 담당한다.

【공격】, 【지원】, 【생산】, 【치료】의 특화형 마도사 부대와 기사단 조합은 전쟁터에서 굉장히 이상적으로 기능한다.

그 리포트는 국왕에게 전달되어 파벌 다툼으로 바쁜 마도사단의 활동에 제동을 걸었다.

마도사단 상층부에 있는 각 파벌의 대표 마도사는 뜬금없이 발의된 조직 개혁안에 이의를 제기했지만, 국왕은 『국군 조직들이 서로 발목을 잡고 파벌 다툼을 하는 자들을 믿을 수 있겠는가?』라고 반박했다. 더군다나 조직 개혁안을 제출한 사람은 학생이라서 『학교에 다니는 젊은이들조차 나라의 미래를 우려하는데 너희는 대체 뭘 하는 거냐!』라는 호통까지 들어야 했다.

궁정 마도사들은 개혁안을 제출한 학생을 원망하는 한편, 우수한 마도사가 밑에서 치고 올라온다는 사실에 강한 위기감을 가진 것도 사실이었다.

조직 개혁을 실행하지 않으면 체면을 완전히 구기고, 지금까지 했던 것처럼 이익과 권위에만 집착하면 물갈이될 우려가 있다. 게다가 국왕은 무슨 일이 있어도 개혁을 추진할 생각이고 거역하면 반역죄로 처벌할지 모를 만큼 단단히 화가 난 상태였다. 그야말로 막다른 골목에 내몰린 상황이었다.

그 결과, 마도사들은 표면적으로만 국왕의 명에 따르는 척하며 군부 편입을 받아들였다.

하지만 처음 의도와 달리 그들은 예전처럼 기사단의 요청을 함부로 거절할 수 없었다. 명령에 따르지 않고 횡포를 부리는 자들은 차츰 직무에서 쫓겨났기 때문이었다.

한편, 알레프의 부대에 배속된 마도사들은 처음에는 격렬하게 반항하면서도 훈련에 참가했고, 몇 주 뒤 훈련에서 복귀했을 때는 마치 딴사람처럼 직무에 성실한 인간으로 변해 있었다.

바로【대산림 지대 훈련】을 받은 것이다.

이를 통해 **될 마도사**와 **안 될 마도사**가 확실히 분간되어 실력 있는 마도사만 군에 남게 됐다.

왕명에 따르는 척하며 호시탐탐 실권을 되찾으려고 벼르던 자들이 오히려 버티지 못하고 떨어져 나갔다.

이 방법에 맛을 들인 국왕과 기사단은【대산림 지대 훈련】의 정식 채용을 추진했고, 구 마도사단의 조직 유지파는 무서운 속도로 세력을 잃었다.

"제로스 공 덕분에 시끄러운 마도사단 노인들이 조용해졌습니다. 나라를 지킬 힘도 없는 마도사는 필요 없죠."

"……제로스 씨. 나한테는 그렇게 뭐라고 하더니…… 왜 국가 조직에 개입해?!"

"나는 아무 짓도 안 했어. 그보다 마도사단의 윗사람들은 얼마나 미움을 산 건지 원……."

사실 궁정 마도사 노인들도 대산림 지대로 갔지만, 가혹한 환경에서 벌어지는 전투에 버티지 못했다.

심지어 기사단 중에서도 마법을 쓰는 사람이 나오자 종래의 체제를 유지하기 힘들다고 인정할 수밖에 없었다.

기사단이 가혹한 훈련으로 실력을 키우는 중에 마도사가 안전한 곳에서 권위를 챙길 수 있을 리 만무했다. 기사단과 마도사단의 실력이 천지 차이로 벌어지면서 마도사들은 시대의 변혁을 뼈저리게 깨달았다. 전투 경험이 적은 마도사는 그 자리에서 탈락하고 살아남기 위해서 필사적으로 싸운 마도사만 실력을 키워 기사단에 편입되어 갔다.

약육강식. 귀족으로 편하게만 살아왔던 마도사들은 기사단의 귀기 어린 훈련에 전율했을 정도였다.

"실전보다 나은 훈련은 없죠. 제로스 공이 제안한 훈련은 우리에게도 좋은 경험이었습니다. 언젠가 와이번과 호각으로 싸울 실력을 얻고 싶군요."

"제로스 씨 생각보다 큰일로 번진 모양인데?"

"나는 제자한테 실전의 무서움을 가르치고 싶었을 뿐인데 그게 기사단에 채용될 줄은 나도 몰랐구만. 사망자가 나오면 어쩌려고 그러나……."

"부상으로 탈락자가 속출하긴 했죠. 모두 마도사였는데 하나같이 수련이 부족했을 뿐입니다. 금방 마력이 떨어져서 움직이지도 못하고 근접 전투는 전혀 못 해요. 능력 없는 것들은 기사단에도 궁정 마도사에도 필요하지 않습니다.."

"냉혹해! 실력주의라고 해도 너무 냉혹해!"

마도사단은 대부분 실전을 모르는 백면서생이었다.

다소 전투는 가능해도 위기 상황의 대처 능력은 전혀 없었다.

당연히 난전에 빠지면 쓸데없는 행동을 하다가 제 발로 의료반으로 달려갔다.

지금까지 기사단을 무시하던 마도사들은 자신들이 오만하고 무력했음을 뼈저리게 깨달았다. 심지어는 전투의 공포심 때문에 재기불능에 빠지는 사람까지 나오는 지경이었다.

그렇게 마도사단에는 지옥에서 살아남은 정예만 남았다.

이 이야기에는 제로스도 입을 다물지 못했다. 자신이 실시한 훈련이기는 했지만, 그게 정예를 키우는 훈련으로 채용될 줄은 예상하지 못했다.

그것도 훈련을 추천한 사람이 제자이기도 한 츠베이트라고 하지 않은가.

아저씨가 즉흥적으로 생각했던 훈련이 본인이 모르는 곳에서 완전히 계획적으로 움직이고 있었다.

하지만 효과는 확실했다. 기사와 마도사의 수준은 기술적, 정신적으로도 성장할 것이다.

"그럼 보고도 끝났으니까 산토르로 돌아가 보겠습니다."

"크레스톤 전 공작 각하께 안부 전해주십시오. 이번 일로 큰 은혜를 입었습니다."

"됐습니다. 저도 일인걸요, 뭘."

알레프와 기사 사단은 앞으로 당분간 경계 임무와 뒤처리에 집중할 계획이었다.

그런 그들에게 배웅받으며 제로스와 아도는 용병 길드를 나와서 스라이스트 성곽 도시 동문으로 향했다.

"제로스 씨, 이제 산토르로 가?"

"하삼 마을에 먼저 들를까? 아도 군도 걱정하니까."

"좋지. 유이도 걱정이지만…… 만약 칼침 맞으면 치료해줘."

"칼침이 전제야?! 왜 그런 비장한 각오를 해?!"

"……유이는 있지, 굉장히 질투가 심해. 나보다 리사나 샤크티를 지켜줘. 부탁할게. 농담이 아니라 진짜로……."

유이와 만났을 때를 떠올려 보지만, 그렇게까지 무서운 인물이라는 인상은 없었다.

하지만 그녀를 잘 아는 아도의 반응으로 보아 거짓말 같지도 않았다.

아무래도 아저씨는 귀찮은 일에 휘말릴 운명인 듯했다.

"앗, 이제야 오네. 아도 씨, 늦었잖아."

"좀 기다렸어. 보고할 이야기가 그렇게 많았어?"

"미안. 이야기가 좀 길어졌어."

"역시…… 인기가 좋으시구만. 진짜로 칼 맞지나 마라, 퉷!"

"잠깐만, 설마 내가 찔리기를 기대하는 거 아니야?!"

아저씨는 속이 좁았다.

동문에서 리사, 샤크티와 합류한 제로스 일행은 스라이스트를 떠났다.

가도를 따라 걷다가 도시 성벽이 보이지 않는 곳까지 와서 제로스와 아도는 인벤토리에서 【할리 선더스 13세】와 【경승합차】를 꺼냈다.

"오, 경승합차야? 어떤 메이커가 떠오르는구만……."

"내가 지구에서 끌던 거야. 나도 모르게 만들어 버렸어."

"이거라면 우리 집 꼬꼬들도 태울 수 있겠는데……."

"꼬꼬? 그 잡몹? 그런 걸 키워?"

"얕보다가는 죽을걸? 우리 꼬꼬는 흉포해. 변이종인데, 지금 그들이라면 와이번도 잡을 수 있어."

"그건 이미 꼬꼬가 아니잖아?!"

도중부터 꼬꼬들과 합류해야 했고 일단 길을 따라서 그들을 내려준 마을로 가기로 했다. 다행히 마물 스탬피드의 영향으로 가도를 오가는 상인은 없었다.

지도에서 현재 위치를 확인하며 일행은 꼬꼬들을 공중 투하한 마을에 도착했다.

그곳에서 그들이 본 것은―.

"이, 이건……."

"대체 무슨……. 신관들이 멍석말이를 당하잖아? 거꾸로 매달려서 집단 폭행당하는 인간도 있고."

"이거…… 어린애들한테는 못 보여주겠네. 인간의 추악함이 트라우마로 남을 광경이야."

"저 사람들, 어쩌다 저런 꼴을 당하는 거지? 일단은 성직자, 맞지……?"

이단 심문관이자 범죄자들은 마을 주민들에게 철저하게 구타당하고 거꾸로 매달리거나 생매장당한 현장은 영상으로는 보여줄 수 없는 비참한 집단 폭행으로 죽어가고 있었다.

그들의 자업자득이지만, 처음 마을을 방문한 사람들에게는 선량한 신관을 집단으로 덮친 악마 숭배자의 마을로 보였다.

사정을 모르는 일행은 그저 할 말을 잃고 그 참담한 폭행 현장을 아연실색 바라볼 수밖에 없었다.

단 한 명, 제로스만 마을 사람에게 말을 걸었다.

"실례합니다, 이 근처에서 우리 꼬꼬를 못 보셨나요? 세 마리 다 새까만 코카트리스로 변신하는데."

『『『잠까아안! 무시해?! 이 광경을 보고도 무시해?!』』』

징그럽게 부어오른 신관 한 명을 목각으로 패던 주민에게 말을 걸자 그는 한순간 흉악한 눈초리로 제로스를 째려봤다. 명확한 살의가 느껴졌다.

하지만 제로스의 말뜻을 이해하고는 마치 아무 일도 없었던 것처럼 상큼하게 웃으며 대답했다.

“앗, 그 꼬꼬님의 주인이신가요?”

몇 초 전까지만 해도 피바람을 일으킬 분위기였는데 태도가 180도 달라졌다.

“꼬꼬님? 걔들이 뭐라도 했나요?”

“꼬꼬님이 우리 마을을 구해주셨습니다. 그리고 지금도 마을을 지켜주고 계시고요.”

“아하…….”

이상하게 꼬꼬를 숭배하는 주민을 의아하게 여기며 별생각 없이 숲으로 눈을 돌린 순간, 숲에서 거대한 곰이 하늘로 떠올랐다.

아마 우케이의 주특기를 맞고 날아오른 것 같았다.

기운이 넘치는 꼬꼬들은 사냥하면서 마물들에게 기술을 시험하는 듯했다.

“그런데 이 신관들은 뭐죠?”

“이것들은…… 마을을 습격한 도적들입니다! 희생자 중에는 노인과 어린아이까지 있었는데……. 꼬꼬님이 안 계셨다면 우리도 다 죽었을 겁니다.”

그는 살의를 담아서 바닥을 뒹구는 신관의 머리를 찼다.

마을의 사정을 알고는 제로스도 안도의 한숨을 쉬었다.

태평한 제로스도 이 광경을 보고『괴상한 풍습이 있는 위험한 마을이면 어쩌지』라고 생각했지만, 원인이 신관에게 있다고 알자 안심이 되었다.

아저씨의 상식은 어디로 사라진 것일까?

"이 녀석들은 신관의 탈을 쓴 살인자야! 설마 도울 생각은 아니겠지?"

"아이와 가족을 잃은 사람도 있어! 허튼 생각 하지 마."

"방해하면 아무리 꼬꼬님의 주인이라도……."

"자업자득으로 몰매를 맞는다면 저도 말릴 생각은 없습니다. 하지만 죽지 않을 정도만 패고 경비대에 넘기는 걸 추천할게요. 태어난 걸 후회하면서 죽도록 말이죠."

『『『그걸 왜 받아줘?! 아무리 범죄자라도 인권이 있는데…….』』』

아저씨는 살기등등한 주민들의 생각을 주저 없이 받아들였다.

아무리 범죄자라도 주민이 모두 달려든 집단 폭행은 과하다.

그러나 그런 상식적인 의견이 통하지 않을 정도로 주민들은 살의로 똘똘 뭉쳐 있었다.

섣부르게 중재하다가는 이번에는 자신들이 표적이 될지도 몰랐다.

아도 파티는 설령 범죄자라도 집단으로 때려죽이면 죄가 된다고 생각했지만, 도저히 중재에 나설 분위기는 아니었다.

가족을 비참하게 잃은 자들의 입장에서 폭행당하는 신관들은 원수였다.

거기에 상식적인 설교를 할 용기는 없었다.

"사, 살려……."

"왜 신관들이 이 나라에, 그것도 일개 농촌에 모였죠? 메티스 성법 신국은 이 나라를 적대시하지 않던가요? 설마 【그레이트 기브리온】을 이곳으로 불러들이려고 하셨나?"

"윽?!"

"자국을 덮친 마물을 타국으로 떠넘긴 것도 모자라 타국 국민을 해치다니……. 혹시 이 신관들이 소문으로 듣던 이단 심문관이라는 분들인가요? 살인이나 고문을 생업으로 삼으면 성격이 비뚤어질 만도 하죠."

그 신관, 조스포크는 지푸라기라도 잡는 심정으로 구조를 요청했지만, 자신들의 범행을 들킨 걸 알고 입을 다물어 버렸다.

제로스도 정보를 모아 추측했을 뿐 확증은 없었지만, 이 태도로 확신을 가졌다.

"마을을 고립시킨 것도 당신들 짓이죠? 신의 심판을 명목으로 마음대로 살인을 저지르려고 한 거 아닌가요? 추측이지만, 어디 틀린 부분 있습니까?"

"……."

"말도 못 하나요……. 뭐, 신관이든 범죄자든 민간인을 죽였으니까 죗값은 치러야겠습니다. 심판하는 건 제가 아니지만요."

쾌락 살인에 빠진 신관에게 구원은 없다. 중범죄자에게 신이 손을 내밀 리 없다.

그들은 성법 신국에서 주어진 【면죄부】가 아무 효력도 없다는 사실을 몸소 깨달았다.

집단 폭행이 재개된 것이다.

"제로스 씨…… 저거, 정말로 안 말려도 돼? 범죄자에게도 인권이 있는데……."

"그래요. 아무리 사람을 죽였어도 범죄자를 벌하려면 합당한 절차가 필요하지 않아요?"

"너무해……. 아무리 그래도 저렇게까지 하는 건, 사람으로서……."

"다들 무슨 소리예요?"

""""뭐?""""

제로스의 어이없어하는 말투에 아도 파티는 허를 찔린 기분이었다.

세 사람의 말은 틀리지 않았다. 범죄자에게도 법의 심판을 받을 권리는 분명히 있지만, 그건 어디까지나 경비대나 현상금 사냥꾼에게 잡혔을 때의 이야기다.

실제로 수배되지 않은 죄인과 타국에서 흘러든 자의 범죄가 횡행하는 세상이었다.

이런 자들은 현행범으로 잡거나 그 자리에서 해치우는 것 말고는 방법이 없었다.

"이 세상은 일본과는 달리 법률적 제도가 미비합니다. 그들은 이 마을 주민을 죽이고 현행범으로 잡혔지만, 그걸로 유족의 마음이 가라앉겠습니까?"

"그래도 이런다고 죽은 사람이 돌아오는 것도 아니잖아요? 그리고 잡았으면 경비대에 넘기는 게 상식일 텐데……."

"경비병을 부르려면 도시까지 가야해야 해요. 걸어서 사흘 정도 걸리던가요? 그사이에 도망칠 가능성도 있고 유족들은 찢어 죽여도 시원찮을 겁니다.”

“그래도 법은 준수해야죠. 주민의 사적 판단으로 처형하면 나라의 법률이 의미를 잃어요. 허용해서는 안 될 행위예요.”

“그 말, 유족 앞에서 말할 수 있나요? 저들은 눈앞에서 가족을 잃었는데? 그야 죽은 가족이 돌아오지는 않겠죠. 하지만 그 원한을 풀지 않으면 그들이 똑바로 살아갈 수 없어요. 이 세상의 법은 말이죠, 우리가 생각하는 것보다도 힘이 없어요. 변경이라면 나라의 눈길도 닿지 않죠. 결국 현지 주민들에게 판단을 맡기는 겁니다.”

상식이란 그 땅에 사는 자들의 가치관에 따라서 변한다.

예를 들어 종교의 힘이 강한 나라와 민주주의 법치국가의 상식은 극단적으로 다르다. 한 땅에서 당연하다고 생각하는 것이 다른 나라에서는 전혀 다른 가치관으로 판단된다. 더군다나 이곳은 이세계. 문명 수준도 지구보다 훨씬 낮고 가치관과 상식도 상이한 것은 당연한 일이다.

게다가 선진국의 상식과 변경 소국의 상식 또한 달라서 복수가 합법으로 인정받는 경우도 있었다.

이단 심문관들은 타국에서 온 공작원이며 실제로 솔리스테어 마법왕국에 피해를 줬다. 심지어 민간인을 쾌락을 위해서 죽이기까지.

꼬꼬들이 없었으면 주민은 모두 죽었으리라. 살인을 즐기는 그런 자들에게 법률이니 인권이니 하는 말을 들먹이며 감싸주는 것은 순진하다고밖에 할 수 없었다.

“당신들, 도적을 죽인 적 있나요?”

“나는…… 있어. 죄책감이 엄청 심했지만…….”

"아도 씨가 해치웠어요. 저는 아직 한 명도 죽인 적 없네요."

"안일하네요. 자기방어를 위해서 죽이지 못하면 잘못하면 죽습니다? 이 세상은 순수한 폭력이 판치는 곳이에요. 이 세상에서 살아가려면 각오를 다지세요."

전생자든 용사든 머릿속 어딘가에는 원래 세계의 상식이 뿌리내리고 있었다.

그 상식이 틀리지는 않았지만, 문명 수준이 낮은 이세계에 적용하기에는 너무 선진적이었다.

법안 개정에는 참고가 되어도 실생활에 반영되려면 교육과 시간이 필요했다. 원래 세계처럼 경찰 기관이 각지에 존재하며 치안을 지키는 것도 아니며, 병력을 두자니 유지비를 무시할 수 없었다.

그뿐인가, 이곳에는 과학 수사와 변호사를 통해 감형을 요구할 법정도 없었다.

"들리는 바로는 소환된 용사 중에서 자기가 주인공이라고 착각하고 각지에서 온갖 살육을 자행하다가 처형된 사람도 있다고 합니다. 죽기 전에는『나는 용사다! 너희를 지켜주는데 왜 처형하는 거냐!』라며 적반하장으로 소리쳤다고 하네요."

"별의별 멍청이가 다 있군……."

"스테이터스가 보이니까 게임으로 착각하나 봅니다.『죽어도 살아난다』,『다음에는 너희를 죽여주마』라는 둥 죽을 때까지 현실 감각이 없었다고 들었어요."

"너무하네……. 고통을 느끼면 현실인 줄 알 만하지 않나?"

"VR이라고 생각한 거 아닐까? 어느 세계에서 소환됐는지 몰라도 바보 같아…….”

“용사 중 일부는 정말로 이세계 생활을 『이고깽』이라고 생각해. 아는 용사 중에도 비슷한 애가 있었는데 【용사】라는 말에 휘둘리는 인상이 강했어.”

리사와 샤크티, 그리고 용사의 공통점. 그것은 현실을 보지 못한다, 혹은 안일하게 생각한다는 점이었다.

현실을 봐도 지구의 상식에 붙잡혀있다.

폭력이 용인되는 세계에서 살아갈 인식과 자각이 부족한 것이다.

“그보다 우리 꼬꼬들은 어디 있는 거지…….”

“제로스 씨가 제일 이 세계에 적응한 거 같아. 폭력에 너무 익숙해졌어.”

“……강하네. 그래도 이 환경에 익숙해지고 싶지는 않아.”

“나도……. 그래도 위험할 때는 사람을 죽일 줄 알아야 한다는 말도 이해해. 그때가 오지 말았으면 좋겠지만.”

일본과는 다르게 이 세계는 폭력이 용인되고 살인이 일상적으로 벌어진다. 살아남으려면 몸을 지킬 방어 능력과 그만한 각오가 필요했다.

하지만 리사와 샤크티도 이리스처럼 이세계 환경에 아직 익숙해졌다고 말하기는 어려웠다.

“살인에 익숙해지라는 말은 아닙니다. 다만, 각오해 두지 않으면 중요한 순간에 자기 목숨을 잃는다는 거뿐이죠. 판타지 세계는 전국시대의 일본쯤으로 생각하세요. 방심하면 죽는 위험한 세계라고 항상 명심하길 추천할게요.”

"인간이든 마물이든, 위험이 득실대는 세상이지. 우리 같은 헤비유저가 아니면 환경에 적응하지 못하지 않을까?"

"그건 그럴지도 모르겠네~. 애매하게 판타지 세계라고 인식하다가 호되게 당하는 사람이 많을 테니까."

세계를 얼마나 인식하고 어떻게 현실을 받아들이는가, 그 차이로 운명이 갈린다.

제로스는 이세계에 오고 나서 정보 수집을 최우선으로 했다. 아도도 국빈으로 초빙되어 서고를 이용하면서 정보를 모았을 정도였다.

『이세계다~! 이얏호~!』라고 까부는 인간은 대개 세상을 우습게 보고 있으리라. 그렇게 해서는 이세계에서 살아남지 못할 것이다.

"분쟁 지대에 있는 회사에 파견됐다고 생각하면 되려나?"

"아…… 샤크티 씨 비유가 이해하기 쉬워. 어디에 불온분자가 숨어 있을지 모르고 방심하면 테러리스트에게 유괴되거나 사살되는 그런 느낌? 무서워."

"위험한 곳에 다가가지 않으면 되지만, 그게 어딘지 모르죠. 평화에 찌든 일본인이란 점에서는 용사나 전생자나 마찬가지니까 주의하세요."

용사는 주어진 정보를 곧이곧대로 믿고, 전생자는 이세계에 적응하는 데 시간이 걸린다.

이곳으로 넘어온 지 이미 다섯 달 넘게 지났다. 슬슬 전생자들도 이 세계에서 살아남을 사람과 게임 감각인 바보가 나뉠 시기였다.

아도와 제로스는 4신과 그 신봉자를 괴롭혔고 이리스와 에로무라는 생활에 익숙해지느라 여념이 없었다. 샤란라는 완전히 범죄

조직에 몸을 담았다.

다른 전생자가 어떻게 움직이느냐가 무서운 부분이었다.

“같은 전생자라도 아는 사람 말고는 못 믿겠어. 처음 보는 인간은 무슨 짓을 꾸밀지 몰라서 무서워.”

“나는 평온한 일상이 인생의 모토인데? 공작가에서 의뢰를 받을 뿐인 일반인이야.”

“““어딜 봐서!”””

잘난 체 떠들지만, 제로스도 위험한 일에 스스로 뛰어드는 경향이 있었다.

마음 한편에서는 이세계 생활을 즐기고 있을 가능성이 있었다.

“꼬끼…….(사부, 철수합니까?)”

“센케이, 왔나요? 다른 둘은요?”

“꼬끼끼.(곧 돌아올 겁니다.)”

“조금 돌아서 갈 겁니다. 그런데 이 부근 마물은 처리했나요?”

“꼬끼오, 꼬꼬.(강한 녀석은 거의 다 정리했습니다. 이제는 약한 것들뿐입니다.)”

“그거 다행이네요. 으음…… 이 부근 마물로는 상대가 안 되나…….”

““말이 통해……. 무○고로 씨[#9]인가?””

왠지 대화가 성립했다.

아도 파티에게는 아저씨가 꼬꼬를 상대로 혼잣말을 하는 것처럼 보였지만.

#9 무○고로 씨 일본의 동물 연구가. 동물과 교감하는 방송으로 유명세를 탔다.

제삼자가 보면 참 궁상맞은 광경이었다.

그 후, 돌아온 우케이와 잔케이를 아도의 차에 태우고 아저씨 일행은 하삼 마을로 출발했다.

참고로 이단 심문관들에게 점거됐던 마을은 성수(聖獸) 신앙에 빠져 꼬꼬 세 마리는 정식으로 성수가 되었다.

가도란 마을과 마을을 잇는 유통의 대동맥이다.

하지만 도시 개발 계획을 철저하게 세우지 않는 이 세계에는 계획 없이 만들어진 길이 많았다. 현재 제로스 일행이 있는 가도가 그런 길 중 하나였다.

대개 영주가 다스리는 도시를 중심으로 다른 도시로 길을 연결하나, 지형에 맞추느라 쓸데없이 멀리 돌아가고는 했다.

지구처럼 최단 거리로 길을 내려고 산을 깎고 터널을 뚫는 것을 생각하면 큰 오산이었다.

산과 산 사이로 좁은 가도를 깔기는 하지만, 대부분은 상인에게 위험한 길이었다.

특히 도적과 노상강도가 매복하기 좋은 곳이 많아서 항시 치안을 점검해야 할 곳은 수도 없이 많았다. 그래서 방어 목적인 요새나 성곽 도시를 세우지만, 늘어나는 범죄자들과의 술래잡기는 다람쥐 쳇바퀴처럼 돌듯 끝이 없었다.

물론 평지에 난 가도도 안전하지는 않았다.

도적 같은 범죄자들은 조직이 무너져도 살아남은 자들이 모여서 같은 짓을 몇 번이고 반복한다.

기사와 경비대의 수도 충분하지 않아 모든 도적을 뿌리 뽑기는 어렵다.

국가 예산도 한도가 있는 터라 무작정 인원을 늘릴 수도 없는 노릇이다. 요새 유지비도 무시할 수 없고 병력 유지를 위한 식량과 급료 지불에도 막대한 돈이 필요하다.

그밖에도 장비와 요새 보수 비용 등 방어를 위한 자금에는 자그마치 국가 예산의 3분의 1이 할애된다. 소국에게는 뼈아픈 지출이다.

요약하자면 『유통을 위해 가도를 늘려도 방어 병력을 늘릴 수 없다. 돈이 드니까.』였다.

"그런 고로 우리가 있는 이 산간 도로는 치안이 굉장히 안 좋아. 어디에 산적이 숨어 있을지 모르거든. 마물도 그렇고……."

""""뭐라고오오오오오오오?!""""

아도 파티는 무심결에 소리쳤지만, 애초에 제로스가 지도를 보고 이 길을 고른 이유는 『하삼 마을까지 가는 최단 루트』이기 때문이었다.

게다가 차를 운전하는 아도는 어디에 내놓아도 부끄러운 심각한 길치였다.

그래서 제로스가 탄 【할리 선더스 13세】 뒤만 졸졸 따라왔는데 설마 산간 도로의 휴게소에서 야영을 할 줄은 생각지도 못했다.

제로스 일행은 결계를 치는 마법 도구와 맨몸으로도 도적 정도는 쉽게 쓸어버릴 힘을 가졌다.

하지만 그래도 완전히 안전하다고는 할 수 없었다. 마비성 독을 풀거나 레벨이 낮은 여성들을 노릴 수도 있기 때문이다.

"도적이 나오면 어쩌려고?!"

"처리하면 되지. 경우에 따라서는 상금도 나와."

"만약 마물이라면……."

"먹을 수 있는 마물이면 좋겠네요."

"안 돼……. 제로스 씨는 완전히 이 세계에 적응했어. 지구에서 대체 어떤 삶을 살았담."

"기본적으로 자급자족이었죠. 엽우회 사람과 사냥을 가기도 하고 밭일을 하기도 하고. 그냥 시골에서 흔히 볼 수 있는 재미없는 삶이었어요."

제로스가 말하는 흔한 생활은 근간부터 달랐다.

아도는 지구에서 아르바이트를 전전하며 살았다.

유이의 임신이 밝혀지면서 취업 활동을 하면서도 알바로 생활비를 벌고 장래를 고민하는 나날을 보낸 반면, 아저씨는 자연에 둘러싸인 농촌에서 살았다.

취직자리가 정해져 일희일우하던 아도와 가끔 사냥꾼과 사냥을 나가던 제로스.

아저씨가 말하는 흔한 생활은 흔한 일상과는 너무 거리가 멀었다.

심지어 제로스는 회사원 시절에 해외에서 엽기 요리를 먹는 등 굉장히 험난한 삶을 살았던 탓에 극단적인 경우가 아닌 한 식생활에 편견이 없었다.

아무리 아저씨라도『이건 인간이 먹을 게 아니야아아아!』라고 소리칠 것에는 손을 대지 않지만, 대형 거미나 지네는 먹을 수 있었다.

예상은 되겠지만, 이곳 이세계에서도 곤충은 귀중한 단백질 공급원으로 사용되며 맛만 좋으면 형태에 중요하지 않았다.

아저씨는 이미 지구에서 야생에 적응할 준비를 마쳤다고도 할 수 있었다.

아도 파티와 비교하면 인생의 굴곡이 달랐다.

"지구에서도…… 자연인으로 살았어?"

"얼마나 산골짜기에 살았던 거예요? 우리는 절대로 그런 곳에서 못 살 거야."

"사슴이나 멧돼지는 여행지에서 먹어 봤지만, 사향고양이는 없었어."

"저도 사향고양이는 못 먹어봤습니다. 뭐, 여름에 창고에서 죽어 있는 걸 본 적은 있지만요. 부패가 시작돼서 냄새가 고약했지……."

심지어 오봉[#10]이라서 보건소는 휴일이었다.

시체를 산에 버릴 수밖에 없었지만, 구멍을 파서 묻을 때까지 냄새 때문에 곤욕을 치렀다.

창고에도 썩은 내가 배어서 냄새가 빠질 때까지 밭일을 할 때마다 구역질을 참느라 혼났다.

주절주절 옛날이야기를 늘어놓는 아저씨의 등에 왠지 모를 애수가 감돌았다.

"마당 앞으로 어미곰과 새끼곰이 지나갔을 때는 놀랐죠. 하하하하하."

#10 오봉 한국의 백중과 유사한 일본의 명절. 공휴일은 아니지만, 자체적으로 쉬는 곳이 많다.

"위험한 수준이 아니잖아? 재수 없었으면 죽었어!"

"괜찮아. 석궁이랑 쿠크리가 있었으니까. 실제로 그걸로 사슴도 잡았고."

"우리랑은 근본적으로 달라! 환경 적응력이 뛰어난 게 아니라 처음부터 이세계랑 비슷한 곳에서 살아서 현실을 쉽게 받아들인 거네요?"

"돌가마로 난을 굽고 김치도 직접 담갔죠. 생햄이나 소시지는 일도 아닙니다!"

"아도 씨…… 제로스 씨를 배신하지 마. 같이 있는 게 무조건 이득이야."

게다가 최고 레벨 마도사며 갖가지 생산직 기술도 보유했다.

【대현자】라는 이름은 절대 허세로 붙는 게 아니며, 실제로 그럴 자격이 있을 만큼 능력이 높았다.

"무적이잖아……."

"그보다 저녁 준비는 안 해도 되나요? 어두워지면 장작 모으기도 힘들 텐데요?"

"그러게……. 그런데 도적은 괜찮을까?"

"사역마의 정보에 따르면 이 근처에 사람은 없습니다. 팔 네 개 달린 곰은 있어도."

"그거【네 팔 그리즐리】 아냐?"

"내 레벨이라면 고전하겠어. 해치워도 해체하는 법도 모르고……."

"공격받기 싫은데. 안 나오기를 기도해야지……."

"그럼 저녁 준비를 할까요?"

제로스는 태평하게 말하면서 인벤토리에서 반합과 숯을 꺼냈다.

주도면밀, 유비무환. 아도 파티의 눈으로 본 아저씨는 굉장히 강인했다.

그러던 중 저녁용 사냥감을 잡으러 산에 들어갔던 꼬꼬들이 어마어마한 성과를 싸매고 돌아왔다.

그로부터 한 시간 뒤—.

“와이번 생햄, 맛있네? 그래도 빵만으로는 배가 안 차.”

“응. 샤크티 씨…… 나, 쌀이 그리워.”

“든든한 덮밥이 먹고 싶다. ……응?”

자세히 보니 제로스와 꼬꼬들은 덮밥을 먹고 있었다.

아저씨는 젓가락으로 밥을 퍼먹고 꼬꼬들은 부리로 쪼아 무서운 속도로 배를 채웠다.

닭 주제에 사람 음식을 잘도 먹는다.

잡식성 마물이니까 당연하다면 당연하지만…….

“제로스 씨, 그거 뭐야?! 이 세계에 쌀이 있었어?!”

“뭐야, 나도 먹고 싶어요! 따끈따끈한 쌀밥 먹고 싶어요~!”

“대단하네. 설마 이런 단기간에 쌀을 찾아내다니……. 천상계 유저는 무서워.”

“응? 먹고 싶어? 그냥 튀김 덮밥인데.”

“““튀김 덮밥?! 정말로?!”””

이 세계의 문화는 중세 유럽과 닮아있어서 빵이 주식이고 바게트처럼 딱딱한 것이 주류였다. 일본의 빵에 익숙한 이들에게는 턱이 아파서 먹을 게 못 됐다.

쌀은 없어도 오트밀 같은 밀죽 비슷한 음식은 있었지만, 영양가는 있어도 맛이 없었다. 음식이 남아나는 나라에 살던 세 사람은 도무지 먹을 생각이 들지 않았다.

"뭐, 그렇게까지 먹고 싶다면야……."

먼저 식사를 끝낸 아저씨는 작은 냄비로 튀김을 만들기 시작했다.

탁탁 기름 튀는 소리와 함께 향긋한 냄새가 퍼졌다.

의외로 대식가인지 큰 반합 가득 밥을 지은 덕분에 덮밥 3인분을 만들 양으로는 충분했다.

달콤한 소스를 따뜻한 쌀밥과 튀김 위에 뿌린 대현자 특제 튀김 덮밥을 세 사람 앞으로 내밀었다.

"자, 드시죠."

"""오, 오오오……"""

이게 얼마 만에 보는 일식인가.

새우튀김과 야채튀김, 조금 큰 게 비슷한 것을 통째로 튀긴 것이 밥그릇에서 삐져나와 세 사람의 식욕과 위장을 유혹했다.

"튀김 덮밥이다……. 틀림없이 튀김 덮밥이야……."

"마, 맛있겠다……."

"자, 잘 먹겠습니다."

대충 만든 젓가락으로 쌀밥을, 혹은 튀김을 집어 떨리는 손으로 입에 넣었다.

입안으로 퍼지는 쌀과 소스의 단맛, 그것이 튀김과 어우러지는 감미로운 맛의 향연은 세 사람에게 감동과 향수를 동시에 느끼게 했다.

"""마, 맛있어어어어어어어!"""

오랜만에 먹는 튀김 덮밥은 천상의 맛이었다.

세 사람은 눈물을 흘리며 밥과 튀김을 입 속에 가득 채워 넣고 일식의 맛에 도취했다.

"새우튀김이 달아!"

"오랜만에 속이 든든해. ……살아 있길 잘했어."

"그나저나 소프트 셀 크랩은 또 어떻게 찾았어요? 인벤토리에 넣어 둬도 안 상해요?"

"……음? 게?"

덮밥을 두 그릇째 먹던 아저씨는 샤크티의 질문에 의문형으로 답했다.

그 순간, 눈치 빠른 샤크티가 젓가락을 멈췄다.

불길한 예감이 들어서였다.

"제로스 씨? 이거 게 아니에요?"

"……게, 비슷한 거? 신경 쓰지 말고 드시죠. 훗…… 덮밥은 아무 생각 없이 먹으니까 맛있는 겁니다."

"고집 있는 노포의 주인장처럼 얼버무리려 하지마요! 이 게, 대체 뭐예요?! 게다가 이제 보니까 새우튀김에도 꼬리가 없어!"

"그만큼 준비가 완벽하다는 뜻이죠. 안 그러면 손님한테 내놓지도 않아……."

"손님이랑 눈도 못 마주치면서 무슨 소리예요! 잔말 말고 뭘 썼는지 말해요!"

아저씨는 눈길을 맞추려고도 하지 않았다.

그 반응에 아도와 리사도 젓가락을 멈췄다.

"……맛있으면 됐잖습니까."

"왜 재료 이름을 못 밝혀요! 켕기는 구석이 없다면 알려줘도 되잖아요?!"

"……세상에는 모르는 게 약이라거나 들으면 돌이킬 수 없는 이야기가 있죠. 진실은 잔혹하다는 사례도 자주 있다고요. 그래도 알고 싶나요?"

"잠깐만 있어 봐요! 그 말은 이 재료가 제대로 된 게 아니란 뜻이에요?! 대체 뭘 먹인 거야!"

"어이쿠, 이놈의 입방정. 신경 쓰지 마십쇼."

"""신경 안 쓰게 생겼어?!"""

제로스는 재료의 이름을 말하지 않았다.

그것이 곧 멀쩡한 재료가 아니라는 증거였다.

의심의 눈초리를 보내는 세 사람을 무시하고 굳게 입을 닫은 아저씨는 꼬꼬들과 함께 묵묵히 밥을 먹었다. 정체 모를 튀김과 함께—.

"그냥 좀 알려줘! 당신, 우리한테 뭘 먹인 거야?"

"독은 없으니까 괜찮아. 이게 그렇게 신경 쓸 일인가~?"

"그럼 왜 이름을 말하지 못하냐고요! 이상하잖아요!"

"토하면 양식이 되어준 자들에게 예의가 아니잖아요. 이 세계는 말이지, 먹느냐 먹히느냐, 그게 전부라고요."

"그러니까 토할 정도로 괴상한 거라는 말이죠?"

"……정말로 알고 싶어요? 후회할 텐데? 크크크……."

아저씨의 눈이 머리카락에 가리고 왠지 으스스한 기운이 감돌기 시작했다.

뭘 먹였는지 궁금하기는 하지만, 들으면 돌이킬 수 없는 위험한 분위기였다.

이러지도 저러지도 못 할 처지란 바로 이런 상황이 아닐까.

들으면 틀림없이 후회하고 듣지 않으면 의심이 계속 남는다.

요컨대 마음의 부담이 큰가 적은가의 문제일 뿐, 어느 쪽이건 불행해지는 건 변함없었다.

덮밥을 먹은 시점에서 불행은 이미 정해졌으며 행복한 시간은 이미 지나갔다. 처음부터 깨닫지 못했다면 다행이겠지만, 이미 늦었다.

세 사람은 꽝밖에 없는 선택의 기로에 섰다.

"한 번 더 물을게요. 정말로 알고 싶어요?"

마치 지금부터 위험한 작전에 참여할지 묻는 지휘관처럼, 제로스의 기이한 위압감이 더욱 짙어졌다.

무조건 불행해진다는 확실한 예감이 세 사람을 덮친다.

그래도 진실을 추구하는 바른 마음이 살짝 더 강했다.

"가, 가르쳐줘……. 저 튀김, 뭐로 만들었어?"

후회할 걸 알면서도 아도는 그 길을 선택했다.

"훗…… 좋다. 알려주마! 하지만 그 길을 고른 너희는 크게 후회할 거다. 진실은 잔혹한 법. 몰라도 될 사실을 안 너희에게 무시무시한 불행이 닥칠 것은 불 보듯 뻔한 일. 그래도 선택한 건 너희다! 그 우매함과 후회를 가슴 깊이 새겨라……."

그 대사는 마치 위험한 조직의 실세에게 조종당하는 불행한 상사 같았다.

제로스는 어디 나오는 사령관처럼 손을 깍지 끼고 깊이 한숨 쉬었다.

그것은 참회인가, 아니면 세 사람이 지금부터 알게 될 현실에 대한 연민인가. 무엇이 됐건 이미 주사위는 던져졌다.

제로스에게는 이미 진실을 말한다는 선택지밖에 남지 않았다.

"먼저 야채튀김은【맹독 우엉】과【즉사 당근】,【배드 양파】와【천국 산나물】……. 전부 맹독이 있어."

"이보셔…… 그건 이미 요리 재료가 아니잖아?!"

"걱정하지 마. 독은【큐어 포션】으로 중화했어. 그리고 새우튀김은【사흘 지네】……. 그 독은 사흘간 고통에 몸부림치다가 몸이 부패하며 죽어간다지."

"지…… 지네……? 내, 내가, 지네를 먹었어?! 아앗……."

"리사?!"

리사는 지네를 먹었다는 충격으로 기절했다.

변명할 여지도 없는 엽기 요리였다.

"그리고 소프트 셸 크랩으로 보이는 그건……【데미 머더 타란툴라】야. 게처럼 생겼고 이름은 타란툴라지만, 학술적인 관점에서 보면 진드기의 친척으로 분류되지. 놈들은 무리 지어 사냥감을 덮쳐 독으로 살을 녹여서 잡아먹어."

"게가 아니야?!『게 비슷한 것』이라고는 했지만, 정말로 게가 아니었어?! 게다가 진드기? 타란툴라는 이름뿐이라고?!"

"걱정하지 마세요, 독은 다 뺐으니까. 준비는 완벽하다고 했잖습니까?"

"준비가 완벽하다는 게 그런 뜻이야?! 제로스 씨, 사람한테 뭐 이런 걸 먹여!"

"그래서 물었잖아, 정말로 알고 싶냐고……."

그렇다. 제로스에게는 아무런 잘못도 없었다.

덮밥을 먹기는 했지만, 그것을 보고 먹고 싶다며 부탁한 쪽은 아도 파티였다.

불평할 거라면 그 시점에서 재료를 확인했어야 했다.

산 속 휴게소에서 게나 새우가 나올 리 없지 않은가? 그런 환경에서 의심하지 않고 먹은 그들 책임이었다.

한마디 더 보태자면 아도는 아저씨가【파프란 대산림 지대】에서 서바이벌 생활을 한 사실을 알고 있었다. 살기 위해서라면 뭐든 못 먹겠는가.

그런 음식에 내성이 있다는 것쯤은 알아차렸어야 했다.

"이 세상에서 약하면 잡아먹히고 강하지 않으면 살아갈 수 없어. 맛만 있으면 그만 아닐까?"

"너무 강하잖아……. 젠장, 그냥 듣지 말걸……."

"그러게…… 진실을 모르는 편이 나았어. 뭐, 거부감은 있지만 맛도 있고 못 먹을 정도는 아니야."

"샤크티, 먹을 거야?!"

"그야 이사라스 왕국에서도 나도 모르게 지렁이를 먹었잖아? 이제 와서 엽기 음식이라서 못 먹는다는 것도 말이 안 돼. 그럼 신경 쓰지 않고 먹는 편이 이득 아닐까? 유충보다는 나아."

"진심으로……?"

"지렁이는 귀중한 단백질 공급원이지만, 흙을 빼는 게 귀찮죠~."

"제로스 씨도 먹었어?!"

아저씨는 그렇다 쳐도 샤크티 또한 강인한 정신력의 소유자였다.

결국 섬세한 사람은 아도와 리사뿐이었다.

살기 위해서라면 벌레도 먹는 제로스. 그 자세는 어떤 점에서 존경받아 마땅하다.

하지만 아도와 리사의 현대 일본인으로서의 상식은 그것을 거부했다.

그러한 점이 이세계에서 살아갈 수 있는 결정적인 차이임을 알면서도 마음이 받아들이지 못했다. 결국 그는 잘 때까지 그 일을 고민했다.

아도는 삶이 투쟁이라는 의미를 비로소 이해했다.

필요하다면 어떤 엽기적인 것이라도 먹어야 하며 일본의 상식은 버려야 할 정도로 이세계는 가혹했다.

어떤 선주민처럼 강인하게 살아갈 것인가, 아니면 일본인의 마음을 버리지 않고 살아갈 것인가, 어느 쪽을 선택할지는 그들이 스스로 정해야 한다.

하삼 마을로 가려면 오라스 대하를 건너야만 했다.

굳이 변경 가도를 이용하는 상인은 거의 없어서 지금까지는【할

리 선더스 13세】와 【경승합차】를 마음껏 몰 수 있었지만, 교역의 중심인 도시가 가까워지면 그만큼 사람도 많아져서 운전을 자제할 필요가 있었다.

이제와서 할 소리는 아닌 것 같지만, 가급적 자신들의 존재는 알리고 싶지 않았다.

제로스에게는 공작가라는 뒷배가 있으므로 공공연하게 권력으로 옭아매며 하지 않을 것이다.

하지만 아도는 잠깐이나마 타국에 소속되었던 마도사였다. 눈에 띄는 만큼 향후 활동이 제한되리라. 더군다나 이 나라에 있는 약혼자가 인질로 잡히면 대책이 없다.

권력자가 모두 델사시스 공작처럼 현명하지는 않았다.

그중에는 태연하게 멍청한 짓을 저지르는 자들도 있었다.

그런 점을 감안해서 아저씨는 일단 대비책을 세우기로 했다.

'마음대로 되는 일이 없네. 자유를 바라면 거기에 멍청한 권력자들이 꼬일 거 같아.'

획기적인 이동 수단을 마음대로 몰고 다니는 아저씨가 말해도 설득력이 없었지만, 이렇게 보여도 급속한 기술 발전을 막으려는 생각이었다.

공작가와 연결된 이상, 무턱대고 기술을 제공할 수도 없었다.

과도한 기술 발전은 전쟁을 부를 수도 있다.

예를 들면 【할리 선더스 13세】. 군용으로 사용한다면 척후 부대의 획기적인 정찰병이 될 것이다. 하지만 사용된 광물과 재료가 재정을 압박할 만큼 비싸서 실용적이지는 않았다. 그도 그럴 것이

용종의 재료까지 사용되었으니까.

염가로 【바이크】를 제조할 수 있을지는 모르지만, 내구성과 범용성에서 【할리 선더스 13세】를 넘는 물건을 쉽게 만들지는 못한다.

기술이 확립되지 않은 현시점에서는 괜한 혼란만 일으킬 것이다.

차례차례 단계를 밟아 증기기관부터 기초를 배우면 다행이지만, 그러면 이번에는 환경문제라는 벽이 가로막는다.

급격한 보급은 공해를 일으킬 가능성이 농후했다.

지구의 역사가 인류의 진보와 거기서 발생하는 각종 문제를 가르쳐줬다.

'갑가지 고도의 기술을 꺼내면 귀찮은 일밖에 안 일어나지. 산업경제가 발전하면 귀족 사회의 권력 다툼이 커질 테니까 아마 공해 따위 안중에도 안 둘 거야.'

문명의 발전은 이르든 늦든 진행된다.

마법이라는 친환경 기술은 경제를 크게 발전시키겠지만, 산업기술이 발전하면서 따라오는 폐해를 이 세계 사람들은 아직 모른다. 바다와 강이 오염된다는 의미를 제대로 이해하지 못한다.

미세한 금속과 독성이 포함된 약품이 인체에 어떤 영향을 미치는지는 실제로 문제가 일어나지 않으면 판단이 설 리 없고, 오히려 권력자는 문제를 확인하기 위해 많은 사람의 고통을 묵인할 위험성까지 있다. 대책을 세울 의지가 있어도 지식이 없으면 원인이나 밝힐 수 있을지 의심된다.

기술 대부분이 군사력 강화에 이용될 것이 뻔한 이상 군사력이 강해지면 권력자의 지배욕을 자극해 영토 확대를 노리고 전쟁을 일으킨다. 생활이 윤택해지면 권력자는 더더욱 기고만장해지기 쉽다.

그런 상황이 온다면 공해 문제는 외면하고 오히려 오염되지 않은 토지를 얻기 위해 생각 없는 행동에 나설지 모른다.

제로스와 아도에게는 그런 변화를 일으킬 능력이 있었다. 자유롭게 살아가려면 믿을 만한 권력자와 친해질 필요가 있다.

뒷배의 유무로 입장이 크게 변하기 때문이다.

'기술 발전보다 다른 지식이 선행되어야 하나……. 내가 왜 이런 고민을 해야 하는지 원…….'

보통 마법 기술은 이론 수립과 검증을 반복하며 학술로 발전해 나간다.

약학부터 의학, 위생학, 생물학까지. 톱니바퀴 같은 한낱 부품도 기계 공학, 전자 공학 등 다양한 분야로 갈라져 나간다.

하지만 제로스와 아도의 능력은 그 과정을 단번에 뛰어넘어 시대에 막대한 영향을 끼칠 위험물을 만들어 내서 문제였다.

타인의, 그것도 권력자의 관심을 끌 것이 틀림없었다.

'아도 군도 델사시스 공작과 사업 관계를 맺도록 할까? 다른 귀족은 믿을 수 없고 이해관계만 따지는 사이라면 문제도 안 일어나. 위험하다 싶으면 마법 스크롤 같은 계약서라도 쓰면 되겠지.'

델사시스 공작은 선견지명이 있었다.

이해관계를 유지하면 웬만해서는 무리한 일을 시키지 않는 인물이었다.

또한 솔리스테어 공작가를 적으로 돌리고 싶어 하는 자는 거의 없었다.

좋은 의미로 비즈니스 상대로 이만큼 믿을 만한 인물이 또 있을까.

어렴풋이 그런 생각을 하면서도 제로스 일행은 오라스 대하를 건널 배에 타려고 대하를 따라서 항구까지 걸어가고 있었다.

"근처까지 와서 걸어야 한다니……. 교역 중심인 마을 근처에는 아무래도 사람이 많아서 자동차는 눈에 띄어……. 권력자의 눈을 피하기 위해서라 해도 귀찮구만."

"기술 수준이 명백하게 다른데 어쩌겠어. 마차보다 유리한 이동 수단은 전쟁과 산업에 혁명을 가져올 거야. 장담하는데 귀족 눈에 띄면 강제연행이야. 이런 기술은 함부로 퍼뜨릴 수 없지."

여기서부터 선착장이 있는 마을까지 상당히 거리가 멀지만, 사역마를 이용해 하늘에서 조사한 바로는 대략 세 시간이면 도착할 듯했다.

리사와 샤크티는 지쳤는지 한 시간쯤 걷고부터는 말이 없었다.

아마 제로스와 아도에 비해 그녀들의 레벨이 낮아서 그러리라.

능력치가 천양지차라서 피로도 금방 쌓이는 것이다.

"저 둘은 많이 지쳤나 봐."

"포장은 했어도 길이 워낙 울퉁불퉁해야지."

평평한 아스팔트 도로가 아니라 적당한 크기의 돌을 깔았을 뿐인 노면이었다. 심하게 돌출된 턱도 있어서 빈말로도 걷기 쉽다고는 할 수 없었다.

경치도 숲뿐인지라 솔직히 금방 질렸다.

"쉬면서 가는 데도 한마디도 안 해……."

"으음…… 초등학교 합숙 훈련으로 산에 갔다가 중턱부터 진이 빠진 상황 같구만. 정신력으로 걷고는 있지만, 생각하기를 포기한 상태인가."

"합숙 훈련이 뭐야? 소풍이나 수학여행이랑은 다른 거야?"

"비슷해. 자연에 둘러싸인 숙박 시설에 묵으면서 호숫가를 걷거나 낚시를 하기도 했었지? 그리고 야간 이벤트로 캠프파이어도 하고. 아도 군은 초등학교 때 안 했어?"

"……나, 그런 행사가 있을 때마다 병에 걸렸어. 기억나는 건 중3 수학여행 하나뿐이야. 그때도 산기슭에서 조난당했고……."

"아니, 조난이 아니라 그냥 미아겠지……."

아도는 길치일 뿐만 아니라 운도 지지리 없었다.

졸업 앨범의 단체 사진 끝자락에 증명사진만 덩그러니 붙는 그런 처지였다.

너무 불쌍해서 눈물이 난다.

"미안……. 우리 다른 이야기 할까? 아도 군은 이 세계에 대해 얼마나 조사했어?"

"응? 글쎄…… 대략적인 세계관이 【소드 앤 소서리스】와 같지만, 세세한 부분은 다르지? 예를 들면 레벨. 우리는 열심히만 했으면 레벨 1000을 넘겼지만, 이 세계에서는 레벨 500이 한계야. 레벨 300이 일류 취급이었나?"

"맞아. 그것과 비교하면 우리 전생자의 레벨은 비정상이지. **그 세 마리**와 싸워서 쉽게 이기겠다고 생각할 정도니까 정상이 아니라고 증명된 셈이야."

"4신과 싸워도 우세……. 이건 우리가 확실히 이 세계의 법칙에서 벗어났다는 뜻이지?"

"이물질이라고 말해도 과언이 아니야. 우리랑 맞먹는 마도사나 전사가 여러 명 있으면 이 세계가 파멸하지 않을까? 생물병기가 따로 없잖아. 그래도 레벨 한계를 초월한 생물이 우리 말고도 더 있어. 어느 영역에 서식하는 마물들이야. 여기서 도출되는 결론은?"

"파프란 대산림 지대……. 혹시 이 세계의 법칙이 망가지기라도 했나? 인간과 동물과는 달리 체내에 마석이 있는 생물은 자연의 법칙에서 일탈했어. 아니면 이제 일탈하기 시작했거나."

"역시 그런 결론이 나오지? 신의 사도라는 르페일 족은 별개로 쳐도, 적어도 다른 종족은 한계치를 뛰어넘지 못해. 하지만 마물은 그 한계치를 넘어서 진화까지 해."

"상식적으로 진화는 오랜 세월 환경에 적응하면서 변하는 거지. 갑자기 다른 생물로 변하는 건 아무리 생각해도 이상해."

인간을 포함한 지적 생물의 레벨 한계치.

한때 신족이라고 불린 르페일 족은 다른 인종과 달리 레벨이 1000을 넘을 수 있으나, 그래도 그 레벨에 도달한 자는 많지 않았다. 굳이 세자면 한 손으로 꼽을 정도였다.

다른 종족은 한계 레벨이 500으로 고정되어 있다는 개념 외에는 【소드 앤 소서리스】의 설정과 거의 일치했다.

그렇게 생각하면 마물의 레벨 한계치는 특수했다.

마물은 다른 신의 사도도 아니고 짐승에 가까운 생물이었다. 그런데 레벨 500으로 고정되지 않고 환경 적응과 진화에 따라서 레벨 한계치를 넘을 수 있었다.

마물이 평범한 생물이라면 이 한계치를 절대로 넘지 못할 텐데 말이다.

이 현상은 법칙 붕괴에 따른 영향이라고 생각하는 편이 자연스러웠다.

"마치 마물이 특별한 존재 같군. 이것도 4신이 세계를 관리하지 않아서인가?"

"글쎄~? 용사 소환으로 여러 번 이세계와 연결된 탓 아냐? 그것도 30년 주기로 했으니까 거시적으로 보면 수시로 차원에 공간을 뚫었다는 뜻이야. 우리가 있던 세계처럼 마력이 없는 이세계도 있었을 테고, 이해할 수 없는 법칙으로 움직이는 세계가 있었을 수도 있지. 한순간이라도 그런 세계와 접촉한다면 세계의 법칙이 무너져도 이상할 게 없어."

"그렇구만……."

아도에게는 아직 용사들의 혼이 이 세계를 망친다는 진실을 알려주지 않았다.

정보의 출처를 조사하면 필연적으로 사신에 관해 말해야 하기 때문이었다.

배양액 속에서 재생 중인 사신은 아직 아도에게도 비밀로 해야 해서 아저씨는 굳이 거짓 정보로 이야기를 다른 방향으로 유도했다.

적당한 말을 늘어놨을 뿐이지만, 【법칙】이 붕괴하기 시작한 것은 거짓말이 아니었다.

다만, 중요한 진실을 전하지 않았을 뿐이었다.

"그때 끝장내지 않은 게 후회돼."

"4신 중 세 마리와 바퀴 히어로, 거기에 우리가 끼면 삼파전이야. 전투에 참가해서 난전이 됐었으면 피해가 장난 아니게 커졌을 거야."

"그건 그렇지만, 하나 정도는 처리하고 싶었어."

"하나는 어느샌가 도망쳤지. 어쩌면 동료 의식이 낮은지도 몰라. 열 받는 녀석들이라고 재확인한 것만으로도 다행으로 여기자고."

4신— 정확하게는 세 명이었지만, 아무튼 4신은 자기중심적인 성격임을 알았다.

아니, 재인식했다는 표현이 옳을 것이다.

직접 만나 본 그녀들은 충동적이고 생각이 짧아서 신이라고 부르기에는 너무나도 치졸한 존재였다.

마치 레미— 샤란라를 연상케 하는 4신의 태도 때문에 제로스는 그것들을 철저하게 섬멸해야 한다는 생각에 사로잡혔다.

다음에 만나면 확실하게 없애 버리리라고 다짐했다.

"역시 요정에 가까운 성격이었어."

"그렇지……. 그래도 4신교가 그 악질적인 생물을 옹호하는 이유를 알았어."

"아도 군도 4신이 요정을 바탕으로 한다고 생각해?"

"100퍼센트야."

요정은 반(半)영적인 생명체고 성격은 어린아이처럼 천진난만했다. 순수하다고 말하면 듣기는 좋지만, 그 본질은 향락적이고 시건방지며 자기중심적, 밑도 끝도 없이 악랄한 존재였다.

요정이 하는 장난도 아이가 하는 귀여운 장난과는 거리가 멀고 인간과 가축을 습격하거나 재미로 죽이고 산 채로 생물을 해부하는 등 기괴할 만큼 흉악하기 짝이 없었다.

4신교가 왜 이런 위험 생물을 보호하는지 알 수 없지만, 4신 자체가 요정과 깊은 관련이 있다고 가정하면 그 수수께끼도 자연스럽게 풀렸다.

4신이 요정을 바탕으로 한 생물이라고 생각하면 모든 게 이해됐다.

"유이 씨를 보호하던 마을이 요정에게 피해를 받아서 내가 요정 부락을 깡그리 날려 버렸어. 【폭식의 심연】으로."

"그거 이사라스 왕국까지 소문이 퍼졌어. 광범위 섬멸 마법 실험일지도 모른다면서……."

"마을에 도착하자마자 머리 위에서 모루가 떨어지질 않나, 어린애가 난도질당해서 빈사 상태이질 않나…… 생각이 있으면 뿌리 뽑아야지."

"유이는?! 유이는 안 다쳤어?!"

"안 다쳤어. 신관은 공격하지 않나 보더라고. 신관복으로 적을 식별하는 거 같아."

"직업을 신관으로 해두길 천만다행이군……. 나이스, 과거의 나!"

이세계에 오기 전, 아도는 임신해서 외출하기 힘든 유이에게 【소드 앤 소서리스】를 추천했다.

그리고 캐릭터 선택창에서 직업을 고민하던 때, 전투직인 아도를 보좌하는 신관을 해보라고 했다.

4신교와는 다른 신관복이지만, 요정에게는 그것을 구분할 지능이 없었다.

뜻하지 않게 유이가 공격당할 가능성이 낮아진 것이다.

"……기다려. 혹시…… 다른 직업이었으면?"

"그 요정들, 엽기 살인 집단이야. 임산부를 가만히 놔뒀겠어?"

"……그렇게 미쳤어?"

"단단히 미쳤지. 요정 부락을 사역마로 확인했는데…… 연쇄살인이 수십 년 단위로 이뤄진 것처럼 시체가 빼곡했어. 도적 같은 사람이 산 채로 썰리고 있었지."

"제로스 씨…… 고마워! 정말로 이 은혜 잊지 않을게."

자칫 잘못했으면 피해자가 도적이 아니라 유이가 됐을 거라는 생각에 아도는 제로스에게 엎드려 절이라도 하고 싶은 기분이었다.

"이곳의 요정은【소드 앤 소서리스】의 요정보다 심각해. 발견하는 족족 망설이지 말고 구제해. 철저하게 박멸해야 해."

"그래야겠어……. 그때는 나도 협력할게. 그나저나 역시 요정을 싫어하네?"

"가족 중에 비슷하게 열 받게 하는 인간이 있어서 그래. 아무튼 대규모 요정 부락을 발견하면 알아서 처리해줘."

두 사람은 힘차게 악수를 나눴다.

그런 두 사람의 뒤에서 리사와 샤크티가 맹한 눈으로 따라오고 있었다.

이렇게 잠시 걷던 일행은 오라스 대하를 건널 작은 마을에 도착했다.

아도의 약혼자인 유이와의 재회가 다가오고 있었다.

◇ ◇ ◇ ◇ ◇ ◇ ◇

신관복을 입은 여성이 숲 속을 달렸다.

무한정으로 자신에게 관대한 여자, 【오사코 레미】— 샤란라였다.

그녀는 이단 심문관들이 비상식적인 닭들에게 습격받는 동안 필사적으로 잠복해서 위기를 넘겼다.

한 번 싸운 적이 있어서 절대 승산이 없다고 알기 때문이었다.

심지어 이번에는 세 마리가 동시에 나온 게 아닌가? 그건 사형 선고에 가까운 절망이었다.

샤란라는 독약 조합 외 능력은 평균 이하인, 이른바 꼼수 플레이어였다. 레벨업 같은 귀찮은 짓은 하지 않았고, 싸우지 않으니까 전투 스킬은 한심할 정도로 낮았다.

독 같은 아이템을 써서 PK로 남의 장비를 빼앗는 암살형 강도.

그런 그녀가 잠복 중에 동생을 발견했다.

그러나 그 동생 곁에는 귀찮은 생물과 동료로 보이는 인물들이 있어서 함부로 다가갈 수 없었다.

애초에 동생은 상위 유저인 【섬멸자】. 이길 가망은 눈을 씻고 찾아봐도 없었다.

그렇다면 그냥 포기하면 됐겠지만—.

'저 녀석 성격이라면 이미 거점이 있을 거야. 사람이 살아가려면 다른 사람과 연관될 수밖에 없어. 가장 먼저 거점부터 찾아야 해…….'

—의외로 포기할 줄 몰랐다. 그리고 주접스러웠다.

샤란라도 결코 바보는 아니었다.

자기 자신을 위해서 남을 이용하는 점에 한해서는 무섭도록 머리가 잘 돌아갔다.

동생의 행동 패턴도 어느 정도 꿰고 있어서, 어찌 보면 서로를 누구보다 잘 아는 남매라고 할 수 있었다.

그녀는 제로스의 거점 주변에 있는 인간을 이용하기로 마음먹었다.

【회춘의 비약】의 부작용을 없앨 아이템을 빼돌리기 위해서.

만약 인벤토리 안에 있으면 다 무의미한 짓이었다.

하지만 가만히 있은들 죽기밖에 더하는가.

말 그대로 목숨을 건 각오였다.

"그건 그렇고, 저 녀석은 무슨 바이크를 타고 앉았어! 판타지를 뭐라고 생각하는 거야?"

제로스를 쫓고는 있었지만, 맨몸과 기계는 이동력이 달랐다.

조금 전까지는 두 발로 열심히 쫓았으나 결국 놓치고 말았다.

그래도 바이크를 뒤쫓는 것을 보면 집념 하나는 대단했다.

그 때문에 지금은 평원을 방황 중이지만.

"이렇게 된 것도…… 다 사토시 탓이야! 두고 봐, 반드시 거주지를 알아내서 후회하게……."

적반하장의 끝을 달리던 샤란라는 마지막까지 말을 맺지 못했다.

왜냐면 그녀의 눈앞에는 거대한 뿔이 달린 커다란 소떼가 버티고 있었으니까.

소들은 샤란라를 보자마자 거친 콧김을 뿜으며 일제히 땅을 박찼다.

"아니, 왜?!"

—음머어어어어어어어어어어어어어어어어어!

그리고 시작되는 소몰이 도주극.

소 몬스터【빅 혼】. 넓은 영역을 가지고 먹이를 찾아 이동하는 습성을 가진다.

특히 영역 의식이 강하고 성질이 거친 마물이라서 적을 집요하게 쫓는 특징이 있다.

【소드 앤 소서리스】에서는 친숙한 마물이며 평범하게 플레이한 전생자라면 쉽게 잡을 수 있을 것이다.

하지만 샤란라에게는 마물과의 싸움은 엄두도 못 낼 일이었다.

한 마리뿐이라면 몰라도 무리를 상대할 정도의 능력은 없었다.

날먹 플레이만 하던 샤란라는 그 대가를 이세계에서 치르게 됐다.

이 처절한 술래잡기는 들을 지나 산을 넘어 그녀가 오라스 대하에 처박힐 때까지 이어졌다.

제9화 아저씨 일행, 하삼 마을에 도착하다

오라스 대하를 건넌 제로스 일행은 다시【할리 선더스 13세】와【경승합차】를 꺼내서 가도를 달렸다.

하삼 마을까지 가는 최단 루트는 파프란 가도 방면이었다.

문제는 귀찮은 일과 맞닥뜨리기 쉽다는 점이었다.

"【파이어 볼】."

"끄아아아아아아아아아아아아!"

지금도 도적과 만나서 막 소탕한 참이었다.

이런 범죄자는 상대의 역량을 재지 못하고 다짜고짜 기세만 뻗치며 달려드는 경우가 대부분이다.

이를 만용이라고 해야 할지 객기라고 해야 할지 모르겠으나, 후회했을 때는 이미 빈사 상태였다.

경비병에게 넘기자니 요새와 도시는 멀었다. 이럴 때는 신속하게 처치해서 시체를 뼈도 남지 않게 태우든가 깊은 구멍에 묻는 것이 이 세상의 상식이었다.

도적들의 시체가 전염병의 온상과 마물의 먹이가 되기 때문이었다.

"끝났군."

"성실하게 일하면 죽지도 않을 텐데 왜 이렇게 사나 몰라~. 민폐도 이런 민폐가 없어."

"성실하게 일할 능력이 있으면 범죄자가 될까? 일을 못 하니까 범죄에 손대는 거 아냐?"

"닭이 먼저냐, 알이 먼저냐……. 뭐가 됐건 방해꾼이라는 사실에는 변함이 없지."

"동감."

약 열 명의 도적들은 모두 피떡이 됐다.

도적으로 전락한 대다수가 농가나 상인의 차남, 삼남 등 집안을 잇지 못하고 미래도 불확실한 자들이었다.

농촌이라면 일단 땅을 개척하는 방법도 있건만, 귀찮아서 도망치다가 결국에는 타락한 경우였다.

자업자득인데도 그 울분을 상인과 행인에게 돌리는 것이 참으로 악질이었다.

물론 이러한 자들은 자기방어를 위해서라면 살해도 용인된다.

머릿수로 밀어붙이는 전술은 분명히 유효하지만, 그래봤자 도적 나부랭이다. 체계적으로 싸우는 법을 알 리 없었다.

문제는 그 도적 무리에 용병 출신이 끼는 것이다. 실전을 그럭저럭 경험한 사람이 있으면 그것만으로 토벌 난이도가 오른다. 움직임이 조직적으로 변하기 때문이었다.

그리고 지금 해치운 도적 사이에도 용병 출신이 있었다.

"일도 안 하고 범죄자로 전락한 용병이라니 한심하구만. 자기 하기 나름이지만, 그래도 도적보다는 용병이 돈은 많이 벌 텐데."

"……사람을 죽여 놓고 말하기도 그렇지만, 무자비하네."

"사람을 죽이려는 인간들이니까 죽을 각오도 됐겠지. 그럼 주저하는 게 실례라고 생각해. 성심성의껏 죽여줘야지."

"아니, 죽고 싶어 하는 인간이 어딨어?! 그럴 각오가 있었으면 도적도 안 됐겠지!"

"어쨌든 목숨을 빼앗는 일에 참가한 시점에서 동정할 여지는 없어. 상대방의 기량도 헤아리지 모르면 처음부터 도적질을 하지 말았어야지."

"이미 죽었는데 말해서 뭐 해? 그런 건 생전에 말해주라고."

도적은 거의『편하게 돈 벌기』가 목적이었다.

타인에게 금품을 빼앗다가 그 행위가 점점 과격해지면 살인으로 변한다.

심지어 초보 범죄자에게 어중간한 자비를 베풀면 자기 목숨이 위험해질 수 있다. 초보일수록 무슨 짓을 저지를지 몰라서 무서운 법이다.

오히려 노련한 범죄자가 목적도 뚜렷하고 쓸데없는 행동을 하지 않는다.

요컨대 노련하고 조직적인 범죄자는 성가시지만, 초보 범죄자가 훨씬 악랄하다는 뜻이다.

"소신도 신념도 없이 그냥 눈앞의 일만 보고 덤비는 범죄자는 귀찮아."

"그건 그렇지만, 신념 있는 범죄자가 더 성가시지 않아? 그보다 전부 죽일 필요까지 있었나?"

"전멸했다는 소식이 퍼지면 이 일대도 당분간은 안전해질거야. 피해자를 줄이려면 과잉 방어도 평화를 위한 방편이지. 딱히 살인을 정당화할 생각은 아니지만."

가도에서 도적을 만나는 경우는 적지 않았다.

혼자 여행하면 털어 달라고 시위하는 것과 다름없었다.

충동적인 범죄에서 계획적인 습격까지, 단속하는 입장에서는 모두 골치 아픈 문제였다.

제로스 일행이 습격받은 것도 휴식 때 식사 준비를 시작했을 때였다. 그나마 음식을 먹기 전이라서 망정이지, 샤크티는 새파랗게 질린 채 웅크렸고 리사는 실신했다.

사람이 죽는 현장을 가까운 곳에서 봤으니까 어쩔 수 없는 반응이었다.

"샤크티 씨는 의외로 버틸 만한가 보군요? 뭐, 습격당하는 와중에 기절하면 죽을 뿐이지만…….”

“우리도 몇 번 도적을 만난 적이 있어요. 리사는 그때마다 기절했지만, 적어도 공격당하는 중에 쓰러지는 건 못 봤네요.”

“노력은 하지만 마음에 거부감이 있는 건가요. 그래도 죽이려고 덤비는 상대를 봐주지는 마세요. 경비대와 기사단이 항상 순찰을 돌지도 않으니까요.”

“몸을 지키기 위해서 죽이는 건 어쩔 수 없죠. 여성이 어떤 꼴을 당할지 상상되고 법률이 아무 힘도 없는 세계란 것도 이해하니까요.”

살인에 익숙해지라고는 말하지 않는다.

하지만 살인을 주저하면 반대로 자기 목숨이 위험하다.

마음만 먹으면 아무도 죽이지 않고 제압할 수 있겠지만, 애매한 선의로 도적을 살려주면 범죄의 질에 따라서는 몇 년 안에 석방되어 재범할 위험이 있다.

게다가 경비나 기사가 대기하는 도시와 요새가 어디에나 있지는 않다. 연행하기보다 그 자리에서 처리하는 편이 편하다.

피해를 최소한으로 줄이기 위해서라도 몰살이 최선이었다.

“살인에 죄책감을 느끼는 건 그만큼 건전한 정신을 가졌다는 뜻이죠. 저는 이런 녀석들에게 망설이지 않아요.”

“그거, 본인이 정신 이상자라고 인정한다는 말이야?”

“글쎄~? 근처에 비슷한 인간쓰레기가 있어서 그 비슷한 족속을 죽일 때는 거부감이 없어. 남한테 피해를 주는 것들은 죽어도 싸지 않아?”

“갱생 불가능한 악당이 있었나 보네요? 어떤 사람이었는지 궁금하네."

"한마디로 하면 기생충이죠. 존재 자체가 맹독인 쓰레기 같은 여자예요. 참고로 이 세계에 와서 암살자가 됐더군요. 다음에 만나면 확실하게 숨통을 끊으려고 합니다."

아저씨의 말만으로 샤크티는 대충 짐작이 됐다.

제로스는 기본적으로 선량한 인물이었다. 아니, 행동에 살짝 문제가 있지만, 자발적으로 범죄를 저지를 인물은 아니었다.

그런 제로스가 죽이고 싶다고 말하는 사람. 근처라는 말로 보아 친족일 가능성이 크고 지금까지 많은 피해를 입었으리라.

여자라면 남자를 속이는 꽃뱀 타입에 이세계에 와서 암살이라는 범죄를 시작했다면 목적을 위해서 수단과 방법을 가리지 않는 인물로 추측할 수 있었다.

'요약하면 돈에만 관심이 있는 사람. 남을 희생해도 개의치 않는 성격 같으니까 결혼해도 유산을 노리고 살인을 저지를 것 같기도 해. 만약 가족이라면 누나나 동생이겠지만, 뉘앙스로 생각하면…….'

변호사를 목표로 하던 샤크티는 제로스의 말에서 한 인물의 인상을 거의 완벽하게 짜맞추었다.

"근처에 있었다는 사람…… 혹시 누나?"

샤크티가 무심결에 물었다.

하지만 그게 제로스 내면의 어둠을 보여주는 계기가 됐다.

"정답입니다. 피가 이어져서 존재 자체를 용납할 수 없어요. 녀석은 반드시 나타날 겁니다……. 그때는, 후후후……."

""그래…….(무서워!)""

살기 섞인 암흑 오라가 희미하게 새어나왔다.

제로스 남매가 어떤 관계인지는 모르지만, 존재 자체를 용납할 수 없을 정도의 분노를 품었다고 한다.

그런 인물이 이 세계에 왔다면 더는 살의를 참지 못할 것이다.

그리고 이 세계에는 과학 수사 같은 우수한 수사 기술이 없다. 마음만 먹으면 발각될 걱정 없이 처리할 수 있다.

완전 범죄는 일도 아니다.

결투와 복수가 인정되는 세계에서 제로스가 거리낄 이유는 아무것도 없었다.

죽이고 싶을 만큼 미운 사람이라면 더 말할 것도 없다.

어떤 의미로는 제로스에게 가장 적절한 세계이기도 했다.

최고위 레벨인 대현자와 적대한다. 이보다 두려운 일이 있을까?

그 공포를 생각하자 아도와 샤크티는 등줄기가 오싹했다.

'제로스 씨…… 무서워.'

'나였으면 근처에도 안 가. 하지만 반드시 자기 앞에 나타날 거라고 확신하는 말투야. 제로스 씨 누나는 학습 능력이 없는 바보인가?'

또 정답이었다.

샤란라는 학습 능력이 없는 바보였다.

"일단 자리부터 옮기면 안 될까? 시체 옆에서 밥 먹고 싶지 않은데."

"……그건 그러네. 그럼 샘물을 뜨고 평평한 곳을 찾아서 점심을 먹을까? 여기는 화장터 냄새가 나."

"비유가 지독하네……. 사람을 태우기는 하지만."

그것도 산 채로.

일행은 도적 습격 현장에서 자리를 옮기고자 빠르게 뒤처리를 끝냈다.

◇ ◇ ◇ ◇ ◇ ◇ ◇

저녁으로 접어들 무렵, 제로스 일행은 하삼 마을에 도착했다.

마을 사람들은 이미 밭일을 마쳤는지 뒷정리를 하거나 집으로 돌아오는 시각이었다.

"겨우 도착했군……. 설마 도적이 세 번이나 더 나올 줄이야……."

"신기록이야."

"으으…… 그 사람들의 죽은 얼굴이 머릿속에서 안 지워져……."

"사람을 죽여서 금품을 빼앗는 족속들을 기억할 필요는 없지 않을까요~? 어차피 사형 아니면 노예화인데."

"정말로 적응력 끝내주네……. 좀 부러워."

제로스는 표정 하나 안 바꾸고 도적을 섬멸했다.

무엇보다 놀라웠던 것은 꼬꼬들의 경이로운 힘이었다.

"제로스 씨, 이 꼬꼬들…… 이상하지 않아? 무지막지하게 강한데……."

"수련을 했으니까 도적 같은 잔챙이쯤이야 박살 내지. 강자에게 졌다면 도적들도 만족했을 거야."

"엄청 원망하겠지……. 죽어서 귀신이 되지는 않겠지?"

"그러면 정화해서 하늘나라로 보내줘야지. 신관이 쓰는 빛 속성 마법은 별로 쓴 적이 없으니까 실험하기도 좋겠어."

"귀, 귀신도 때려잡겠군……. 하다못해 신관한테 정화해 달라고 해."

죽으면 죽은 대로 신관 스킬의 경험치 벌이로 이용될 판국이었다. 비참한 인생이었다.

자업자득이니까 뭐라고 말할 처지는 아니지만, 아도 파티는 이 세계가 다른 의미로 무시무시한 세계로 보이기 시작했다.

아무리 법칙이 그래도 너무 지독했다.

죄를 저지른 자에게 벌은 필요하지만, 이건 해도 해도 너무하지 않은가.

"꼬꼬?(분수를 모르는 것들이 죽었을 뿐이다만?)"

"꼬꼬, 꼬꼬.(죽기 싫으면 처음부터 죄를 저지르지 않으면 그만이지.)"

"꼬끼꼬끼꼬.(어리석은 놈이 제 명을 재촉했을 뿐. 가엾게 생각할 필요 없다.)"

"아니, 그거야 그렇지만……. 어라? 왜 얘네 말이 들리지?"

'아도 군도 저러네……. 어떻게 알아듣는 거지?'

아도는 왠지 꼬꼬들의 말을 알아듣게 됐다.

제로스도 처음에는 당혹스러웠지만, 지금은 익숙해졌다.

당황한 아도를 바라보면서도 아저씨는 얼마 전 자신을 떠올리며 살짝 그리운 기분에 잠겼다.

"그럼 따라와. 촌장님 댁은 이쪽이야."

"어쩐지…… 좀 긴장되네."

"응? 우리…… 뭔가 중요한 일을 잊지 않았나?"

앞장선 제로스를 따라가면서도 리사와 샤크티의 마음에는 묘한 불안감이 기어 올라왔다.

그런 심경을 알 리 없는 제로스는 세 사람을 촌장의 집으로 안내했다.

촌장의 집은 마을 중심에 있는 광장 앞에 위치했고, 하삼 마을에서 유일하게 큰 건물이었다.

건물이 큰 이유는 마을 남자들이 밭에서 키울 작물이나 해에 한 번 있는 수확제에서 쓸 예산 등을 의논하는 마을회관의 역할도 하기 때문이었다.

광장에서도 집회는 이루어지지만, 날씨 문제나 중요한 상담이 있을 때 주로 이용했다.

"어디 보자, 촌장님은 계신가?"

아저씨는 가볍게 문을 노크했다.

잠시 후 『네~.』 하는 대답소리와 함께 조용히 문이 열렸고 낯선 남자가 나왔다. 20대 초로 보이는, 아주 산뜻한 인상을 주는 청년이었다.

"어라? 촌장님이 아니네……?"

"할아버지 말씀이신가요? 할아버지는 또 지병인 요통이 재발해서 요양하러 가셨어요. 그런데 여러분은……."

"이거 죄송합니다. 이 집에서 신세 지는 유이 씨의 지인입니다. 남편분을 찾아서 연행…… 아니, 안내해 왔죠."

"……네? 남편분을 찾았어요?!"

"정말로 생각지도 못한 곳에서 우연히 마주쳤지 뭡니까. 바로 강제 연행해왔죠. 하하하!"

"제로스 씨……. 내가 무슨 범죄자야?"

투덜대는 아도는 무시하고 아저씨는 청년과 이야기를 이어갔다.

"저는 제로스라는 마도사입니다. 일전에 이 마을에 머문 적이 있어요."

"제로스 씨라고요?! 할아버지께 이야기는 들었습니다. 마을을 구해주셨다죠. 감사합니다!"

"아뇨, 뭘 그런 걸 가지고. 그런데 그때는 마을에 안 계셨나 보죠?"

"네. 저는 학교를 졸업하고 약사가 돼서 지금은 행상을 하며 약을 팔고 다녀요."

"오, 마도사였나요?"

청년은 촌장의 손자로 이름은 우르라고 했다.

이스톨 마법 학교 졸업생이며 지금은 가까운 도시와 마을을 돌면서 약을 파는 약제사 일을 한다고 했다.

그에게 초대받아 집안으로 들어가자 유이가 의자에 앉아서 뜨개질로 양말을 짜고 있었다.

배는 전보다 더 커졌다. 출산이 임박했는지도 모른다.

"오랜만이네요, 유이 씨."

"제로스 씨?! 어쩐 일이세요? 앗, 혹시……."

"네. 아도 군을 찾아서 데리고 왔습니다. 아이고, 그렇게 급하게 일어나다 몸 상할라."

제로스는 벌떡 일어나려는 유이를 부드럽게 말렸다.

임산부에게 무리를 줄 수는 없었다.

"유이카……."

"토, 토시……?!"

유이는 아도를 확인하고 한순간 기쁜 표정을 보였다.

그러나 아도 뒤를 따라온 리사와 샤크티를 보자마자 놀라운 속도로 뭔가를 던졌다.

그것이 고속으로 아도에게 날아들고 살기를 느낀 아도가 살짝 목을 꺾어 피하자 턱, 하는 소리를 내며 벽에 꽂혔다.

꽂힌 것은 회칼이었다.

"토시…… 그 둘은 누구야? 설마 내가 없다고 바람을……."

"오, 오해하지 마! 우연히 같은 나라에 떨어져서 함께 싸운 동료야!"

"흥…… 그런 것치고는 사이가 좋아 보이네?"

"왜 그렇게 몰고 가! 나를 못 믿어?!"

"토시도 남자니까 혹시 모르잖아…… ~~우후후후후후~~."

유이의 몸에서 시커먼 살기가 피어올랐다.

"우리 그런 관계 아니에요!"

"맞아요. 이런 중증 길치에 찾느라고 애먹이는 사람은 좀……."

"그거, 길치인 토시랑 약혼한 나도 욕하는 거야? 은근슬쩍 무시해?"

""당치도 않습니다…….""

유이에게 아도 근처에 있는 여성은 전부 적인 모양이었다.

사실 아도는 객관적으로 봐도 미남이었다. 도시에서 생활하면 접근하는 여자는 제법 많을 것이다.

그런 여성은 섬멸 대상이며, 설령 연인 사이가 아니라고 해도 아

도 곁에 있는 것조차 용서할 수 없다.

상당히 부담스러운 사랑이었다.

"……이 칼, 테드가 만든 요도【리얼충멸하라(罹孼蟲滅下羅)】7종 세트잖아? 왜 유이 씨가 가지고 있어?"

"아…… 실은 테드 그 녀석이 우리랑 현실에서 아는 사이야. 임신 사실을 알고【소드 앤 소서리스】에서 데이트하게 됐을 때, 그 머저리가 어느샌가 선물했어."

"이거 음식에 치사성 독을 부여하는 저주가 걸렸을 텐데? 더불어【대질투】효과로 가까이 있는 커플을 찌르고 싶어지는 저주도……."

"그래서 게임 시절에 유이한테 찔려 죽었어. 그 자식, 작년에 유이한테 차였다고 나한테 복수하는 거야……."

"테드와 사이가 틀어진 이유가 그거였어? 어쩐지 만날 때마다 칼싸움을 벌이더라……."

【섬멸자】중 한 명, 테드 데드. 아도의 후배이자 작년 여름에 유이한테 고백했다가 차이고 폐인처럼 집안에 틀어박힌 남자다. 그는 현실에서도 수려한 외모, 명석한 두뇌, 뛰어난 운동 신경을 모두 갖추고 여학생에게 수도 없이 고백받은 인간이었다. 그런 그가 단 한 번의 실연으로 자택경비원이 될 정도로 인생이 틀어져 버렸다.

【소드 앤 소서리스】는 유저의 개인정보를 보호하지만, 우연히 아도가 유이를 소개했을 때 테드는 그녀의 말투를 통해 정체를 알아챘다.

임신 사실을 알게 될 때까지 오랜 시간은 걸리지 않았다.

약 1년 전까지 아도와 나름대로 친했던 테드가 사신 토벌전을 할 시기에 적개심으로 미쳐 있던 이유가 마침내 밝혀진 순간이었다.

“1년 정도 현실에서 보지 못해서 걱정했는데 설마 유이한테 차이고 방구석폐인이 됐을 줄을 줄 누가 알았겠어? 동네 아줌마 네트워크(우물가 공론)로 유이가 임신했다는 이야기를 어머니한테 들었나 봐. 씩씩대면서 내가 알바하는 곳까지 찾아왔어.”

“그럼 그때까지 아도 군은 테드의 정체를 몰랐어?”

“그래. 설마 온라인 게임에서 만난 사람이 어릴 때부터 알던 친구라고는 상상도 못 했지.”

“그건 그래. 그나저나 유이 씨, 테드…… 그 사람을 찰 때 뭐라고 하셨습니까?”

“응? 평범하게『죄송해요, 저는 토시 말고 다른 사람에게는 관심이 없어요. 그런데 하루빨리 애를 만들어서 빼도 박도 못하게 하고 싶은데 뭔가 좋은 방법 없을까요?』라고 했을 거예요.”

“"고백한 사람을 차면서 남의 애를 갖는 법을 물었다고?!"”

테드가 차인 이야기보다 유이가 계획적으로 임신했다는 사실이 무서웠다.

유이와 아도의 이야기를 종합하면 고등학교 졸업 전에 임신이 발각되었으니까 적어도 그 전부터 그녀는 아도와 결혼할 작정이었다는 뜻이다.

비유하면 어릴 때 타겟으로 이미 포착되어 계속 저격 소총으로 노리고 있던 것이다. 그리고 결국에는 아도 군의 심장을 저격했다. 그만큼 사랑받는다는 뜻이리라.

그런 두 사람을 멀리서 바라보던 테드 데드의 심정을 생각하니

눈가가 촉촉해졌다.

“폐인이 될 정도로 진심이었던 그 녀석도 불쌍하군. 유이도 너무했어…….”

“너한테 그런 소리 들어봤자 화밖에 안 날 거다. 그거 말고도 무슨 말을 했는지 궁금한데…….”

“그거 말고는……『저한테는 그 사람 외에는 다 쓰레기로 보여요. 소각로에 태우면 속이 시원하겠네요.』였다고 생각해요.”

““너무 심하잖아?!””

테드는 다른 반 여자에게도 인기가 있어서 여학생들의 유망한 남자친구 후보로 주목받았다.

하지만 정작 유이는 관심이 없었고 다른 여자 그룹과도 어울리지 않았다.

원래 유이는 아도에게만 적극적이었고 일반 여학생처럼 패션이나 연예계 같은 분야에도 관심이 없어서 반에서 붕 떠 있었다. 연애 이야기에 관해서도 마찬가지였다.

문제는 테드의 취향이 유이였다는 것이었다.

처음부터 아도밖에 바라보지 않던 그녀에게는 쓰레기보다 못한 존재. 예쁜 말로 포장하면 병풍이었다.

테드의 눈에는 반에서 혼자 있는 유이를 소극적인 아이로 보였는지도 모른다. 반이 달라도 다른 여자애들과 엮어주려고 이래저래 오지랖을 부렸다고 한다. 친구로 인식된 것은 아마 이때일 것이다.

초등학교 4학년 때부터 친구였건만, 테드는 차이기 전까지 유이가 자신을 좋아한다고 진심으로 믿었다. 사랑의 망념이었다.

우수한 재능과 용모를 타고난 그는 유이가 주위의 눈을 신경 써서 솔직하게 말을 걸지 못한다고 착각하고 사랑의 열병에 빠져서 또 다른 친구인 아도를 잊고 있었다.

어떻게 보면 왕자병이라고도 오만하다고도 할 수 있었다.

그리고 그 마음이 테드의 일방적인 착각이라고 판명됐을 뿐만 아니라 반대로 다른 남자의 아이를 갖겠다는 말을 들은 데다가 쓰레기 취급. 이래서야 좌절할 만도 했다.

더 문제는 유이는 생각을 있는 그대로 말했을 뿐 악의가 전혀 없다는 것이었다.

하지만 그녀가 무심하게 한 말도 듣는 쪽에게는 흉기가 된다.

진심이었던 첫사랑에게 『안중에도 없다』라는 소리를 들었다. 폐인이 됐을 정도니까 상당한 충격이었을 게 틀림없었다.

“유이 씨……. 당신은 생각을 있는 그대로 말했을 뿐인지도 모르지만…….”

“그래. 진심으로 반한 사람에게 그런 말을 들으면 나라도 정상적으로 못 살아.”

“그래도 좋아하지도 않는 사람에게 고백받아도 곤란할 뿐인걸? 그러고 보니 테드 씨의 본명이 기억 안 나. 분명히 토시의 후배였지? 옛날부터 토시 옆에 붙어 있었던 거 같은데.”

『『테드…… 불쌍한 자식…….』』

어릴 때부터 곁에 있었는데 친구라는 사실조차 기억해주지 않았다.

유이에게 아도 외의 남자는 기타 등등으로 인식되는 모양이었다.

진심이냐 아니냐는 마음의 문제를 넘어서 테드의 완벽한 일방통행.

유이는 아도에게만 관심이 있고 그 외에는 모두 남자라고 인식하지 않았다. 애초에 연애 따위 불가능했으니까 혼자서 자멸한 셈이었다.

그녀의 말투에도 문제는 있으나, 아무런 악의도 없는 말이 사춘기 소년의 마음을 산산조각 냈다. 처음부터 테드에게 가능성은 없었다고 생각하면 불쌍할 따름이었다.

그 결과, 아도가【소드 앤 소서리스】에서 괴롭힘을 당하게 됐다.

그도 불쌍하기는 매한가지였다.

"저기…… 유이 씨? 당신은 조금만 더 말을 골라서 해야 했지 않을까요?"

"내가 잘못했다고요? 그냥 내 생각을 말했을 뿐인데요?"

"그럴지도 모르지만, 평범하게『좋아하는 사람이 있어요』라고만 했어도 되지 않았을까요?"

"그래도 그 사람이 먼저『소꿉친구는 연인이 될 수 없어. 너무 가깝게 알고 지내서 남매처럼 생각할걸? 포기하는 게 나아.』라고 말했단 말이에요. 나도 모르게 울컥해서 그만……."

누워서 침 뱉기였다. 본인은 연인이 되지 못했으니까 틀린 말도 아니지만…….

『『테드…… 그 의견이 틀리지는 않지만, 절대적이지도 않아. 자폭이었군…….』』

아무래도 테드에게도 살짝 문제가 있었던 것 같다.

그도 나름대로 필사적이었나 보지만, 유이에게는 괜한 참견일 뿐이었다. 안중에 없는 사람에게 들으면 화가 날 만도 했다.

솔직하게 말한 결과가 심각하지만.

"그 녀석도 그만 꿍얼대고 좀 떨쳐내지……. 왜 나한테 엉뚱한 화풀이야?"

"그러게. 그래도 아직 미련이 있을걸? 그 사람, 집착하는 타입이니까 유이 씨를 못 잊었겠지. 그 마음이 아도 군을 향한 분노가 된 거야."

"민폐가 따로 없네요. 저는 고백을 거절했을 뿐이에요. 그 시점에서 결론은 이미 나왔잖아요."

"그건 그렇지만…… 이걸 뭐라고 해야 하나~. 가슴이 좀 답답하네요."

어느 쪽도 나쁘지 않은데 석연치 못한 구석이 있었다.

틀림없이 유이와 테드 사이에는 아무것도 없었다. 고백을 거절한 시점에서 모든 게 끝났다.

하지만 사람 마음이 어디 뜻대로 되던가. 미련을 버릴 때까지 시간이 필요할 때도 있었다.

하지만 테드는 집에 틀어박혀 세상과 단절되고 말았다.

"이야기는 다 하셨나요? 차를 가져왔는데요."

"앗, 감사합니다……."

우르가 컵과 티포트가 올라간 쟁반을 들고 싱글벙글 웃으며 나타났다.

묘하게 흘러가던 분위기가 잠깐이나마 완화됐다.

일행은 다시 차를 마시며 평온하게 근황 보고를 시작했다.

◇ ◇ ◇ ◇ ◇ ◇ ◇

"토시, 이사라스 왕국이 그렇게 가난한 나라였어?"

"그래. 식량 사정이 너무 심각했어. 외교에서도 약체고 사실상 메티스 성법 신국의 속국이 될 뻔했어."

"산악 지대라서 다행이었어. 귀중한 약초가 군생하는 곳이 제법 있어서 병에 걸린 사람들에게 줄 약을 어떻게든 구했어."

"채집하러 가기가 힘들었지만. 거의 다 암벽이어서 목숨 걸고 캤지……."

산악 지대에 사는 주민은 식량이 적어서 생활이 힘들었지만, 그래도 살아가지 못할 정도는 아니었다.

특히 희귀종 약초는 대부분이 위험한 곳에 자라서 단 하나의 약초로도 일확천금을 노릴 수 있었다.

문제는 그 귀중한 약초 채집에도 높은 레벨과 마물을 해치울 실력이 요구됐다.

"시체가 참 많았지……."

"조금이라도 돈을 벌고 싶었겠지만, 힘이 부족해서 죽은 사람이 많아. 굶어 죽을지, 위험으로 뛰어들지 선택할 수밖에 없는 나라였어. 그런데 광물 자원까지 헐값으로 팔아야 했으니까 죽을 맛이었을 거야."

"마물에게 죽은 사람들도 많을 테고 살아서 돌아와도 일하지 못할 만큼 다친 사람도 있었지? 가축을 공격하는 마물도 죽자 살자

덤비고.”

인구가 적고 주변이 산으로 둘러싸인 나라.

광물 자원이 주된 수입원이지만, 최근까지는 약점을 잡혀 제값에 팔지도 못했다.

낙농업만으로는 입에 풀칠하기도 바쁘고 도시에서는 일거리가 없는 사람이 넘쳐서 범죄가 횡행했다.

빈말로도 치안이 좋은 나라라고는 할 수 없었다.

“【무지개 백합】과 【빙화초】는 희귀하지만, 암벽에 자라는 약초죠. 구하기 쉬운 곳은 이미 다 뽑아가지 않았던가요?”

“그렇다니까~. 그런 벽지에 자라는 약초는 대개 전용 용기나 도구가 필요해. 아무것도 모르는 것들이 돈이 된다고 닥치는 대로 뽑아가니까 필요할 때 구할 수가 없어.”

“나도 하마터면 절벽 아래로 떨어질 뻔했지 뭐예요. 아도 씨가 없었으면…….”

“없었으면?”

샤크티의 말에 반응해 유이가 웃으면서 빙글 돌아봤다.

기분 탓인지 웃는 얼굴이 딱딱하게 굳어 보였다.

“여기 없었겠죠. 『파이팅, 한 방[#11]!』 같은 상황이라고 하면 이해돼요?”

“그런가요…….”

“유, 유이 씨가 생각하는 그런 일은 없었어요. 우리는 살아남기 바빠서 서로 도왔을 뿐이지…….”

#11 파이팅, 한 방 에너지 드링크 리포비탄D의 광고 멘트. 위기 상황에 팔을 내밀어주면서 외친다.

“예를 들면, 어떤 일요?”

“응? 어, 그게…….”

리사가 샤크티를 감싸려고 말을 보탰지만, 불에 기름을 붓고 말았다.

웃는 얼굴인데 묘하게 검은 파동이 일고 있었다.

“로크에게 쫓겨서 쓰러졌을 때 아도 씨가 끌어안고…….”

“앗, 야?!”

—고오오오오오오오오……!

암흑신이 탄생할 법한 어둠의 기운이었다.

분명히 웃고 있는데 그 기운에는 검은 악의와 살의가 담겨 있었다.

“아 참! 이 나라에 오는 도중에 온천 마을을 찾았어! 아이가 태어나면 같이 가자, 신혼여행으로!”

“아~, 혹시 리사구르 마을? 우연히 온천을 파냈지, 세탁기로…….”

“““““세탁기?!”””””

교묘하게 이야기를 돌리는 데 성공했다.

유이도『신혼여행? 그래도 아이가 태어나면 1년 동안은 못 가지 않을까?』라며 살짝 기분이 좋아진 듯했다.

모두 안도의 한숨을 쉬었다.

아도와 아저씨의 콤비 플레이가 빛난 순간이었다.

“그 온천, 제로스 씨가 팠구나……. 사람도 많던데. 경제 효과가 상당하겠더라.”

"탄산도 포함돼서 건강에 좋을 거 같아. 노천탕인데 여성 손님용 시간인 줄 모르고 아도 씨가 들어왔을 때는 정말 깜짝 놀랐어……."

"야, 리사?!"

—쿠구구구구구구구구구구구구구구!!

리사, 폭투.

유이에게 다시 암흑신이 강림했다.

그리고 아저씨도 질투가 샘솟았다. 보기 추한 남자의 시샘이었다.

"아도 군…… 잠깐 저기서 나랑 얘기 좀 할까?"

"왜 제로스 씨까지 다크 포스에 빠진 거야?!"

"설마 그럴 리는 없겠지만, 노리고 한 건 아니겠지~? 모르는 척하고 혼욕탕에 들어가서 여자 알몸이라고 구경할 속셈 아니었어?"

"아니야! 그 귀찮은 네거티브 국왕에게서 도망쳐 나왔다고. 개방적인 기분을 맛보고 싶었을 뿐이야!"

"그래서 우연히 두 사람이랑 마주쳤다? 굉장히 부러운— 아니, 아주 좋은 경험을 하셨어……. 네가 만화 주인공이냐?"

리사의 증언은 아저씨의 마음에 니트로글리세린을 부었다.

그리고 유이에게도…….

그녀는 고개 숙이고 불길하게 웃고 있었다.

"왜 그렇게 질투에 불타는 거야!"

"나는 말이지, 그 온천을 파기 전에 납치당해서 터널 공사 현장에 강제 연행됐어. 땀내 나는 아저씨들이랑 곡괭이질하면서 터널을 파고, 개통한 그 날 판 게 그 온천이었지. 그런 곳에서 자기만 좋은 경험을 해?! 너 때문에 몸이 활활 타오르는 기분이야. 분노의 불길로…… 크크크."

"그건 내 탓이 아니잖아!"

"심지어 이러니저러니 하면서도 너는 용서받았잖아? 보통은 평생 경멸당한다고! 설마 너도 하렘을 차리려는 생각은 아니겠지?"

"등에 칼 맞는 하렘 따위 줘도 안 받아! 목숨이 열 개라도 모자라!"

"그래도 속으로는 **득 봤다**고 생각하는 거 아닌가 몰라~?"

"윽…… 아, 아차?!"

아도도 남자였다.

우연이라도 리사와 샤크티의 알몸을 봐서 내심 살짝 기뻤다.

그러나 솔직함이 때로는 독이 된다.

순간 말문이 막혀 반박하지 못했다.

—콰르르르르르르르르르르르르르르르르르르르르르!

"""우와, 화가 단단히 나셨네……."""

유이 뒤로 귀녀(다키니)가 보였다.

그것도 세계를 멸망시키려는 듯 분노로 일그러진 표정이었다.

"토시…… 내가 걱정하며 지내는 동안 혼자 재밌게 지냈구나~?"

"아니, 오해하지 마?! 나도 나름대로 힘들었다고!"

"만약 이 세계에 내가 없었으면 토시는 어떻게 했으려나?"

"글쎄…… 그건 상상이 안 되는데. 어차피 가능성의 문제고……."

"빈말이라도 좋으니까 『평생 독신으로 살 생각이었다.』라고 말하면 안 돼? 그런 말이 안 나오는 거 보면, 결국 나는 그거밖에 안 된다는 뜻이네~?"

독점욕이 강한 유이에게는 우연한 사고도 간과할 수 없는 문제였다.

조금이라도 다른 여자와 같이 있었다고 생각하면 바람피울 가능성이 크다고 생각했다.

이쯤이면 병이다.

그녀는 사고방식이 편협하고 충동적으로 행동하는 경향이 있었다.

"미안해, 아가야……. 엄마는 너를 못 낳아줄지도 몰라……."

"자, 잠깐만! 이상한 생각 하지 마, 유이!"

"내가 가지지 못한다면…… 토시를 죽이고 나도 죽는 수밖에……."

"헤헤, 아가씨. 좋은 무기가 있는데 보시겠수? 아저씨 특제, 【킬링 대거】라고 하지."

"어머? 엄청 잘 들겠네요."

"오늘만 초특가에 사은품으로 숫돌까지 받을 수 있어."

"하지만 비싸겠죠?"

"헤헤, 어쩔 수 없구만. 내가 인심 썼다! 오늘 하루만 무료 체험! 나중에 사용 후기만 알려주면 돼."

"아니, 이 인간이?! 뭘 손수 쥐어주는 거야?!"

다크 사이드로 돌아선 아저씨는 홈쇼핑 판매자에 빙의하여 유이에게 흉악한 나이프를 건넸다.

"괜찮아…… 나는 천국에서는 우리 애랑 같이 행복해질 테니까…….”

“죽으면 행복이고 나발이고 없어!”

“같이…… 가자?”

“허튼 생각 버려……. 일단 진정하, 으아아아아아아아아아아아아아아아아아아!”

하삼 마을에 아도의 비통한 비명이 울려 퍼졌다.

유이는 몸이 불편할 텐데 마치 노련한 상위 유저처럼 아도를 쫓으며 부조리한 사랑을 마음껏 발산했다.

이 처절한 사랑의 사냥은 유이가 정신을 잃을 때까지 이어졌다고 한다.

질투와 독점욕에 사로잡힌 그녀의 디스트로이 모드는 활동 시간이 짧은 덕에 아도는 무사히 살아남을 수 있었다.

한편, 촌장의 손자인 우르는 이 소동에도 동요하지 않고 조용히 홍차를 음미하고 있었다.

그는 우아하게 컵을 내려놓고『왜…….』라고 나직하게 중얼거렸다.

그 눈에 깃든 위험한 광채를 이 자리에 있는 누구도 눈치채지 못했다.

제10화 아도, 수라장으로

하삼 마을의 하루는 일찍 시작된다.

주민들은 아직 새소리도 들리지 않는 새벽부터 일어나 방목하는 가축을 돌본다.

소와 돼지뿐 아니라 양과 염소까지, 사료를 먹인 가축이 공동목장에 풀려나오고 가축의 방울의 소리가 어둑어둑한 마을의 아침을 깨운다.

주민들은 촌장 집 앞에 있는 광장에 모여서 다함께 체조를 한 뒤 저마다 밭으로 나간다.

아침 식사는 밭일을 끝낸 뒤에 먹으며 오후는 비교적 느긋하게 지나가는 편이다.

창밖을 보이는 풍경은 아주 평화로웠다.

"하아…… 우리 밭은 어떻게 됐으려나. 아침에는 꼬꼬들이 일하고 낮에는 아이들이 돌본다고 하는데 본 적이 있어야지……."

산토르에서 고아들을 교육할 겸 시작한 용돈벌이. 이것을 추천한 사람은 아저씨였다.

쓸데없이 불어나는 돈을 쓸 곳이 없어서 봉사활동에 쓰도록 델사시스 공작에게 맡긴 것이 시작이었는데, 많은 고아와 일하지 못하는 노인에게는 대체로 호평이었다.

노인들은 대개 집에만 있기 일쑤였고 고아들은 수가 늘면서 범죄에 빠지는 경우가 늘었다.

도시에는 이런 문제가 수도 없이 많았고 제로스는 그것을 해결할 수 있는 실마리를 제공한 것에 지나지 않았다.

본인은 가벼운 마음으로 행한 일이라지만, 그 정책은 일하지 못하는 많은 이에게 희망을 주었다.

최근에는 일손을 구하는 큰 가게나 도시 주변 농가로 가는 사람도 늘어나서 구시가지도 치안이 꽤 좋아졌다.

이 성공에 크게 기뻐한 델사시스 공작은 노인들이 젊을 때 무슨 일에 종사했는지 조사해 개개인에게 적합한 일거리를 나눠주게 됐다.

노인들은 한때 솔리스테어 공작령을 지탱하는 기술을 가졌던 사람들이고 개중에는 장인이라고 불러도 될 기술자도 있었다. 은거하며 기술을 썩히기에는 아까운 인재였다.

물론 별다른 기술이 없는 사람도 있지만, 그런 이들은 공작가가 경영하는 농지로 보내서 적은 돈이나마 벌게 하면 충분히 경제적 효과를 볼 수 있었다.

하지만 나이를 불문하고 기술자는 큰 도시에 집중되어 변경 마을에는 기술자의 수가 적었다.

영지를 다스리는 귀족이 작정하고 지원하지 않는 한 하삼 마을 같은 농촌이 발전하려면 시간이 걸릴 수밖에 없다.

'하삼 마을로 보낼 인원이 모일 리가 없지. 뭐, 나랑은 상관없는 일이지만. 그나저나…….'

눈을 돌리자 넓은 방에 리사와 샤크티가 굴러다녔다.

아니, 정확히는 지쳐 쓰러져 있었다.

어젯밤 폭주한 유이를 말리려고 장장 일곱 시간이나 씨름했다.

그녀가 쓰러질 때까지 언제 죽을지 모른다는 공포에 시달려야 했던 것이다.

방은 태풍이 휩쓸고 간 것처럼 난장판이었다. 서적이나 항아리 파편이 사방에 널브러지고 선반은 넘어졌으며 곳곳에 칼이 꽂혀 있었다.

아저씨조차 '앗, 망한 거 같은데……. 도망쳐야겠다.'라고 생각했을 정도로 폭주했다. 지금 생각해도 살이 떨렸다.

그렇게 황폐해진 방을 둘러보다가 유이와 아도가 없다는 것을 깨달았다.

'……기묘할 정도로 질투가 심했지. 모두 정신을 잃은 뒤에 아도 군을 끌고 갔나? 내가 부추기기는 했지만, 결국 부부 사이의 문제니까 더 참견하지 않는 게 좋겠어.'

폭주한 유이는 멈출 줄 몰랐다.

특히 문제였던 것이 같은【섬멸자】가 제작한【리얼충멸하라】7종 세트였다.

성가시게도 식칼 하나하나에 흉악한 마법 효과가 부여되었고 정신을 오염시키는 저주까지 붙었다.

식칼 자체를 처리하지 않는 한 저주는 풀리지 않고 일곱 자루 식칼의 세트효과로 효과를 배가한다. 마법 공격을 무효화하고 신체 능력을 한계까지 끌어올리며【정신 오염】과【광전사화】는 덤이다.

레벨이 낮은 유이가 감당이 안 됐던 것만 보아도 얼마나 사악한 장비인지 알 만했다.

심지어 무기를 손에 들지 않아도 효과가 있다는 게 최악이었다.

'테드…… 너는 그렇게 커플이 미웠냐…….'

아저씨는 원래 세계에 있을 친구를 생각하며 먼 하늘을 우러러봤다.

남 말 할 처지가 아니건만, 참 속 편한 성격이다.

"슬슬 꼬꼬들도 일어날 시간인가?"

아저씨는 혼잣말을 중얼거리고 밖으로 나갔다.

이제부터 운동 겸 꼬꼬들과 일과로 대련을 할 시간이었다.

항상 건강에 유의하는 아저씨였다.

얼마 후, 밖에서는 우렁찬 기합 소리가 들리기 시작했다.

"으응……."

이른 아침, 창으로 햇살이 비치고 리사는 조용히 눈을 떴다.

창밖으로 새들이 지지배배 울며 날아다니고 농민들이 인사를 나누는 소리가 들렸다.

『빡! 우득! 챙!』 하고 뒤숭숭한 소리도 들리지만, 아직 잠이 덜 깬 그녀는 신경 쓰지 않았다.

몸을 일으킨 리사가 눈을 비비며 흐리멍덩한 표정으로 창밖을 봤다.

"흐이얍!"

"꼬꼬?!(아뿔싸?!)"

—카아아아앙!

고막을 때리는 쇳소리와 함께 검은 털에 긴 은색 깃털을 가진 꼬꼬, 잔케이가 창 앞으로 날아갔다.

그 맞은편에서는 날아오른 아저씨와 우케이가 공중에서 발차기를 날리며 엇갈리고 있었다.

격렬한 배틀을 창 너머로 목격한 리사는 순간 이게 대체 무슨 일인지 이해하지 못했다.

"……응? 으에에에에엑?!"

무심코 창가로 달려가자 밖에서는 칠흑색 꼬꼬 센케이가 어지럽게 분신을 만들며 제로스에게 달려들고 있었다.

암살자 전투 스킬【환영 연참】.

다중 분신으로 연속 공격을 펼치는 기술이지만, 아저씨는 똑같이 분신을 만들며 공격을 피했다.

"꼬끽?!(아닛?!)"

"아직 멀었네요."

어느새 센케이의 뒤로 돌아간 제로스는 손바닥에 마력을 집중해 발경을 꽂았다.

그 틈을 놓치지 않고 우케이와 잔케이가 좌우에서 덤벼들지만, 제로스는 우케이의 주먹을 왼팔로, 잔케이의 참격을 오른손 컴뱃 나이프로 막아냈다.

'꼬꼬댁…….(막혔나…….)'

'꼬끼…… 꼬끼끼오.(역시 사부……. 단 한 판도 내주지 않는군.)'

목가적인 농촌에서 펼쳐지는 폭력의 향연. 투계도 이토록 사납지는 않다.

리사는 '어라? 닭이 저런 격투기까지 썼던가……?'라고 생각하면서 멍하게 그 광경을 바라봤다.

"저건 이미 꼬꼬가 아니야……."

"으아?! 샤크티 씨, 일어나 있었어?"

"이렇게 시끄러운데 잠이 오겠니? 아침 댓바람부터 뭣들 하는 건지…….”

“아침 운동 아니야? 좀 과격하지만…….”

“이게 아침 운동이면 이사라스 왕국 기사들이 하는 훈련은 스트레칭도 안 돼. 누가 봐도 죽일 기세로 싸우는 거잖아…….”

운동이라고 하기에는 진심 어린 공격이 아무렇지 않게 튀어나왔다.

서로 봐주기는 하겠지만, 이 수준의 싸움을 훈련이라는 말로 치부하기는 어려웠다.

완전히 실전이었다.

“꼬꼬는 더 귀여운 마물 아니었나?”

“마물이 아니라 생물병기로 보여.”

참격이 부딪칠 때마다 불똥이 튀며 말도 안 되는 타격음이 울려 퍼진다.

저급 마물로 알려진 꼬꼬가 괴물처럼 강했다.

상식은 언제나 뒤집히기 마련이라지만, 이건 그런 수준을 아득히 뛰어넘었다. 만화 속 현상이 현실에서 재현되는 것만 보아도 판타지 세계란 무서운 곳이었다.

“……그냥, 깊이 생각하지 말아야지.”

“그러게……. 우리는 방 정리나 하자. 어젯밤에 난리를 피웠으니까.”

남의 집에서 벌어진 참극의 흔적에 두 사람은 한숨밖에 나오지 않았다.

“유이 씨…… 독점욕이 엄청 강한가 봐.”

“그런 사람은 위험해. 남편의 성격에 따라서는 복수한답시고 남편을 죽이고 자살할지도 몰라. 아도 씨는 애인을 소중히 여기는 사람이라 다행이지만, 불성실하고 자기 고집만 내세우는 사람이었으면 분명히 최악의 사태가 벌어졌을 거야."

"자세히 아네? 그것도 인터넷에서 조사했어?"

"변호사를 하다 보면 여러 재판과 중재를 맡게 돼. 게다가 가십 기사는 인터넷만 봐도 쉽게 알 수 있어."

"이 세상에서는 못 하겠네."

"그래도 이 세계 사람의 인간성은 어떻게 보면 굉장히 순수해. 현대인처럼 문명에 물들지 않아서 가정과 가족을 무척 소중히 생각해. 당연히 모든 인간이 순수하지는 않지만."

문명의 수준이 낮은 게 무조건 나쁘지만은 않다.

인격 형성에 유해한 정보가 적어서 순박한 사람이 되기 쉽다.

그래도 범죄가 일어나는 이유는 대체로 난폭하고 충동적인 성격이거나 일거리가 없어서 잘못된 길로 빠져서, 혹은 빈부 격차 등 사회 불평등 때문이었다.

조금의 학력과 기술이 있으면 취직은 가능하므로 자진해서 범죄자가 되려는 사람은 의외로 적다. 선택지가 많은 만큼 유리한 것이다.

하지만 이 세계에는 전문학교 같은 교육 시설은 없고, 기술과 학문을 배우려면 거금을 들이거나 기술자나 학자의 제자가 되어야 한다.

"지금까지 본 바로는 이 세계에서 가장 많은 직업은 용병이야. 그다음이 토목 공사 관계자. 남성 중심인 직업이 많으니까 이 세계에서 여성의 지위는 꽤 낮아. 약제사나 마도사, 연금술사는 여성도 많지만, 대부분 전업주부가 되는 것 같아.”

“신관은? 여성 신관이나 사제도 제법 보였는데?”

“종교인도 기본적으로는 똑같이 남성 중심이야. 자자 씨에게 들었는데 수입도 남성 신관에 비해 적대. 교의로 이성과의 접촉을 엄격히 금하지만, 상대가 귀족이면 그 계율도 느슨해져. 교의가 귀족을 상대하라는 전제로 짜인 셈이야. 귀족과 결혼해서 영향력을 늘리려는 속셈이 뻔히 보여. 큰 신전과 교회에서는 여성 신관의 결혼까지 관리한다나 봐.”

“그건 종교인을 빙자한 결혼 중개업 아니야? 여자를 뭐라고 생각하는 거람. 어휴, 이 세계는 여자가 일할 곳이 정말 적구나.”

샤크티가 아는 한 신관은 계율을 엄수하고 기본적으로 남성 신관을 중심으로 한 수직적 계급사회다.

그런 점은 귀족 사회도 다를 바 없지만, 신관들의 혼인은 남성 신관의 의지가 우선되며 여성 신관의 의견은 통용되지 않는 경우가 많다.

특히 직속 상사에 해당하는 신관장과 사제장의 강제로 해당 신관장의 아들이나 친척과 강제로 결혼하게 되는 일이 허다하다. 자유연애는 사실상 존재하지 않는다.

경우에 따라서는 타국 귀족과 정략결혼의 재료가 되기도 하여, 이 시대의 수녀원은 신앙을 가르치기보다 얌전한 처녀를 육성하는 시설이라고 말해도 과언이 아니었다.

그래도 사람의 마음과 본능은 뜻대로 되지 않는 법인지라, 매춘

부나 범죄 경력이 있는 사람에게 끌리는 경우나 【연애 증후군】으로 폭주하여 여러 사람과 관계를 맺는 사례도 있었다.

그런 연유에서 종교 행사라는 명목으로 신관들을 특정 장소에 격리하고 수행기간 동안 이성과 접촉하지 못하게 함으로써 신관끼리 연애 증후군에 빠지는 사태를 방지했다.

만약 발병한 경우에는 당사자에게 법을 넘어서는 처벌이 가해졌다.

결과적으로 편향된 가치관을 가지게 되지만, 남성 우월주의의 사회 체제는 유지되었다.

여성 신관의 업무는 주로 의료 행위와 봉사 활동으로 제한되며 정치에 관여하는 직책에는 오르지 못했다. 예외는 성녀나 용사의 측근 정도고 그 역할은 미인계를 활용한 감시 임무였다. 신앙을 위해서 몸을 팔라고 강요하는 꼴이었다.

겉으로는 청렴결백해 보여도 뒤에서는 음험하고 비인도적인 행위가 자행되어 여성 신관의 자살률은 상당히 높았다.

그래서 신앙이라는 개념과 권력으로 그 불평불만을 잠재웠다.

아니, 아예 입을 막아 버렸다.

웬 여성 사제가 난리를 피우며 남녀평등과 살아갈 자유를 부르짖기 전까지는—.

현시점에서 자유롭게 결혼한 신관 및 사제는 메티스 성법 신국에서 타국으로 추방된 위험분자며 대부분 그 여성 사제에게 가담한 자들이었다.

본국의 체제는 여전히 바뀌지 않았고 지금도 여성 신관들이 데모를 벌여 주모자가 추방되는 사건이 줄을 이었다.

샤크티는 그 사회체제도 언젠가 무너지리라고 예상했다. 정보원은 이사라스 왕국의 특수 공작원 자자였다.

여담이지만 알톰 황국은 창세신교를 믿고 그 성질은 일본의 신도(神道)에 가까웠다.

신관에 해당하는 사람은 신주나 무녀라고 불리며 나날이 신을 받들었다.

참고로 결혼은 자유로우며 특정 계급을 제외하면 계율도 상당히 느슨했다.

“지금의 남성 중심 사회에서 여성이 성과를 내기는 어려워. 재능이 있어도 옆에서 공을 가로채고, 낡은 생각을 아직 당연하게 받아들이는 곳이야.”

“그냥 우리 사고방식이 너무 앞선 거 아니야? 일본도 근대까지는 그런 남성 중심 사회였다고 하잖아? 여성이 사회에 진출한 건 100년밖에 안 됐을 텐데.”

“그것도 그래. 하지만 사회의 절반은 여자야. 이 세계에서 살아가려면 조금이라도 여성의 사회적 지위를 높여야 한다는 생각 안 들어?”

“샤크티 씨, 혹시 정치판으로 나갈 생각이야?”

“가능하다면 그것도 재밌겠네. 하지만 여자가 뭔가를 이루어도 탐탁지 않게 생각하는 게 남성 사회야. 우리가 당연하게 생각하는 부분에 조금이라도 트집 잡을 구석이 있으면 다들 얼씨구나 하고 물어뜯을 거야.”

“으음, 우리 입장에서는 이 세계의 문명은 엄청 뒤처졌구나.”

“이게 보통이야. 지위와 명예에 구애되는 건 대부분 남성이야. 같은 위치에 여성 정치가가 있으면 눈에 거슬리겠지. 『여자는 집에서 밥이나 해!』가 이 세상의 상식이니까.”

“샤크티 씨, 신랄해…….”

“시간을 들여서 의식 개혁을 할 필요가 있어. 지구에서도 평등한 박애주의를 주장한 묵가는 당시 권력자에게는 눈엣가시였을 거야. 그러니까 망했지. 그 후로 득세한 게 유가. 권력자에게는 유교가 유리했어. 결국 이해받지 못하면 아무리 대단한 사상이라도 받아주지 않아.”

“박애주의면 안 돼?”

“박애 정신은 모든 사람을 평등하게 보는 생각이야. 절대 권력을 가진 황제가 있던 시대에는 국가 체제를 위협하는 사상이었던 거야. 반란의 불씨가 되잖아.”

예를 들어 교의에 복수와 정복을 인정하는 내용이 있다고 치자.

권력자는 그것을 명분으로 침공을 위한 병사를 모은다.

그런 상황에 박애 사상이 퍼지면 어떻게 되는가. 권위주의에 빠진 권력자에게 이는 역적의 발상일 뿐이었다.

자신들의 행동을 긍정하면 수용하고 부정하면 아예 싹을 뽑아버린다.

이런 사상은 시대의 흐름을 타고 커 나가는 법이며 갑자기 상식을 바꾸려 해도 반발밖에 생기지 않는다.

샤크티가 정치 세계로 나가봤자 아무 결실도 없이 실추할 것은 불 보듯 뻔했다.

특히 전생자라는 이물질을 받아들일 거라는 생각도 들지 않았다.

"이건 다른 이야기인데, 아도 씨랑 제로스 씨가 4신과 싸웠대. 생각보다 실력은 변변찮았다나 봐."

"제로스 씨 혼자서도 이길지 모른다고 했으니까 4신이 대행신이라는 말은 틀림없어 보여. 진짜 신은 어디 갔을까?"

"글쎄? 그래도 그런 녀석들에게 대행을 맡겼잖아. 제대로 된 신은 아닐 거야."

"……그건 나도 동감. 4신은 그냥 재미로 범죄를 저지르는 애들 같아."

4신은 아무리 생각해도 정상적인 신이 아니었다.

불성실하고 무책임한 성격. 자기 목적을 위해서 세계가 멸망할지도 모를 짓을 저지른다.

"그래서 벌을 준다는 거야. 그 전에…… 생활 기반을 다지지 않으면 불안해."

"그러고 보니 아도 씨가 안 보이네? 어디 갔지……."

"어디긴, 유이 씨한테 잡혀갔겠지. 그 사람이 우리 곁에 아도 씨를 남겨 둘 리가 있니?"

"으아…… 그럴싸해."

감정의 기복이 적어 보이던 유이지만, 아도가 엮이면 딴사람이 된다.

바람은 당연하고 옆에 여자가 있기만 해도 식칼을 뽑을 정도였다.

그녀는 몇 달 동안 아도만 생각하며 살았을 것이다.

그래서일까, 불안에서 해방된 순간 감정은 단번에 폭주했다.

그 결과가 눈앞의 참상이었다. 남의 집에서 날뛰어 집회장으로도 쓰이는 촌장 집 거실이 완전히 개판이 됐다.

"그럼 정리나 할까……. 이건 솔직히 미안하니까."

"유이 씨가 한 짓이기는 하지만, 우리가 없었으면 이럴 일도 없었을 테니까……."

한숨 쉬면서도 두 사람은 방을 청소하기 시작했다.

창밖에서는 아저씨와 꼬꼬들이 내는 과격한 소리가 아직도 울려 퍼지고 있었다.

실전을 가정한 대련을 끝낸 뒤 제로스와 꼬꼬 세 마리는 함께 태극권 비슷한 체조로 가볍게 몸을 풀었다.

이것은 평소 일과로, 실전 대련을 끝내고 반드시 하는 운동이었다.

주로 격투기를 쓰는 우케이는 몰라도 잔케이와 센케이도 여기에 동참하는 이유는 검과 암살 기술만으로는 쓰러뜨릴 수 없는 상대도 있기 때문이다. 그래서 다양한 전투상황을 가정해 수련을 쌓는 것이다.

꼬꼬들은 천생 싸움닭이었다.

"너희는 대체 뭐가 되려고 이러는 겁니까?"

"꼬께.(우리의 본능이 말합니다.)"

"꼬끼오, 꼬꼬.(언젠가 소인들은 그 땅으로 가야만 하오.)"

"꼬끼꼬…….(인간이 대산림 지대라고 부르는 땅으로…….)"

짐승의 본능이 강자를 원하고 있었다.

강자와 싸우고, 강자를 잡아먹고, 더 강한 힘을 추구한다.

마물의 본능이란 계속해서 강해지려는 순수한 생존본능에서 비롯되었다.

"꼬끼꼬꼬꼬!(언젠가는 드래곤을 해치우고 말겠습니다, 사부!)"

불타는 의욕에 기름을 붓고 말았다.

그들이라면 정말로 도달할 수 있지 않을까? 아저씨는 조금 두려워졌다.

기분 때문인지, 제로스의 눈에는 세 마리에게서 치솟는 뜨거운 불길이 보였다.

"이제 아침 식사나 준비할까……."

"꼬끼끼.(우리는 밭에서 벌레라도 잡고 오겠습니다.)"

"끼꼬꼬꼬.(맛있는 지렁이가 있으면 좋으련만.)"

"꼬끼꼬꼬.(뱀이나 도마뱀도 나쁘지는 않지.)"

꼬꼬들은 배를 채우려고 밭으로 돌격했다.

아저씨는 '요즘 밭에 벌레가 없는 이유가 있었구만…….'이라고 생각하며 혼자 납득했다.

제로스는 몰랐다.

와일드 꼬꼬는 슬라임과 같은 숲의 청소부였다.

다른 생물의 사체와 곤충 같은 작은 생물을 먹는 익조인 셈이었다.

아저씨는 그들의 뒷모습을 바라보다가 「주방, 빌릴 수 있으려나~.」라고 중얼거리면서 촌장 집의 문을 열었다.

실내는 어젯밤 소동으로 난장판이 되었을 텐데, 리사와 샤크티가 그새 청소를 해놓았다.

“두 분 다 일어났습니까?”

“앗, 제로스 씨. 안녕하세요?”

“아침부터 치고받고 난리더라? 설마 매일 그런 훈련을 해?”

“그래도 요즘은 버거워졌죠. 방심도 못 하겠네요, 하하하하하.”

“이 사람, 은근슬쩍 인간의 천적을 키우는 거 아니야?”

두 사람의 생각은 옳았다.

아마도 제로스는 이 세상 사람들보다 훨씬 강하다.

어마어마하게 레벨이 높은 그가 키운 생물을 평범한 인간이 이기기는 어렵다.

아니, 절대로 못 이긴다.

이미 기묘하게 진화했고, 만약 수가 늘어나면 마물 스탬피드 이상으로 위험한 존재가 될지도 모른다.

【참격】, 【관통】, 【타격】으로 3대 공격이 가능하고 전투 스킬을 자유자재로 다룬다.

심지어 자기보다 강한 자에게만 따르는 싸움꾼 기질. 생각해 보면 대단히 성가신 생물이다.

“여러분, 안녕하세요. 음? 꽤 정리가 됐네요?”

“오셨나요, 우르 씨. 밭에서 오시는 길인가요?”

“네. 밀을 심고 왔어요. 그리고 【타로타 토란】도요.”

이른 아침부터 밭일을 하고 왔는지, 우르는 등에 빈 바구니를 메고 있었다.

참고로 타로타 토란은 감자와 고구마를 반으로 섞은 듯한 식물이다. 겨울에 심으면 초여름 즈음 수확할 수 있고 평야에서는 많이 키우는 작물이다.

다만, 이 토란을 노리고 【돈모스(소형 코끼리)】, 【빅 마우스】, 【팽 보어(멧돼지)】 같은 마물이 자주 출몰한다. 용병에게는 짭짤한 수입원이기도 했다.

"죄송해요. 우리가 오는 바람에 방이 이렇게 돼서……."

"정말로 죄송합니다. 부서진 건 되돌릴 수 없더라도 가능한 한 정리할게요."

"아뇨, 별말씀을. 그만큼 아도 씨가 사랑받는다는 뜻이죠. 솔직히 부러웠어요. 부서진 물건도 어차피 전부 잡동사니니까 신경 쓰지 마세요. 할아버지가 취미로 모은 건데요, 뭘."

『『『사람이 됐네…….』』』

망가진 물건 중에는 의식에 쓸 법한 나무 가면, 희한한 무늬가 새겨진 목봉같이 용도도 출처도 알 수 없는 물건이 많았다.

민속학을 전공한다면 또 모를까, 이 마을의 촌장이 왜 이런 특이한 물건을 모으는지 모르겠다.

남의 취미에 왈가왈부할 자격은 없지만, 빈말로도 보통 사람이 사고 싶어 할 물건들은 아니었다.

기념품 가게에서도 틀림없이 불량 재고가 될 것이다.

"앗, 여러분. 일어나셨네요?"

"유이, 어서 와요. 어젯밤에는 잘 잤어요?"

"네. 누가 업어 가도 모를 정도로……."

"홑몸이 아니니까 무리하지 마세요. 지금이 중요한 시기니까 유이의 아이를 가장 먼저 생각해야죠.”

진심으로 걱정하는지 우르는 유이의 손을 잡고 진지한 눈빛으로 주의했다.

『『『응? 잠깐만! 지금 우르 씨…… 유이 씨를 이름으로 부르지 않았어?』』』

착각일까, 우르가 유이를 보는 눈이 어쩐지 열기를 품은 듯했다.

제로스와 리사, 샤크티가 서로 눈빛을 교환하고는 목소리를 죽여 의견을 교환했다.

“……설마 저 사람, 유이 씨를?”

“가능성은 있죠. 어쩌면 유이 씨에게 반했을 수도…….”

유이와 대화하는 그는 어떻게 봐도 사랑에 빠진 남자였다.

이 순간 세 사람은 확신했다.

『『『아…… 피바람이 불겠구나.』』』

“으어어…… 죽겠다. 하늘이 노랗게 보여…….”

그리고 분위기를 모르고 등장하는 아도.

그는 이상하게 수척했고 휘청대고 있었다.

그 모습을 본 아저씨는 무슨 일이 있었는지 눈치챘다.

퇴근할 때만 해도 팔팔했는데 다음 날 흐느적대며 출근하던 옛 부하를 떠올렸다. 그때 그는 애인 집에서 잤다고 했다.

아무리 그래도 배 속에 아이가 있는 유이에게 손을 댈만한 인간 말종은 아닐 테니까 재회의 흥분을 주체하지 못하는 유이를 달래느라 진이 빠진 것이리라.

아마도 밤새 낯부끄러운 말을 늘어놓으며 달콤한 시간을 보냈을 것이다. 물론 달콤한 건 유이뿐이었겠지만—.

실제로 유이는 아침부터 기분이 좋았고, 반대로 아도는 전쟁터에서 돌아온 사람처럼 초췌했다.

말 한마디 잘못하면 식칼이 날아오니까 아도 딴에는 목숨 건 위험한 미션이었겠지……. 그렇게 상황 판단을 끝내고 경례하는 아저씨에게 아도는 씁쓸한 미소를 돌려줬다.

그런 두 사람의 말없는 대화를 알아차리지 못한 채 우르가 아도에게 말을 걸었다.

"후후후…… 아도 씨였나요. 어젯밤은 즐거우셨나 보네요."

"으응? 아, 음…… 미안."

아도는 말을 머뭇거렸지만, 문제는 그게 아니었다.

우르는 어젯밤 아도와 유이가 무엇을 했는지 알고 있었다.

정확하게 말하면 집 구조상 알기 싫어도 들린다. 연인이 나눴던 감미로운 대화는 얇은 벽 하나를 두고 모두 우르에게 전해졌다.

유이에게 반한 사람에게는 이보다 더한 고통은 없을 것이다.

난감하게도 아도는 우르의 변모를 알아차리지 못했다.

평상시라면 몰라도 정신적으로 피폐해진 지금은 그가 내뿜는 새까만 기운을 알아차리기는 어려웠다.

『『『망했다아아아아아아?!』』』

당연히 세 사람은 우르에게서 풀풀 피어오르는 다크 포스를 알아보고 이제는 피를 볼 수밖에 없다고 직감했다.

"나 참…… 이렇게 아내를 팽개쳐 놓고 속 편한 사람이네요."

"편하긴 누가? 전쟁에도 참가하고 식량이 없어서 배도 곯았어."

"그게 이유가 되나요? 아버지가 될 텐데 유이를 더 아껴야 한다고 생각하지 않습니까?"

"불만 있으면 4신한테 따져. 그것들 때문에 우리는……. 그때 처리하지 못한 게 자꾸 마음에 걸리네."

"히어로 양반이 너무 강했으니까 어쩔 수 없어. 우리가 뛰어들었어도 방해만 됐을걸?"

아저씨도 뜨겁게 타오르는 열정에 취해 방관자로 남은 일을 후회했다.

이제와서 하는 생각이지만, 4신과 만났을 때 그 자리에서 처리해야만 했다.

지금은 본인들의 오타쿠 혼이 원망스러울 따름이었다.

"4신? 마도사니까 4신교가 마음에 안 드는 건 이해합니다. 하지만 실존하는지도 모를 신이 무슨 상관이죠?"

"우리만이 아니야. 저기 있는 리사랑 샤크티, 그리고 유이까지 모두 피해자야. 그것들 때문에 우리는 헤어지고 어딘지도 모를 곳에 떨어졌어."

"죽은 사람도 있을지 모르죠. 우리에게 놈들은 제거 대상입니다. 얼마나 많은 사람에게 피해를 줬는지……."

"……말 맞춘 거 아니죠? 만약 4신이 있다고 쳐도 그건 당신들이 무슨 짓을 저질렀으니까 그런 거겠죠. 그 종교의 요정 옹호는 저도 화가 나지만."

"그건 동감이야. 나도 그런 위험 생물은 빨리 없애버리고 마법약 재료로 써 버리고 싶어."

세간에 널리 알려진 바로는 4신은 이 세계를 지키는 신이지만, 마을이 요정에게 피해를 입었고 우르 또한 마도사라서 신을 믿지 않았다.

그 4신과 유이를 포함해 제로스 일행이 신과 무슨 관계가 있는지 이해되지 않았지만, 유이만 아니라 샤크티와 리사, 제로스까지 아도와 같은 생각을 가졌다는 사실에 그는 강한 질투를 느꼈다.

이 자리에 있는 사람 중 우르만 외부인인 셈이었다.

우르의 가슴 속에서 격한 감정이 끓어올랐다.

"메티스 성법 신국은 4신의 명령으로 용사를 소환했나 보지만, 그 대가로 세계가 멸망해 가고 있었습니다. 그건 누가 뭐래도 악신이에요."

"무슨 말도 안 되는 소리를?!"

"뭐, 당신네는 못 믿겠지. 하지만 우리는 달라. 전 세계로 퍼뜨려 놓아서 지인을 찾아내기도 어려웠어. 그리고 하나 짚고 가겠는데, 나는 유이를 내팽개친 적 없어."

"제로스 씨랑 만난 게 행운이었어. 그 덕분에 토시랑 이렇게 빨리 재회했잖아."

"아뇨, 뭘. 그냥 우연입니다."

우르는 아도가 임산부인 유이를 마을 앞에 두고 갔다고 착각했지만, 실제로는 4신의 범행이고 아도가 그녀를 버린 것이 아니다.

한 달간 유이와 지내면서 가끔 남편을 그리워하는 표정에 불만도 있었지만, 사랑에 빠진 청년 우르에게는 이 짧은 시간이 무척이나 즐거웠다.

하지만 제로스가 남편을 데려오면서 이 시간이 끝을 맞이하려고 하고 있었다.

그에게 아저씨는 역신으로 보였다.

“나도 유이를 보호해준 촌장님께 인사드리고 싶었어.”

“어디로 가셨는지 알면 찾아갈 수야 있겠죠.”

“온천에 간다고 했어요. 엄청 펑키한 마차를 타고 이른 아침에 단체로 나갔죠.”

“서, 설마…… 그 녀석 마차인가? 촌장님…… 안 죽었겠지?”

두 사람이 굉장히 잘 아는 장소와 인물이었다.

그리고 오늘도 활기찬 폭주 마차는 온 나라를 동분서주하는 중인가 보다.

“그나저나 아도 씨. 유이 씨는 어떻게 해?”

“응? 뭘 어떡해?”

“우리, 일단은 타국에서 공식으로 대우해주는 국빈이야. 그 나라로 데리고 가면 위험하지 않겠어?”

“배에 아이도 있어. 긴 여행은 추천할 수 없어.”

“앗…….”

샤크티와 리사가 말하듯 현재 아도 파티의 입장은 미묘했다.

그 능력 덕에 국가에서 우대하는 상위 마도사가 됐고, 식량 사정과 관련한 국난을 어느 정도 해소한 영웅이기도 했다. 떠나고 싶다고 마음대로 떠날 수 없는 입장인 것이다.

이사라스 왕국으로서는 놓치고 싶지 않은 인재들이기에, 유이의 이용 가치는 높았다.

강경파에게 그녀는 인질이라는 최후의 수단이 될 수 있었다.

"제로스 씨…… 어떻게든 안 될까?"

"그걸 왜 나한테 물어? 국가와 엮이지 않으려고 노력하는 나한테?"

"그러지 말고 제발 도와줘! 적어도 믿고 맡길 수 있는 사람 옆에 두고 싶어서 그래!"

"필사적이네……. 그럼 아는 전 공작 각하를 소개해줄까? 이사라스 왕국과 알톰 황국은 이 나라에 빚이 있어. 그래도 대가는 요구하겠지만."

"으……."

아도는 일생일대의 기로에 섰다.

이사라스 왕국에서 우대를 받아 놓고 솔리스테어 마법 왕국으로 넘어가는 것은 너무 의리 없는 행동 같았다.

하지만 유이를 생각하면 이쪽이 더 안전했다.

무엇보다 육아에 좋은 환경이고 혹시 무슨 사태가 생기면 제로스가 도와줄 수 있다는 것도 큰 장점이었다.

"그렇지만…… 냅다 이 나라로 넘어오는 것도 예의가 아니야……."

"그러면 이사라스 왕국에도 이득을 주면 어때?"

"뭔가 좋은 생각 있어?"

"이사라스 왕국과 공동 사업이라도 시작하면 되지 않겠어? 그래도 광산밖에 볼 게 없는 나라인데 뭐가 좋을지……."

"역시 자동차 아냐? 거기서 차체를 만들고 이쪽에서 동력을 만드는 거야."

"아니, 그러면 인프라 정비가……. 잘못하면 기술 혁명이 일어나."

"어차피 시간문제잖아. 부부 생활을 위해서라면 혁명이라도 일으킬 거야. 그리고 마차에 동력 기관을 탑재할 뿐이지, 전부 금속제일 필요는 없어. 저속으로 달리는 패밀리카 정도면 충분하다고."

자동차의 전신인 동력 마차는 지구에서도 만들어진 역사가 있다.

하지만 동력 기관이란 기술은 다양한 분야에서 응용할 수 있어서 결코 차 생산만으로 끝나지 않으리라.

기술 혁명은 양날의 검이었다. 그래서 제로스는 추천하지 않았다.

하지만 아도는 책임져야 할 것이 많았고 이사라스 왕국에 이득을 가져다 줘야 하는 입장이었다. 제로스처럼 망설이지 않을 것이다.

"제로스 씨가 하지 않아도 나는 할 거야. 유이와 살려면 돈이 필요해."

"……설득한다고 듣지도 않겠구만."

빠른 결단력이 아도의 장점이지만, 이번에는 그게 나쁜 방향으로 움직일 것 같았다.

"후우, 어쩔 수 없지……. 기본 골격은 금속이고 그 외에는 목재. 동력은 성능을 낮춘 마력 모터가 적당하겠지. 아마 소형 마력 모터라면 마력만으로도 움직일 거야."

"마력 탱크는 안 만들고?"

"마력 탱크는 미스릴과 오리하르콘 복합 소재야. 예산을 생각하면 실용적이지 않아. 마석을 이용하면 경제 효과도 있고 20년 정도는 시간을 벌 수 있을걸?"

"마석으로 달린다면 마력 충전은 필요 없겠군. 그래도 주행 시간과 거리를 고려하면 하나로는 부족하겠어."

"전속력으로 달려도 속도는 마차와 비슷해. 아니, 살짝 빨라야 하나? 용병의 수요가 늘어날 테니까 경제적으로 상당히 수혜를 받을 거야. 틀림없이 산업 혁명이 일어나겠구만……."

"일단 나부터 살고 봐야지. 마법 왕국과 광석 산출국, 손을 잡는다면 이 선이 타당하겠군. 그래도 내 자동차나 바이크 같은 건 이 세상 기술로는 만들기 어려울 거야."

제로스의 【할리 선더스 13세】와 아도의 【경승합차】에는 희귀한 금속이 대량으로 사용되었다. 이런 금속은 광산이나 던전에서만 채굴되고 대부분 레어 메탈로 분류됐다.

앞으로 취할 행동에 따라서 기술 진보도 상상 이상으로 빨라지리라 예상됐다.

"문제는 이대로 유이 씨를 산토르까지 옮겨도 될지 어떨지……. 신세를 져 놓고 아무런 답례도 없이 데리고 가기도 미안하잖아?"

"어? 촌장님은 토시랑 제로스 씨가 데리러 오면 마음대로 하라고 하셨어. 그래도 역시 인사 정도는 해야겠지?"

"편지라도 남길까. 인사도 없이 사라지기는 좀……."

"자, 잠깐만요!"

우르가 초조하게 끼어들었다. 그에게는 갑자기 나타난 유이의 남편이 사랑하는 여성을 빼앗아 가는 셈이었다.

약혼까지 했고 이미 아이가 있는 처지니까 이미 끼어들 여지는 없었다.

하지만 가만히 현실을 받아들일 수 있을 만큼 우르는 어른이 아니었다.

"유이는 홑몸이 아니에요! 이런 중요한 시기에 마을을 벗어날 생각인가요?!"

"이동 수단이라면 있어. 마차보다 빠르고 안전하게 도시로 갈 수 있지."

"그래도 혹시 모르잖아요!"

"안정기에 들어갔으면 괜찮지 않을까요? 도시 가까이 가면 리어카를 쓰면 되고요."

아저씨가 농사용으로 제작한 리어카에는 서스펜션이 달려 있었다.

경승합차에도 쿠션이 있어서 단거리 이송이라면 문제없었다.

하지만 그걸 순순히 인정할 만큼 사랑에 빠진 청년은 이성적이지 않았다.

첫사랑인 여성이 손이 닿지 않는 곳으로 가 버린다.

그 상황을 견딜 수 있을 리 없었다.

"알겠습니다……. 그렇다면 저랑 싸우죠. 결투를 신청합니다."

""결투?!""

그리고 그는 막 나가기 시작했다.

너무나도 급작스러운 내용에 아저씨와 아도도 눈이 휘둥그레졌다.

우르의 마음을 알지 못하니까 당연하지만, 젊음과 사랑으로 끓는 피는 때때로 사람을 무모한 도전으로 떠민다.

그는 아도가 【현자】라는 사실을 몰랐다.

어쩌면 모르는 게 약인지도 모른다.

상처를 내기는커녕 상대도 되지 못할 만큼 능력 차이가 난다는 사실을—.

제11화 아도, 결투 신청을 받다

사랑은 때로 사람의 눈을 멀게 한다.

사랑을 깨달은 자는 상대의 마음조차 알려고 하지 않고 일방적으로 자기에게 유리한 꿈을 꾼다.

첫사랑이라면 더욱 그렇다. 말을 걸어주기만 해도 일희일비하고 하루에 수차례 대화한 것만으로도 서로의 거리가 줄어들었다고 생각한다.

어째서 그것을 착각이라고 깨닫지 못할까.

서로의 마음을 확인한 것도 아니건만, 『나는 그녀를 잘 안다』라거나 『내가 세상에서 가장 그녀를 사랑한다』라는 극단적인 해석을 하는 사람도 가끔 있다.

이런 기질을 가진 사람 중에는 스토커가 많고, 안타깝게도 유이와 우르가 이 부류에 해당한다.

다행히—라고 말해도 될지 모르겠지만, 유이와 아도는 서로 사랑하는 사이였다.

질투가 조금 강하기는 하나, 그녀는 아도에게 헌신적이며 아이도 생겨 지금 행복의 한복판에 있었다.

하지만 상대가 우르라면 이야기가 달라진다.

그는 지금까지 성실함 하나로 이스톨 마법 학교의 문턱을 넘었고 마법과 연금술을 진지하게 공부했다.

물론 그 연령대의 청소년답게 그도 여성에게 관심은 있었지만, 자제심을 발휘해서 더 높은 성적을 내고자 공부에 매진했다. 당연히 여학생과 사귄 적조차 없었다.

그런 그는 학교 졸업 후 취직 전선에 나서지만 모두 탈락하여 결국 독립하는 수밖에 없었다.

가끔 집으로 돌아오기는 했으나, 대부분 다른 도시와 마을의 여관에서 생활하며 마법약과 한방약을 팔면서 차근차근 고객을 늘리고 연금술사로서 착실하게 실적을 쌓았다.

그리고 그가 오랜만에 고향인 하삼 마을에 돌아왔더니 우르를 맞이한 사람은 생면부지의 여성, 그것도 임산부였다.

할아버지의 이야기에 따르면 마을 앞에 쓰러진 임산부를 그냥 둘 수 없었다고 한다.

그녀는 남편이 행방불명이라서 직접 찾아 나서고 싶지만, 아이를 가진 몸이라 그러지도 못한다며 한탄했다.

요정 피해를 막아준 남편의 친구가 찾으면 연락하겠다고 했지만, 우르는『임신한 아내를 버려두는 남자가 멀쩡한 인물일 리 없다』라고 일방적으로 오해하고 의분을 느꼈다.

이 시점에서 큰 실수를 했지만, 그는 전혀 눈치채지 못했다.

뭐, 사실 모르는 게 당연하지만.

이 한 달 남짓한 시간, 그의 삶은 장밋빛이었다. 만난 당시에는 당황했지만, 하루하루 말을 걸고 이야기를 나눌수록 그는 차츰 유이에게 빠져들었다.

양지에서 사랑스럽게 배를 쓰다듬으며 상냥하게 배 속 아이에게 말을 거는 그녀에게 우르는 아름다움마저 느꼈다. 그 모습은 그야말로 성모라 할 만했다.

그는 자기도 모르는 사이에 사랑에 빠져 있었다. 하지만 그런 소소한 행복은 언젠가 끝이 오기 마련이었다.

할아버지인 하삼 마을의 촌장이 지병으로 요양하러 간다고 들었을 때, 그는 내심 만세를 불렀다.

어찌나 들떴는지, 자기 방에서 트위스트하면서 스핀을 돌고 문워크에 백 텀블링을 하고 쿨하게 괴상한 포즈를 잡았을 정도였다. 자제심이 조금만 부족했으면『Phow!』라고 소리까지 질렀을 것이다.

그때의 몸놀림은 가히 무언가에 씐 게 아닐까 싶을 정도였다.

그는 어쩌면 넘으면 안 될 선 마저 넘지 않을까 생각할 만큼 현실을 잊고 꿈속에 빠져 있었다.

그런데 마침내 유이는 아도와 재회하고 말았다.

솔직히 아도를 데리고 온 제로스가 미워서 견딜 수 없었지만, 장사를 하면서 터득한 상인의 얼굴로 참아 냈다. 그는 아도에게 격렬한 분노를 드러내지 않으려고 어금니를 악물었다.

기껏 나타난 남편이란 작자가 여자 둘을 데리고 있는 게 아닌가? 방향성은 다르지만 유이의 분노도 아주 잘 알았다.

그의 시점에서 본 아도의 평가는『임신한 아내를 버리고 간 쓰레기』에『밖에서 여자를 만들던 주제에 뻔뻔하게 아내를 만나러 온 파렴치한』이 추가됐다.

4신 때문이라는 이야기도 그는 속으로 말도 안 되는 헛소리라고 의심했지만, 유이를 포함한 다섯 사람은 같은 인식을 공유한다는 사실을 알았다.

처음으로 유이가 먼 사람처럼 느껴졌다.

동시에 소외감과 고독감, 그리고 초조함이 밀려왔다. 불길 같은 질투가 치솟았다.

그런 가운데 유이를 데리고 가겠다는 이야기까지 나오자 위기감이 생겼다.

『이대로 가면 유이를 빼앗긴다.』

극단적이고 일방적인 감정이지만, 우르는 아무런 대책도 없이 그들을 제지했다.

유이의 임신을 이유로 들어 이 마을에 묶어 두려는 생각은 꽤 좋은 판단이었다.

하지만 유이는 아도와 함께 갈 생각이었다. 그는 왜 자기 마음을 몰라주느냐고 분노까지 느꼈다.

그리고 그는 결국 폭주하기 시작했다.

무모하게도 아도에게 결투를 신청한 것이다.

"다시 한번 말하겠습니다. 제 결투를 받아주세요! 제가 이기면 유이를 이 마을에 두고 떠나고, 지면 마음대로 하세요."

"아니, 내가 왜 그래야 하는데? 나한테는 아무런 이득이 없잖아……."

"안 하느니만 못할 텐데요~? 절대로 못 이기니까."

하지만 의욕은 둘째 치고 아도와 제로스가 결투를 받아줄 이유가 없었다.

무엇보다 아도가 우르와 싸워도 일방적으로 압도할 뿐이다. 결과가 뻔한 이상 이 조건에 응할 필요가 전혀 없었다.

“아도 씨, 제로스 씨…… 마음이라도 이해해줘.”

“……그래. 사람을 좋아하는데 시간은 상관없어. 마음을 정리할 수 있도록 한번 싸워주는 게 어때?”

“네? 우르 씨, 설마 토시를?! 어떻게…… 남자끼리…….”

“““““““그게 왜 그렇게 돼!”””””””

유이는 자신을 향한 호의에 둔감했다.

그리고 남색 의혹을 받은 우르가 불쌍했다.

기분 탓일까, 우르는 당장에라도 울 것 같은 얼굴이었다.

“우르 씨가 호의를 가진 사람은 당신이야. 왜 눈치를 못 채?”

“응? 그야『사람을 좋아하는데 시간은 상관없다.』라고 했잖아요?”

“그렇다고 왜 아도 씨가 대상이 돼? 유이 씨 머리에는 아도 씨밖에 없어?”

“그건 단언할 수 있죠. 저한테는 토시가 전부예요.”

부담스러운 말이었다.

“애당초 나랑 결투해도 현실은 변함없어. 다치기만 하고 좋을 게 없을 텐데?”

“아도가 쓰면 초급 마법이라도 뼈도 못 추릴걸요? 오버킬이라는 말로도 한참 부족해요. 샤크티 씨랑 리사 씨는 그렇게 저 사람이 죽었으면 좋겠어요?”

“그건 알아서 조절을 해야지…….”

“결투인데 봐주면 실례지. 게다가 둘 다【극한 돌파】한 플레이어를 우습게 보는 거 아니야? 나랑 제로스 씨는 솔직히 괴물이라고.”

“으…… 그것도 그러네. 거기까지는 미처 생각을 못 했어.”

결투를 받아주기는 쉽지만, 아도가 봐주고 때려도 상대방은 온몸의 뼈가 박살 날 수준이었다.

십중팔구 즉사, 운이 좋아야 중상이다.

중상이라면 회복 마법으로 치료하면 되지만, 즉사하면 치료도 불가능하다.

애초부터 무모한 도전이었다.

"으음, 『둘 다 나 때문에 싸우지 마!』를 못 하겠어. 토시가 너무 세서."

"유이…… 설마 그 대사를 해 보고 싶었어? 저 사람한테 실례잖아."

"그치만 여자의 로망인걸. 살면서 한 번은 말해보고 싶은 대사라고!"

"아침 드라마를 너무 보셨구만……. 칼을 쓰면 두 동강, 마법을 쓰면 오버킬. 결투하면 확실히 죽겠네요. 아도 군을 상대하는 건 무모해요."

현실은 비정할 따름이었다.

아무리 유이를 사랑해도 당사자가 그 감정을 알아주지 않고, 알아도 받아주지 않는다.

하지만 완전히 격정에 빠진 자에게 남의 말은 잡음에 불과했다.

"겁나요? 저한테 질까 봐……."

"야…… 이야기 안 들었냐?"

"네 명이 작당하고 결투를 피하려는 거로만 보이네요. 그런 허무맹랑한 마도사가 있다는 소리는 난생처음 듣습니다."

"에고고…… 쇠귀에 경 읽기구만. 아도 군…… 결투를 받아줄 수밖에 없겠어. 이런 타입은 실력 차이를 직접 보지 않으면 안 물러나. 말을 해도 알아듣지를 못하니 원."

제로스의 육감이 번개를 맞은 것처럼 번뜩였다.

직감적으로 아저씨는 우르에게서 돈에 집착하는 부르주아 계급에 찰싹 붙어 기생하는 자기 누나와 같은 냄새를 맡은 것이다.

샤란라와 마찬가지로 우르의 눈은 자기에게 유리한 것만 보고 있었다.

질 리 없다는 자신감도 있겠지만, 이것이 자살행위라는 인식 자체가 없었다.

격렬한 사랑과 성실한 성격이 시야를 좁히고 말았다.

더구나 그는 한 번 집착하면 오래 가고, 달리기 시작하면 멈출 줄 모르는 성격 같았다. 언젠가 끈질긴 집착증으로 변할 것이다.

"정말로 할 거야? 귀찮은데……."

"이건 주책 커플 문제지만, 집착이 더 강해지면 위험하겠어. 저 사람, 아마 유이 씨를 빼앗을 생각이야. 스토커가 될 상이구만."

"뭐라고? 유이랑 같은 부류야?! 맙소사…… 감당이 안 되는데."

"지금 저 사람 입장에서 아도 군은『여러 여자와 관계를 갖는 쓰레기 난봉꾼』이야. 실력으로 찍어 누르지 않으면 절대로 물러서지 않겠지……."

"……그거, 제로스 씨 편견도 들어갔지?"

"에이~, 편견이라니………… 아니야."

"이쪽 보고 말해!"

바보 같은 소리를 하면서도 아저씨는 다른 생각을 하고 있었다.

아직 약혼 관계라도 사실상 기혼자였다. 그런 상대에게 고집한다면 여기서 끝나지 않을 가능성이 있었다.

최악의 경우『죽어서 천국에서 함께하자』라고 말할지도 모른다.

실제로 스토커 기질이 있는 유이가 그러지 않았는가. 같은 부류인 우르가 비슷한 행동을 해도 이상하지 않았다.

선례가 있는 만큼 성가신 인간과 연관되어 버린 불운을 저주할 수밖에 없었다.

고생은 아도가 하겠지만—.

"아도 군…… 아예 엄두도 못 내게 흠씬 두들겨 패야 해. 괜히 봐줬다가는 역효과 난다? 철저하게 공포를 심어주지 않으면 절대로 안 멈출 거야."

"당신이 그러고도 사람이야! 결투는 너무 과하잖아? 개미 싸움에 드래곤을 보내는 격이라고. 그렇게까지 할 필요는……."

"하하하…… 스토커한테 논리가 통하겠어? 너는 질투와 격정에 사로잡힌 유이 씨를 설득할 수 있어?"

"와, 반박을 못 하겠네! 못 하지, 불가능해. 유이도 이렇게 되면 내 말은 귓등으로도 안 들으니까……."

"그런 여자에게 붙잡힌 아도 군에게 건배!"

아저씨는 부부 문제에 파고들지 않기로 결심했다.

이 커플은 소꿉친구끼리 성격을 잘 알고 서로를 소중하게 생각하고 있었다.

문제는 거기에 제삼자, 특히 여성이 끼면 상황이 단번에 나빠진다는 것뿐이었다. 그 점만 유의하고 접하면 특별한 문제는 일어나지 않았다.

하지만 이번에는 유이에게 남성이 접근했다.

리사와 샤크티를 데리고 온 아도를 집요하게 쫓던 유이의 입장이 역전된 셈이었다.

그나마 아도가 집요한 스토커 기질이 아니라서 다행이었다.

아도까지 그런 성격이었다면 손쓸 방도도 없는 진흙탕 싸움이 벌어졌으리라.

"나, 그렇게 집착이 심해? 그렇게 말귀를 못 알아들어?"

"어제 그 난리를 피웠으면서 기억 안 나세요? 저 사람은 당신과 같은 성격입니다, 유이 씨……. 자각을 가지세요. 타산지석이라는 말이 있지 않습니까."

"아니, 제로스 씨? 댁이 유이한테 칼을 쥐어줬잖아? 부추기고 날 죽이게 했잖아?"

"핫핫핫, 나도 모르게 감정에 휘둘려서 그만. 이야, 나도 아직 젊구만."

"당신은 그냥 나잇값을 못 하는 거야!"

"마음이 젊다고 해주겠나, 아도 군? 내가 나이는 마흔이라도 동네에서 젊어 보인다는 소리 자주 들었어. 요즘은 내 또래 중에도 얼굴이 젊어 보이는 사람이 많지?"

"내가 그걸 어떻게 알아!"

아저씨와 아도는 마이웨이 행보.

리사와 샤크티는 엮이기 싫어서 일찌감치 거리를 두고 자신들에게 불똥이 튀지 않게 대처하고 있었다.

그런 그들의 여유로운 태도가 우르는 몹시 거슬렸다.

우르는 이스톨 마법 학교에서 높은 성적을 자랑했다. 그 나름대로 자긍심도 있었고 그만큼 노력도 했다.

실전 경험도 그럭저럭 쌓아서 이런 식으로 무시당할 입장은 아니었다.

실제로 학교에서도 강사로 스카우트하려고 했을 정도였다.

본인은 궁정 마도사보다 실력이 좋다고 자부하는 우르였다.

그러나 아도와 제로스는 자신이 안중에도 없다는 듯한 태도였다.

적어도 세계적으로 이름난 마법 학교 졸업생에게 보일 태도는 아니었다.

심지어 이 자리에 있는 사람은 모두 우르가 진다고 단언했다.

그런 태도가 그의 자존심을 자극해 점점 더 감정적으로 만들었다.

아도 파티나 아저씨의 충고는 그에게 도발이나 다를 바 없었다.

"……그래서 결투를 받을 건가요?"

"귀찮지만, 그러지 않으면 당신이 이해해주지 않겠지? 다른 방법이 없으니까 받아줄게."

"참 여유로우시네요. 제가 우습나요?"

"아니, 실제로 싸움조차 안 되겠지. 반대로 묻겠는데, 정말로 할 거야?"

"당연하죠. 당신은 유이에게 어울리지 않습니다."

"그건 우리가 정할 일이지, 남인 당신한테 들을 소리는 아니야. 신세지고 이러기는 미안하지만…… 싸우면 안 봐준다?"

"바라던 바입니다!"

말하고 말았다. 이 시점에서 그의 운명은 확정됐다.

아저씨는 이렇게 되지 않을까 예상하고 인벤토리에서 언젠가 썼던 애뮬릿을 꺼냈다.

라마흐 숲으로 가기 전에 제자에게 건넸던 부적의 시험작이었다.

“유이 씨, 혹시 모르니까 이걸 차고 계세요.”

“저…… 이게 뭐죠?”

“유비무환이라고 하잖습니까. 지금 차 두세요. 왠지 안 좋은 느낌이 드니까…….”

“네……?”

“아무튼 위험할 때 발동하세요.”

아도가 아닌 남자에게 물건을 받기가 꺼려졌지만, 적어도 제로스는 믿어도 된다고 생각했다. 정말로 아도를 찾아서 데리고 와준 사람이니까.

리사와 샤크티에게 마음을 허락할 수 없지만, 약속을 지켜준 제로스를 함부로 대할 수는 없어서 애뮬릿을 장비하기로 했다.

그런 그녀 앞에서는 우르가 결투 상대를 매섭게 쏘아봤고 아도는 정말로 의욕이 없는지 하품하고 있었다.

“준비됐으면 자리를 옮길까. ……그런데 어디서 싸워?”

“아…… 마을 밖 초원이 적당하지 않겠어? 거기는 넓고 땅이 좀 날아가도 피해가 적을 테니…….”

“제로스 씨…… 한 번밖에 안 왔으면서 지리를 잘 아네?”

“그 근처 방목장에서 【페어리 로제】를 처리했거든. 그때 우연히 지났을 뿐이야.”

“……그런 것까지 있었어? 요정은 모조리 박멸하면 좋을 텐데.”

장소는 두 사람이 멋대로 결정해 버렸다. 의욕 없이 상황을 따라 가기만 하는 아도를 데리고 아저씨는 결투 장소로 발길을 옮겼다.

◇ ◇ ◇ ◇ ◇ ◇ ◇

우르가 자기 방에서 장비를 고르고 결투 장소로 나가자 그곳에는— 왠지 구경꾼이 잔뜩 모여 있었다.

“뭐, 뭐야? 이 사람들은…….”

“죄송하네요. 전에 요정 문제를 해결하면서 제 얼굴을 익힌 사람이 많았나 봅니다. 우리가 뭘 하는지 궁금하다면서 따라오지 뭡니까…….”

“그래도 그렇지, 이건…….”

우르가 잘 아는 사람들이 주변에 모였고 도시락을 꺼낸 사람까지 있었다.

작은 마을에는 오락거리가 없다. 아침부터 그렇게 시끄럽게 굴면 당연히 이웃에게도 알려지게 마련이다.

시골의 소문은 무섭도록 빠르게 퍼졌고 싸움 구경을 하려고 우르르 몰려들었다.

“우르 총각, 결투한다며? 힘내!”

“우르, 남의 여자를 빼앗는 건 좀……. 젊어서 감정을 다스리지 못하는 건 아줌마도 이해하지만, 사람이 그러면 못써.”

“유이 아가씨는 미인이니까 우르가 반할 만하지! 나도 10년만

젊었으면 말이야~, 으하하하하하!"

"당신…… 잠깐 나 좀 봐!"

"젊어서 부럽구먼~."

"청춘일세~."

세간에서는 이를 구경거리가 됐다고 말한다.

사랑 때문에 시작한 결투였건만, 자기도 모르는 사이 동네 어르신들의 오락거리가 되고 말았다.

"비겁해요! 이런 수작으로 저를 동요하게 하려고."

"이게 왜 내 잘못이야! 아침부터 고래고래 소리친 사람은 너면서 남 탓 하지 마!"

"에에…… 그럼 지금부터 결투를 진행하겠습니다. 심판은 제가 맡겠습니다만, 이의는 있나요?"

"아니, 왜 제로스 씨가 진행해? 뭐, 상관은 없지만……."

"불안하기는 하지만, 이의는 없습니다……."

왠지【검은 섬멸자】복장을 한 아저씨는 마이크 모양의 확성기를 잡고 씩 웃으며 신나게 사회를 맡았다. 이 상황을 즐긴다는 명백한 증거였다.

그리고 진행자 역할에 심취해 소리 높여 외쳤다.

"OK, Baby! 두 머저리의 각오는 잘 알았다! 그럼 준비됐는지 다시 확인하고 지정된 위치로 가주실까~? 잘 봐라, 이건 두 마도사의 결투다!"

""""""""Yaaaaaas!""""""""

"이 상황을, 어떻게 받아들여야하지……."

“이런 사람한테 심판을 맡겨도 될까?”

주민들의 반응도 뜨거웠다.

한 방에 결판이 나면 야유가 쏟아질 듯한, 어쩐지 싸우기 부담스러운 분위기가 형성됐다.

치열한 승부를 기대하는 시선이 집중되어 마음이 불편했다.

“굳이 의상까지 갈아입고……. 제로스 씨, 즐거워 보이네.”

“아마도 사람을 휘젓고 다니길 좋아하는 거야. 바보처럼 웃고 떠들고, 축제를 좋아하는 그런 성격.”

“토시도 당사자가 아니라면 비슷한 구석이 있어요. 아마도 유유상종이라고 생각해요.”

어느샌가 상품이 된 유이와 제삼자인 리사, 샤크티는 어이가 없었다.

끼리끼리 논다더니 스토커에게는 스토커, 바보에게는 바보 친구가 생기는 모양이다.

“그럼 규칙을 설명하겠다~!”

“잠깐, 잠깐만! 규칙이라고? 그냥 싸우는 거 아니었어?!”

“왜 당신이 방식을 정하죠? 저는 인정할 수 없어요!”

“Oh…… 그런 말을 해도 될까~? 규칙은 어디에나 필요하지! 결투? 싸울 뿐? 무슨 소리야? 평범하게 싸우면 **우르 꼬마**가 **아도찡**한테 어떻게 이겨? 일방적인 싸움을 봐서 뭐가 재밌지?”

“누가 아도찡이야!”

“재미? 우리는 구경거리가 아니에요! 그리고 애 취급하지 마시죠!”

“훗…… 그걸 모르니까 꼬마라는 거야.”

당사자 두 명은 불만이 있어 보였다.

하지만 결투에는 나름대로 규칙이 필요한 것도 사실이었다.

기사와 귀족의 결투처럼 서로 위신을 건 싸움은 검으로만 싸우는 것이 상식이었다.

마법과 마도구 사용은 인정하지 않고 예외로 그런 도구 사용이 용인되는 경우는 실력 차이가 확실할 때뿐이었다.

"잘 들어, 우르 군. 너는 아도 군한테 절대로 못 이겨. 실력이 하늘과 땅 차이야. 【파이어】 한 방이면 너는 잿더미가 되겠지. 네 레벨이라면 아도 군 앞에서 전략도 의미가 없고 정면승부는 너무 싱겁게 끝나. 봐줘도 당분간 침대 생활을 하게 되겠지. 이건 불가피한 현실이라고."

"무슨 말도 안 되는 소리를……."

"안타깝지만 엄연한 사실이야. 너는 무모하게도 레벨이 아득히 높은 사람에게 도전했어. 대중 앞에서 비참하게 패배할 게 뻔해. 그렇게 당해 버리면…… 재미가 없잖아!"

""흉악할 정도로 해맑게 웃네…….""

"해 보지도 않았으면서 모른다고 하지 마. 아도 군 직업은 마도사의 상위직이야. 마법으로 싸워 봤자 애초에 승산이 없어."

우르는 이스톨 마법 학교를 높은 성적으로 졸업했고 웬만한 마도사보다 강했다.

실전도 제법 경험하여 어지간한 상대라면 꺾을 자신도 있었다.

하지만 이번에는 상대를 잘못 골랐다.

【현자】와 편의상 【상위 마도사】라고 부르는 직업은 직업 보정부

터 압도적인 차이가 있었다.

사실 아도는 처음부터 일격으로 결판을 낼 심산이었다.

애당초 불공평한 싸움이었던 것이다.

“헛소리에도 정도가 있지! 그런 마도사가 있으면 벌써 유명해졌겠죠. 저를 속이려고 하는 거라면 그만하세요!”

“세상에 100퍼센트는 없다지만, 압도적인 실력 차이는 있어. 왜 너는 이길 수 있다고 단언하지? 너는 이 세계에 사는 모든 사람을 조사하지도 않았잖아? 너보다 강한 사람은 많고 나도 손가락 하나로 이길 수 있어. 핸디캡을 주지 않으면 아예 결투가 성립이 안 돼. 마도사라면 감정적으로 굴지 말고 냉정하게 이해해줬으면 좋겠는걸~.”

“백번 양보해서 그런 사람이 있다고 칩시다. 그럼 당당하게 사람들 앞에 나오지 않겠죠. 그만한 실력이 있으면 나랏일을 하고 있을 테니까요. 게다가 저 사람은 너무 젊잖아요!”

“젊으니까 실력자가 아니라고 단언할 수 있어? 네가 우리에 대해 뭘 안다고 그러나 모르겠네. 아무것도 모르지? 유이 씨가 어디 출신인지조차도…….”

“…….”

우르는 유이는커녕 아도를 포함한 관계자 중 그 누구의 정체도 몰랐다.

몰라서 짜증이 났고, 질투했고, 분개했고, 생각 없이 결투를 신청했다.

입을 다물어 버린 그에게 아저씨는 덤덤하게 말을 이었다.

"결투 방식에 따라서 우르 군에게는 마법 효과를 높이는 마도구와 마법약 사용을 허가하지. 반대로 아도 군은 마법 사용 금지, 【철검】을 사용해 물리 공격만으로 대처해. 앗, 반론은 안 받아. 결투가 공정해야 앙금도 안 남으니까."

마음에도 없는 거짓말이었다.

어차피 할 거라면 서로 납득할 수 있는 형식이 좋다는 생각도 조금은 있었지만, 80퍼센트가 시시한 싸움을 보고 싶지 않다는 굉장히 저질스러운 이유에서였다.

"……그런 고로, 마도구를 사용하려면 준비해."

"그럼 나는 검으로만 이 녀석을 쓰러뜨리면 돼?"

"그래도 아직 부족한데……. 그렇지, 【락 필러】!"

【락 필러】는 땅 속성 마법으로, 본래 대형 마물을 아래쪽에서 찔러 올리는 공격이었다.

그 마법으로 초원에 두 바위 기둥이 하늘을 찌를 기세로 솟구쳤다.

"저 기둥을 지키고 상대방의 기둥을 무너뜨리는 게 승리 조건이야. 제한 시간은 마법이 끊겨서 기둥이 소멸할 때까지. 서로에 대한 공격과 방해는 인정할게. 단, 살해는 안 돼. 함정을 설치해도 좋지만, 결투는 서로 기둥 앞에 도착하고 준비가 끝나면 시작이야. OK?"

"요약하면 방해와 공격이 가능한 봉 쓰러뜨리기라는 말이지? 알기 쉽네."

“납득하기 어렵지만, 알겠습니다. 실력 차이 이야기를 믿지는 않아도 그걸로 공평해진다면 받아들이죠…….”

“앗, 아도 군도 진지에 함정을 설치할 때만 마법 사용을 허가할게. 단, 즉사할 정도의 함정이나 흉악한 마법 사용은 엄금. 그동안은 내가 벽을 세워서 서로 안 보이게 할게.”

“……규칙이 즉흥적으로 늘어나는 기분인데?”

아도는 이미 체념했지만, 우르는 마지못해 승낙하는 분위기였다.

딱히 친절을 베풀려고 이런 규칙을 정하지는 않았으나, 남의 말을 절대 믿지 않으려고 고집 피우는 우르를 보니 아저씨는 절로 한숨이 나왔다.

차라리 모르는 게 약일 수도 있다.

하지만 이 결투로 우르는 현실을 알게 되리라.

제로스는 서로의 진지가 보이지 않게 【가이아 컨트롤】을 사용해서 벽을 만들면서도 아주 즐겁게 웃고 있었다.

제12화 결투, 공허 ~혹은 아저씨의 심심풀이~

하삼 마을 앞에 펼쳐진 초원. 이 초원에 두 기둥이 우뚝 섰다.

이 기둥을 상대보다 먼저 무너뜨리는 것이 아도와 우르에게 주어진 승리 조건이며 방법은 상대방의 목숨을 빼앗지 않을 정도의 함정 설치와 마법, 물리 공격으로 제한됐다.

우르는 마도구와 아이템 사용이 인정되며 아도는 핸디캡으로 검으로만 싸우기로 했다.

관점에 따라서는 불공평한 결투로 보이겠지만, 그만큼 두 사람의 실력 차이가 크기 때문에 어쩔 수 없는 사항이었다. 현실을 아는 이들은 이 정도도 한참 부족하다고 느꼈다.

서로 함정을 설치할 시간이 주어져 현재 두 사람은 석연치 않게 생각하면서도 열심히 방어를 위한 함정을 설치했다.

이 함정에도 핸디캡이 있어서 아도는 살상 효과가 높은 함정을 설치할 수 없으며, 우르는 가능한 한 위력이 강한 함정을 설치했다.

그래도 아도의 직업은【현자】였다.

무시무시하게 높은 마법 내성을 자랑하는 그에게 아마 함정은 통하지 않으리라.

그리고 어느덧 두 사람의 준비가 끝났다.

"자아, 여러분! 기다리고 기다리던 듀얼이 시작됩니다! 도전자는 이 마을 촌장의 손자이자 이스톨 마법 학교를 우수한 성적으로 졸업한 마도사, 우르! 그 상대는 최강 클래스 마도사며 수많은 역경을 실력으로 극복해 온 역전의 용사! 어떤 나라에서는 국빈으로 대접받는 남자, 아도! 두 사람이 어떤 뜨거운 싸움을 보여줄지 벌써 기대가 됩니다!"

아저씨는 마이크 모양 확성기를 한 손에 들고 신나게 중계했다.

"여기서 승리한 사람은 유이 씨와 결혼할 권리를 얻습니다. 이거 참, 결과는 안 봐도 뻔한데 포기할 줄 모르는군요. 그리고 실력 차이가 나는데도 치사하게 받아준 사람도 문제예요."

"당신이 꾸민 짓이잖아! 그리고 결혼할 권리를 누구 맘대로 팔아

먹어!"

"사람을 무시해도 정도가 있지……."

두 사람 모두 굉장히 화가 난 모양이었다.

결과적으로 구경거리가 됐으니까 그럴 만도 했다.

"우르 군은 유이 씨의 마음을 무시하고 자기 생각만 하며, 아도 군은 여자에 관심 없는 척하면서 왠지 인기 많은 무자각 리얼충. 이건 대척점에 선 두 사람의 싸움이 되겠군요."

""괜한 말 덧붙이지 마!""

흥이 오른 아저씨는 이 기회를 틈타서 속에 담아 뒀던 말을 마음대로 나불댔다.

"한쪽은 여자를 빼앗으려고 맹진격하는 스토커 보이, 또 한쪽은 아내와 아이를 안고 싶은 리얼충 자식. 두 선수의 심정을 들어보죠."

"누가 리얼충 자식이야! 아무튼, 남의 아내를 넘보는 녀석은 아주 짓밟아 놓겠어. 감히 누구한테 덤볐는지 알려주지!"

"핫핫핫, 열 받을 정도로 가족 사랑이 극진하네요. 사이좋은 커플을 보면 깨에 파묻혀 죽을 거 같단 말이죠……. 칼로 찔러도 되나요?"

"당신 같은 사람에게 유이는 아까운 존재야. 내가 행복하게 해 줄 테니까 얌전히 사라지세요. 아니, 오늘 이 시간부로 사라져줘야겠습니다!"

"벌써 유이 씨의 마음을 완전히 무시하고 있군요. 틀림없이 스토커가 될 성격입니다. 장담해도 좋습니다! 자기에게 유리한 꿈만 꾸는 듯하군요. 헛소리도 쉬엄쉬엄 했으면 좋겠네요."

뚫린 입이라고 아무 말이나 내뱉었다.

"우르 총각, 다치지 마!"

"남의 여자를 왜 넘봐? 그냥 포기해!"

"젊은 아이보다 숙녀가 훨씬 좋단다."

"지면 위.로.해.줄.게. 우훗♡"

그에 비해 구경꾼의 반응은 아주 뜨거웠다.

오락에 굶주렸던 주민들은 이 싸움을 축제 분위기로 지켜봤다.

"제로스 씨의 말투에서 엄청나게 악의가 느껴져요."

"그래도 의도적으로 상대를 죽이지 못하게 막는 규칙이니까 괜찮은 방법 아니야? 구경꾼도 있으니까 함부로 살인을 저지르지도 못할 테고."

"음…… 그래도 다른 목적도 있다고 생각해. 두 사람의 프로필을 대충 떠벌렸잖아. 이기든 지든 포기할 수밖에 없게 하려는 속셈 아닐까?"

"아하…… 아도 씨가 이긴다는 전제하에 우르 씨는 져도 변명할 수 없어. 많은 사람 앞에서 대충 사정을 전했으니까 다음 행동이 완전히 막히는구나. 책략가였네."

"대단하지? 이런 짧은 시간에 상대방을 옭아맬 방법을 생각하다니……. 그래도 좀 너무해. 사적인 원한도 좀 들어간 느낌이……."

여성진은 아저씨의 언동에 관해 석연치 않은 부분은 있으나 감탄했다.

그렇지만, 구태여 말하겠다.

전부 우연이다!

아저씨는 그냥 즉흥적으로 조건을 붙일 뿐이지 거기에 별다른 의도는 없었다.

물론 책략 따위 생각한 적도 없었다.

미리 사정을 알면 책략을 짤 수도 있었겠지만, 돌발적으로 발생한 소동에 무슨 꾀를 부리겠는가. 그냥 소 뒷걸음치다 쥐 잡은 격이었다.

심지어 『이왕 일이 커진 김에 판이라도 깔면 재미있지 않을까?』라고도 생각했다.

그 결과가 이 난리였다.

"양 선수, 준비가 끝났나 보군. 지금부터 신부 방어&약탈 결투를 시작한다!"

"토시~! 힘내애애애!"

"지면 평생의 수치야, 아도 씨!"

"아무리 쉬운 승부라도 방심하면 질 수도 있어."

"처자 마음도 생각해, 우르!"

"남편이랑 만날 날을 손꼽아 기다렸다잖아. 왜 훼방을 놔!"

"남자답게 포기해라!"

"유부녀는 잊고 나랑 결혼해줘!"

"마안약 지면 나아랑 겨론흐아자! 부흐흐흐흐흐!"

"유부녀가 좋으면 말해. 나는 언제든지 괜찮아."

"너, 나를 버릴 생각이야?!"

이상한 인간도 섞여 있었지만, 구경꾼들은 결투가 시작되기를 목 빠지게 기다리며 열렬한 시선을 보내고 있었다.

그런 가운데, 제로스가 손을 높이 들고—.

"마도사 배틀, 레디 고(익스플로드)!"

—콰아아아아아아아아아아아아아아아아아아아앙!

양쪽 진지를 가로막던 벽을 범위 마법【익스플로드】로 날려 버렸다.

마침 중간 지점에는 폭발로 거대한 구멍이 뚫렸고 폭풍으로 생긴 흙먼지가 필드를 집어삼켰다.

도저히 결투 시작을 알리는 신호가 아니었다.

"대체 무슨 짓이야아아아아아아!"

"어떻게 이런 위력이……. 저 사람은 최상위 마법을 쓰나? 그렇다면 이 남자도……."

【익스플로드】를 손쉽게 사용하는 마도사는 상당히 상위 클래스였다.

왜냐하면 이런 마법은 스승이 제자에게 전수하는 경우가 많고 이스톨 마법 학교에서는 가르치지 않았다. 당연히 우르는【익스플로드】를 쓰지 못했다.

하지만 아도는 상위 마법을 보고도 항의할 뿐 별로 놀라는 눈치가 아니었다.

즉, 제로스가【익스플로드】를 쓰는 것을 알고 있었다는 뜻이다.

어쩌면 아도도 이 마법을 쓸지도 모른다.『너는 절대로 못 이긴다』라고 장담하던 제로스의 말에도 신빙성이 짙어졌다.

우르는 이제야 자신이 얼마나 위험한 곳에 발을 디뎠는지 이해했다.

결투를 해도 승산이 없다는 사실을 드디어 깨달았다.

'하지만 지금 저 녀석은 마법을 못 써……. 그러면 나한테도 승산이 있어.'

결투 규칙으로 아도는 마법 사용이 금지됐다.

기둥을 지키는 함정을 깔 때는 사용할 수 있지만, 결투 중에는 싸구려 검 하나가 그의 무기였다. 우르는 원거리 공격이 가능한 자신이 유리하다고 점쳤다.

"꿰뚫어라, 불꽃의 화살이여! 내 앞을 가로막는 적을 천 발의 화살로 불살라라!【플레임 애로】!"

실제로【플레임 애로】는 천 번이나 공격하지 못한다.

기껏해야 15~20발 정도의【파이어 애로】보다 큰 불꽃 화살을 날릴 뿐이지만, 근접 무기밖에 쓰지 못하는 아도에게 선제공격으로 유효하다고 생각했다.

하지만 우르는 그때 믿지 못할 광경을 보게 된다.

"어림없지! 이딴 거에 내가 당할 줄 아냐!"

아도가 손에 쥔 검을 아무렇게나 휘두르자【플레임 애로】는 순식간에 찢겨 사라졌다.

초인적인 참격. 검압은 칼날이 되고 주변의 풀이 허공에 춤췄다.

"마도사가 아니야?! 설마 속였나……. 아니, 어쩌면 나랑 같은……."

우르는 주변 도시와 마을을 도는 마법약 상인이라서 도적을 만나기도 하고 마물에게 습격당하기도 한다. 몸을 지키기 위해서는 근접 전투도 필요하다고 생각해서 단련해 뒀다.

하지만 우르의 실력이라고 해봤자 검으로 먹고사는 사람에 비할

바는 아니었다. 마물이라면 몰라도 인간을 상대로 실전에서 쓸 수준은 못 됐다. 기껏해야 마법과 병용해서 몸이나 지키는 정도랄까.

그러나 방금 아도의 검술은 달인 이상이었다.

즉, 마법도 검술도 자신을 아득히 상회한다는 뜻이었다.

자신과 마찬가지로 근접 전투가 가능한 마도사.

하지만 『할 줄 안다』와 『할 줄은 안다』 사이에는 크나큰 간극이 있었다.

아도는 마법을 쓰지 않아도 자신을 쉽게 이길 수 있는 마도사였다.

마법이 결정타가 되지 못한다면 이제는 자신의 역량으로 어떻게든 극복해야겠지만, 그 벽은 너무 높고 또 두꺼웠다.

"젠장, 【파이어 볼】!"

마도구 반지에 담긴 마법으로 공격해 보지만 허무하게 피해 버렸다.

이 결투의 규칙상 방해는 가능해도 살해는 인정되지 않는다.

서로의 진지에 있는 기둥을 무너뜨리는 것이 목적인데, 그러려면 상대방의 발을 묶고 기둥으로 가야만 했다.

팀플레이라면 적을 막을 수비수와 공격할 공격수로 나뉘면 되지만, 이번에는 1 대 1 싸움이었다.

상대의 허점을 찔러서 기둥까지 가야 하고, 어떻게 상대방을 방해하고 농락하느냐가 승부의 핵심이었다.

하지만 우르에게는 마법의 종류가 적다는 약점이 있었다.

이스톨 마법 학교를 나왔다고는 하나, 배우는 마법의 수는 정해져 있었다. 당연히 고위 마법은 엄두도 못 낼 영역이었다.

고위 마법은 대개 범위 마법이며, 단발로 고위력을 발휘하는 위험한 마법을 사려면 엄정한 심사가 거쳐야 했다. 그리고 이런 심사에는 적잖은 비용이 요구된다. 마법 스크롤 또한 고가인 것은 두말하면 잔소리다.

범죄 예방을 위한 조치지만, 일반 마도사에게는 괴로운 실정이었다.

농민 출신인 우르에게 그만한 돈을 낼 여유가 있을 리 없었고 결국 단념할 수밖에 없었다.

속사정을 들여다보면 이런 제도는 귀족 마도사의 체면을 지키려는 의도가 있으며, 사실 심사를 통과해 상위 마법을 배운 사람도 적지 않았다. 이런 일부 사람은 관직에 오르는 경우가 많았다.

"대지의 분노, 강철도 뚫을 무쌍의 창이여. 다가오는 적을 꿰뚫고 죽음을 선사하라…… 【어스 랜스】!"

"꺼져!"

우르의 공격은 또 아도의 검에 종잇장처럼 찢겨 흩어졌다.

심지어 우르가 주문을 외는 동안 아도는 거리를 좁혔다.

이 시간차는 치명적이었다.

게다가 상대방은 주문을 듣고 어떤 공격이 올지 알아차린다.

어서 기둥까지 가야 하는데 아도의 돌진 속도가 압도적으로 빨랐다.

견제조차 아무렇지 않게 피하거나 막아 버려서 속도를 늦추지도 못하는 상황이었다.

함부로 마법을 난발해서는 자신의 마력만 낭비하는 꼴이다. 그리고 마력이 고갈되면 움직이지 못한다.

'마도뿐 아니라 검사로서도 일류인가……. 괴물 같은 녀석!'

우르는 아도의 재능을 시기했다.

유이를 포함한 네 사람은 우르가 절대로 못 이긴다는 것을 알고 있었다.

심지어 제로스라는 마도사는 핸디캡까지 붙였다.

자신의 무력함을 절실하게 깨달으면서도 아도를 향한 증오는 더욱 커져만 갔다.

유이를 사랑하는 마음이 일방적이란 것은 알고 있었다.

그것이 설령 염치없는 짓이라도 자기 마음을 속일 수는 없었다.

포기할 수 없다. 망가뜨리고 싶지 않다. 절대로 유이와 헤어지기 싫다.

진심으로 사랑하기에 그는 고집을 꺾지 못했다.

만약 결투에 지더라도 이 마음은 사라지지 않는다고 생각했다.

그에 비해 아도는—.

'처음에는 마법을 못 써서 불리할 줄 알았는데 이 세계의 마도사는 정말로 수준이 낮아. 약한 줄은 알았지만, 이 정도였을 줄이야……. 영창 마법이 주류라서 어떤 공격이 나올지 뻔하니까 대처하기 쉬워. 적어도 무영창 다중 전개라도 하지 않으면 내 상대가 안 된다고. 아니, 이게 이 세계 마도사의 상식인가? 【소드 앤 소서리스】였으면 허접 중에서도 허접이야.'

—마도사가 예상보다 훨씬 약해서 놀라고 있었다.

우르가 입은 붉은 로브는 솔리스테어 마법 왕국의 법률로 상위 마도사를 나타낸다.

그런데도 아도에게 상처 하나 낼 수 없었다.

아도는 지금까지 이 세계의 마도사와 싸운 적이 없어서 이토록 뒤떨어졌다고는 생각하지 못했다.

이정도라면 【소드 앤 소서리스】의 초보 유저가 훨씬 강할 것이다. 그러나 그건 자신이 이질적인 존재라는 증거이기도 했다.

날아오는 마법 공격은 모두 검으로 상쇄한다.

아무리 숙련된 전사라도 마법을 이렇게 막지는 않는다.

'빨리 끝낼까……. 이게 초보 괴롭히기지 뭐야. 오래 끌면 상대만 비참해져. 제로스 씨는 마법을 무기로 상쇄할 수 있다는 걸 알고 있었군. 악랄하기는!'

아도는 아직 마력도 체력도 여유가 넘치지만, 공격하는 우르는 이미 숨이 턱까지 차서 【마나 포션】으로 회복하고 있었다.

이런 농락이나 다름없는 규칙을 정한 제로스가 굉장히 악질이라고 느꼈다.

핸디캡처럼 보여도 압도적인 레벨 차이로 핸디캡조차 성립하지 않았다. 조금이라도 이길 수 있다는 희망을 주는 점이 특히 더러웠다.

마도사의 결투에서 마법도 쓰지 않는 상대에게 패배하면 굴욕도 이런 굴욕도 없었다.

현실을 알려주는 것 치고는 방법이 상당히 악독했다.

처음부터 승산은 어디에도 없었던 것이다.

감정에 치우친 우르도 잘못이지만, 그것을 눈치채지 못하고 흘러가는 대로 결투를 받아들인 아도도 오십보백보였다.

하지만 이렇게 된 것도 단순한 우연이었다.

아무리 제로스라도 매일 음모를 꾸미지는 않는다.

어쩌면 그래서 더 악질인지도 모르지만—.

'우르라고 했나? ……미안하지만 이건 내가 이겼다.'

우르는 최소한의 자비로 속전속결로 끝내기 위해서 전력으로 달려갔다.

아무런 제지도 없이 우르를 따돌리고 기둥을 향해 일직선으로 향했다.

설령 마법을 쓰지 않아도 격투 스킬 중에는【신체 강화】와 동등한 기술이 있었다.

일반적으로【연기법】이라고 불리는 격투기로, 이 세계에서는【아츠】라고 불렸다.

마법은 머리에 마법식을 펼쳐서 발동하는 기술인 반면,【아츠】는 순수하게 몸을 쓰는 기술로 효과가 같아도 본질이 달랐다.

"크, 따라잡을 수가……."

"미안하군. 그래도 싸움은 네가 걸었어. 빠르게 끝내주지."

"그렇게는 안 돼! 나는 이길 거야……. 불덩이여, 업화가 되어 나의 적을 불태워라!【파이어 볼】!"

"걸리적거린다고!"

"불꽃의 화살이여, 적을 꿰뚫어라.【파이어 애로】!"

"뭐야? 자포자기야?"

연속해서 쏜【파이어 볼】과【파이어 애로】가 아도의 다리를 집요하게 노리지만, 아도는 그것들을 손쉽게 피했다.

이때, 구경꾼들도 우르의 패배를 확신했다.

"아이고…… 졌네, 졌어."

"애초에 남의 여자를 빼앗으려던 게 잘못이야. 유이는 남편이랑 서로 사랑하는 사이잖아?"

"남자라면 가슴 뜨거워지는 이야기지만, 애초부터 가능성이 없었지……. 불쌍한 자식."

"하지만 멍청한 짓이라도 좋으니까 열렬하게 사랑받아 보고 싶어~♡"

"아니, 저 아가씨한테 폐만 끼치잖아. 그냥 자기만족 아니야?"

주민들의 말대로 아무리 아도와 싸운들 유이가 우르를 좋아하지 않으면 의미는 없었다.

혼자 북 치고 장구 치는 모습은 영락없는 광대였다.

그래도 본인의 의지로는 어쩌지 못하는 마음도 있는 법이다. 어딘가에 발산하지 않으면 다시 일어서지 못하는 경우도 있다.

스토커 기질이 곪고 곪으면 영원히 따라다닐지도 모른다.

손을 떼게 하려면 실력 차이를 보여주는 게 효과적이었다.

솔직히 우르는 이미 아무런 방법도 없었다.

그러나 그에게는 마지막 비장의 무기가 있었다.

바로 결투 전에 설치한 함정이었다.

실력 차이를 도저히 메울 수 없다면 우르는 이 함정에 모든 것을 걸 수밖에 없었다.

"으아아아아아?!"

“““““사라졌어?!”””””

‘걸렸다!’

갑자기 아도가 홀연히 사라졌다.

그 이유는 구멍 함정이었다. 땅 속성 마법【피트 폴】로 도처에 구멍을 파서 급조한 함정처럼 보이는 더미로 진짜 함정을 숨겨 두었다.

그리고 아도는 보란 듯이 그곳으로 유도당했다.

얼마나 시간을 벌 수 있을지 모르나, 이것이 우르가 준비한 비장의 무기였다.

구멍 함정을 경계해 피하면서 이동하던 아도는 등과 다리를 노리던 마법 공격에 주의를 빼앗긴 탓에 재수 없게 빠져 버리고 말았다.

약하다고 방심한 허점을 찔린 것이었다.

“으앗?! 이건……【슬라임 리퀴드】?!”

함정 안에 깔린 끈적끈적한 액체는【슬라임 리퀴드】. 물에 반응해서 점착력이 강해지는 마물 포획용 아이템이었다.

【슬라임 핵】을 대량으로 써서 만든 가루이며, 손바닥에 담은 물만으로도 폭발적으로 팽창하는 성질이 있었다. 심지어 점착력도 무시무시했다.

습기로도 팽창하는 탓에 취급이 어려워 굉장히 까다로운 물건이었다.

“강하다고 방심했군요. 이제 제가 이겼습니다!”

우르는 신체 강화 마법을 걸고 기둥으로 전력 질주했다.

공수가 역전되자 구경꾼들의 함성이 터져 나왔다. 그러나—.

"아아아아아아아아아앗?!"

우르도 구멍에 떨어졌다.

그것도 【슬라임 리퀴드】가 깔린 구멍에.

아무래도 발상은 다 똑같았나 보다.

"비, 비겁하게!"

"시끄러워, 만약에 대비하는 건 상식이지! 승리를 확신했을 때가 제일 위험한 거야!"

"끝까지 나를 방해하다니……. 제발 좀 사라지세요!"

"웃기지 마, 남의 마누라를 좋아하는 것도 모자라서 훔쳐 가려는 그 심보가 글렀어! 처음부터 너 같은 건 낄 자리도 없다고!"

"당신보다는 제가 더 행복하게 해줄 자신이 있습니다! 곧 태어날 아이도 제가 키우죠! 설령 지금은 당신만 바라보더라도 시간을 들이면 제 마음을 알아줄 겁니다!"

"근거도 없이 잘도 떠드네. 한마디로 지금 유이의 마음은 무시하겠다는 거잖아? 그러면서 잘도 사랑한다고 지껄이네! 혼자서 쇼하지 마, 이기주의자 자식아!"

평원에서 사용할 수 있는 함정은 결국 한정된다.

하지만 둘 다 같은 함정을 깔고 똑같이 걸리는 꼴은 여간 우스꽝스럽지 않았다.

그 뒤에 이어진 말싸움도 추할 따름이었다.

"점액범벅인 남정네를 보고 좋아할 사람이 있나? 아무도 행복해지지 못하는구만……."

"제로스 씨가 신경 쓰는 건 그거구나……."

"정말 눈 뜨고 봐주기 힘드네. 둘 다 바보라는 말밖에 안 나와."

"이 결투, 혹시 무승부인가요?"

"글쎄요~. 아도 군이 집념으로 이기겠죠, 뭐."

마법과 검의 싸움에서 지저분한 말싸움으로 변질됐다.

'쳇, 이 구멍에서 나가지 않으면 공격도 못 해. ……잠깐만, 여기서도 기둥은 보이니까 검을 던지면 되잖아? 검 기술 중에 그런 공격이 있었는데…….'

'이대로 가면 뒤처질 거야. 기둥은 보이니까 전력으로 마법을 쏘면…….'

아도와 우르가 동시에 행동을 개시하지만, 몸에 점액이 들러붙어 마음대로 움직이지 않았다.

"아아~?! 서로 구멍 안에서 결정타를 노리는 건가요! 구멍에서 보이는 기둥은 아마 끝부분뿐입니다. 마법으로 노리려면 절묘한 컨트롤이 필요해요! 기둥을 완전히 부순 쪽이 승리하는 이번 경기! 시시한 전반과는 달리 시간과의 싸움이 됐습니다아아아!"

"토시, 힘내!"

"유이 씨, 남편을 편애합니다아아앗! 우르 씨는 보답받지 못하는군요. 그리고 아도 군, 부럽잖아! 나가 죽어라!"

"제로스 씨…… 본심이 줄줄 흘러나와. 인간적으로 좀 자제하자."

"제로스 씨~? 당신 대체 누구 편이에요~?"

"훗…… 그야 물론, 모든 인기 없는 남자의 편이죠!"

""""""형니이이이이이이이임!""""""

아저씨는 인구 부족으로 결혼하지 못하는 시골 남자들의 지지를 얻었다.

시대와 세계가 달라도 어차피 사람의 본질은 변하지 않았다.

그리고 하삼 마을은 독신 남성 비율이 높았다. 결혼하지 못한 남자들은 대체로 장남이거나 농촌 개척을 강요받은 차남 등 여자를 만날 기회가 거의 없는 처지였다.

'저 아저씨…… 혼자 신났군! 그나저나 움직이기 힘든데…….'

구멍 안에서 애써 검을 고쳐 잡은 아도는 전신에서 투기(마력)을 방출했다.

그것은 바위를 가루로 만드는 수준을 넘어서 아예 흔적도 없이 지워버릴 위력이 담긴 마력이었다.

숨이 막힐 만큼 방대한 마력을 느낀 우르는 내심 초조했다.

절망에 짓눌릴 만큼이나 강대한 마력이었다.

'유이…… 저런 인간의 어디가 좋은 거야! 그나저나 이 무식한 마력…… 너무 쉽게 생각했어. 설마 이런 마력을 가진 마도사가 존재할 줄이야……. 그래도 질 수는 없지!'

아저씨의 **남편을 편애한다 발언**은 우르의 질투라는 이름의 불길에 기름을 부었다.

우르가 쓰는 마법은 위력이 약했다. 게다가 개량되기 전의 마법이라서 연비도 나빴다. 당연히 무리하면 몸에 상당한 부담을 준다.

그 부담을 버티면서 모든 마력을 쥐어짜서 결의를 다졌다.

필사적으로 주문을 외우지만, 그 시간이 몹시 답답하게 느껴졌다.

"불꽃의 화살이여, 적을 꿰뚫어라. 【파이어 애로】!"

우르의 실력으로는【마나 포션】으로 마력을 모두 회복해도【파이어 애로】는 최대 열다섯 발밖에 쏘지 못하고 마도구로 위력을 높여도 효과는 미미했다.

마법 한 방을 쏠 때마다 주문을 외어야 하는데, 초조함이 집중력을 흐트러뜨렸다.

그사이에도 아도는 검에 마력을 모으고 있었다.

무섭도록 방대한 마력이 한 점으로 모이는 것이 피부로 느껴졌다.

우르는 안간힘을 쓰며 마법으로 기둥을 깎지만, 마법으로 구축한 기둥은 생각보다도 튼튼해서 쉽게 깨지지 않았다.

초조하다.

집중이 안 된다.

시간이 너무 길게 느껴진다.

주문이 이토록 방해된다고 생각한 적이 없었다.

그런 상황에서 뒤쪽에 있는 아도가 마지막 공격 준비를 마쳤음을 감지했다.

"비투검,【전인굉뢰(戰刃轟雷)】!"

어마어마한 마력을 담아 던진 아도의 검이 고속으로 기둥에 꽂혔다.

동시에 내포했던 마력이 해방되고 천둥과 함께 하늘을 가르는 벼락이 떨어지더니 주변 일대로 파괴의 힘을 발산했다.

강력한 충격파가 발생하고 기둥은 폭파 해체하는 빌딩처럼 우르르 무너져 내렸다.

구경꾼들도 그 여파로 발생한 먼지에 휩싸였다.

"……아니?!"

우르는 뒤쪽에서 기둥이 무너지는 소리를 들었다.

어떻게든 구멍에서 기어 나오자 우르가 공격하던 아도의 기둥은 3분의 1도 파괴되지 않았고 아도는 우르의 기둥을 풍비박산 냈다.

"말도 안 돼……. 이런 검술은 듣도 보도 못했어. 마법을 쓴 거 아니야……?"

"마법 아니야. 비검【전인굉뢰】는 검 스킬의 수준이【검귀】가 되면 배우는 기술이야.【비뢰진】의 발전형이지."

"이 위력…… 마법과 다를 바 없잖아요! 인정할 수 없어요!"

"그래도 마법이 아니야. 검술 중 하나라니까? 여기서 더 핸디캡을 붙이기는 어렵지……."

【검기(劍技)】 혹은【아츠】 같은 무예와 마법의 차이는 마법식의 유무다.

마법은 마법 문자로 구성되고 마력을 물리 현상으로 바꾸어 발현하는 기술이자 학문이다. 따지자면 프로그램이나 설계에 가깝다.

그러나 무예는 다르다. 무기에 마력을 집중해서 위력을 높여 발동한다.

속성은 존재하지만, 마력 변질은 무기에 사용되는 재료와 개인의 자질에 따라서 변화한다.

번개 속성이 특기인 자가 있는가 하면 불 속성이 특기인 자도 있고, 경우에 따라서는 여러 속성을 사용하는 걸출한 인물까지 있다.

그러나 그것은 어디까지나 이 세계의 사정이다.【소드 앤 소서리스】의 유저라면 모든 속성 기술을 자유롭게 다룬다.

그렇지만 기술이 많다고 꼭 그것을 잘 다룬다는 법은 없다. 사용 빈도가 적은 기술은 스킬창에서 썩어 갈 뿐이다.

물론 위력이 높아진 만큼 내구도를 희생해야 하므로 무기 수명을 깎는다는 단점도 있다.

이 세계의 기사와 용병도 많이 쓰지 않는, 그야말로 필살기다.

"말했죠? 아도 군한테는 절대로 못 이긴다고. 강해질 때까지 많이 굴렀어요."

"제로스 씨, 댁이 할 소리야? 나를 재미 삼아 지옥에 빠뜨린 건 당신들이었잖아."

"훗…… 옛날 일이지. 그리고 나는 다른 사람보다 양심적이었어."

"하긴…… 다른 멤버에 비하면 아주 살짝 편했지. 정말로 아주 살짝……."

"나는 브로스 군처럼 희생자는 안 냈다만? 이래 봬도 안전을 충분히 고려했어."

"그 대신 위험한 곳으로 끌려갔지만 말이지! 그러고 보니 【바바리안】을 만났어. 수인 아내한테 둘러싸였더라."

"그 사람도 커플이 되다니……. 아니, 퍼리가 부러운 건 아니지만……."

【케모 브로스】. 섬멸자 【케모 러뷰】의 제자이자 중증 수인 애호가였다.

수인이라면 인간형에 꼬리와 귀가 달린 종족부터 완전한 동물 형태까지 사랑하는 괴짜였다.

그런 그는 지금 중학생이면서 현재 열일곱 명의 아내를 두었다.

게다가 지금도 급격히 증가하는 중. 그는 이세계에서 꿈을 이뤘다. 복슬복슬 하렘이라는 꿈을—.

"이런 싸움, 인정할 수 없어……. 이런 결과, 나는 인정 못 해! 으아아아아아아아아아아아아아!"

"윽?! 아차!"

"아이고, 역시 곱게는 안 끝나는구만. 뻔한 전개지……."

"이렇게 된 이상 어딘가 안전한 곳으로 납치하고 감금해서…… 도망치지 못하게 팔다리를……."

""무서워, 무서워, 무서워!""

포기할 수 없는 마음과 극심한 독점욕이 우르를 자포자기로, 그리고 엽기적인 방향으로 내몰았다. 성실한 성격과 이루어지지 않는 감정의 충돌이 결국에는 극단적인 행동으로 바뀌었다.

달려가는 곳에는 유이가 있고 그의 손에는 어느새 나이프 한 자루가 들려 있었다.

제로스 일행이 있으면 납치는 불가능하다고 판단했는지, 『너를 죽이고 나도 죽겠어! 같이 천국에서 행복해지자!』라는 독선적인 생각에 빠졌나 보다.

하지만 그의 마음은 닿지 않았다.

—챙!

유이에게 내지른 나이프는 보이지 않는 벽에 가로막혔다.

유이가 냉정하게 제로스에게 받은 애뮬릿을 발동한 탓이었다.

"후우…… 깜짝 놀랐네요."

"왜…… 왜 내 마음을 몰라주는 거야……."

"처음부터 사랑하는 사람이 있는데 당신 마음을 받아줄 리 없잖아. 아무리 사랑해도 당신 감정은 독선적인 일방통행일 뿐이야."

"지금까지 고백조차 한 적 없다면 이건 그냥 강요야. 유이 씨 마음은 이미 정해져 있으니까 처음부터 가망이 없다는 것쯤 뻔히 알 텐데."

"왜 나는 안 돼! 힘이냐, 힘이 부족해서냐! 권력이랑 돈이냐! 나는 상대할 가치도 없다는 거야 뭐야아아아아아아아아아아!"

감정이 폭발한 사람은 대체로 행동 원리가 지리멸렬하다.

샤크티와 리사가 바른말을 해도 그에게는 들리지 않았다.

자각하고 있더라도 납득할 수 없다며 극단적인 논리를 들이댄다.

요컨대 겉보기보다 정신이 어린 사람이었다. 사랑이라고 말하면 듣기는 좋지만, 실제로는 민폐일 뿐이었다.

그리고 이에 대해 유이는—.

"저…… 미안해요. 저는 토시밖에 모르니까 다른 남자한테는 전혀 관심이 안 생겨요. 남자는 전부 허수아비로 보이니까……. 그리고 얼굴도 다 똑같아 보이고요. 목소리로 누군지 판단할 뿐이에요."

"허, 허수아비…… 나도……? 하하, 아하하하하……. 내가 바보였지……."

—단칼에 차 버렸다.

테드에게도 그랬다지만, 참 자비가 없는 말투였다.

통렬한 한마디에 우르는 나가떨어졌다.

이미 몇 번이나 설명했다시피 처음부터 그에게는 가망이 없었다.

죽여서라도 자기 손에 넣겠다. 그 방법조차 막히면 이제 우르가

할 수 있는 일은 아무것도 없었다.

아도를 죽인다는 수단도 남았지만, 실력 차이가 압도적이라서 그것도 불가능하다고 깨달았다.

이렇게 우르 청년의 부담스러운 첫사랑은 끝을 고했다.

그 후, 마을 남자들이 술을 먹여 우르를 위로했다. 정말로 정이 넘치는 마을이었다.

다음 날, 그가 숙취로 일어나지 못한 것은 굳이 말할 필요도 없으리라.

"그럼 출발할까……."

"당분간 제 집을 숙소로 쓰시죠. 방은 비어 있으니까요."

"""""고맙습니다, 제로스 씨."""""

유이와 아도 파티, 그리고 꼬꼬들은 아도의 자동차에 타고 있었다.

안내역은 물론 아저씨의【할리 선더스 13세】였다.

그들은 곧바로 산토르로 갈 것이다.

그 뒷일은 델사시스 공작과의 교섭의 결과에 따라 결정될 것이다.

"……그나저나 우리는 앞으로 어떻게 되려나?"

"국가와 관련되면 중요한 손님으로 대해주겠지……. 뭐, 교섭하기 나름 아니겠어?"

"제로스 씨는 편해서 좋겠네. 왕명으로 성에 끌려간 우리는 선택지가 없었는데 말이야……. 내가 멍청했지~."

"계획 없이 거점부터 확보하지 않은 게 패인 아닐까? 그때그때 선의로 행동한 게 실수야. 안 좋은 상황에서도 자기 목적을 확실히 정해 뒀어야 했어."

아도 파티가 이 세계에 온 초기에는 비참하게 살아가는 마을을 위한 자선활동을 벌였다.

그래서 국빈으로 초대받은 것이지만, 만약 제로스가 아도와 같은 입장이었다면 가장 먼저 유이부터 찾았을 것이다.

설령 굶주림에 시달리는 마을 사람을 봤어도 선의만으로 행동하지는 않았으리라. 귀찮은 일에 말려들 게 뻔하기 때문이다.

그 실수가 두 사람의 처지를 이토록 바꿔 놓았다.

"나, 이 나라에서 뭘 하면 좋을까……."

"일단 이사라스 왕국에 공헌할 수 있다는 것을 증명해야 하지 않겠어? 예를 들어 식량 운송과 공업 발전. 조금이라도 나라의 발전에 공헌한다면 자유롭게 돌아다니게 해주겠지."

"강경파 녀석들이 무기 개발에 끌어들이려고 해서 골치야. 결국 위험한 건 하나밖에 안 만들었지만……."

"그 이야기, 자세하게 들려주지 않을래?"

"안 돼! 아무리 제로스 씨라도 이것만은 말 못 해!"

"……뭐, 정 그렇다면야. 나도 실수는 했으니까 서로 캐묻지 말자."

의견이 정리되어 일행은 파프란 가도를 달렸다.

이미 가도를 지나는 상인들의 눈은 무시하기로 한 모양이었다.

제13화 학생, 고대 도시에 가다

희미하게 빛나는 마도 램프의 빛 속에서 마차 몇 대가 천천히 달리고 있었다.

구 드워프 가도, 최근에는【이더 란테 지하 가도】라고 불리는 이곳은 이사라스 왕국과 알톰 황국을 잇는 가도였다.

지하 가도가 개통된 이후 지하 유적 도시【이더 란테】는 많은 상인이 오가는 교역 중계지가 되었다.

이곳을 이용하는 상인들이 다루는 상품은 주로 광물이었다. 광물 자원이 부족한 솔리스테어 마법 왕국은 안정적인 광물 자원의 확보가 가능해졌고, 메티스 성법 신국에 헐값으로 광물을 넘기던 이사라스 왕국도 솔리스테어 마법 왕국과 직접 교역하면서 숨통이 트였다.

개통 시기에 따라서 이사라스 왕국은 메티스 성법 신국에 병합됐을지도 모르므로 아주 위태로운 타이밍이었다.

그러나 지금 그 교역로를 따라서 달리는 마차는 상단이 아니었다.

"길군……. 이 길은 어디까지 이어질까."

"지도에 따르면 곧 이더 란테에 도착할 겁니다."

"이 가도…… 무너지지는 않겠지? 왜 둘 다 그렇게 태평해? 불안하지 않아?"

"츠베이트는 익숙해졌겠지. 크로이사스는…… 살아 있는 고대 도시가 기대돼서 흥분했고. 네가 이해해, 디오……."

그들은 이스톨 마법 학교의 학생이었다.

공작가 남매인 츠베이트와 크로이사스, 세레스티나, 그리고 디오, 마카로프, 세리나, 이 린, 캐럴스티 파벌, 안즈와 에로무라를 포함한 호위 용병들, 그 외 여러 파벌의 성적 우수자로 구성된 제법 대규모 집단이었다.

솔직히 그들은 성적이 너무 우수해서 문제였다.

여름방학 이후 눈부신 성장을 거듭하여 강사들이 고민할 만한 성적을 거두고 있었다.

그토록 우수하다면 본래 기뻐해야 마땅하지만, 공교롭게도 이들은 국가 내정에 이의를 제기하며 파벌 개혁안을 내놓거나 실험이라는 명목으로 인적 피해를 빈번하게 일으키는 문제아 집단이기도 했다.

이대로 가면 관리 책임을 물어 자기들의 목이 위험해질 수 있다고 판단해 강사들은 그럴싸한 이유를 들어 학생들을 학교에서 쫓아냈다. 감당할 자신이 없어서였다.

우수한 인재는 파벌에 득이 되지만, 현상 유지를 바라는 자들에게 개혁을 주장하는 패거리는 눈엣가시였다.

"그런데 크로이사스…… 그 지도는 어디서 났어? 도시 전체가 상세하게 그려진 거 같은데……."

"여기저기 연줄이 있어서요. 아는 졸업생에게서 훔쳐— 양보받았습니다. 더 자세히는 묻지 마세요. 디스코 진."

"디오야! 디스코 진이 누구야?! 한 글자밖에 안 맞잖아! 그리고 훔쳤다고 말하려고 했지?!"

"동생도 우리 이름을 기억하는데 이 녀석은……."

"화내지 마, 마츠켄로. 크로이사스잖아. 관심이 없으면 기억할 생각도 안 해."

"환장하겠네, 이 녀석도 내 이름을 몰라! 마츠켄로는 또 누구야! 삼바#12라도 출까 보다!"

츠베이트와 크로이사스, 이 두 형제는 아직도 제 친구의 이름을 모른다.

참고로 마카로프와 디오는 둘 다 이 형제와 같은 반이었던 적이 있었다. 그런데도 이름을 기억하지 못하는 것을 보면 정말로 있으나 마나 한 존재로 여긴다는 뜻이리라.

포기하는 편이 편할지도 모른다.

"그런데 형님……."

"응? 왜?"

"저 사람은 형님의 호위 아닌가요? 저기서 뭐 하는 거죠?"

"저 사람? 아…… 에로무라 말이군."

크로이사스가 바라보는 방향에는 【전생자】인 【에로프스키토 무라무라스】가 있었다.

본명 【에노무라 이츠키】, 통칭 에로무라. 그는 지금 한창 여자 친구를 모집하고 있었다.

"아~, 사귀는 사람이 없구나. 나는 어때? 여자 잘 챙겨주는 타입인데."

"뭐~? 그치만 좀 경박해 보여."

"뭘 모르네, 내가 이래보여도 성실하다니까? 이렇게 작업을 걸

#12 삼바 배우이자 가수 마츠다이라 켄의 노래 『마츠켄 삼바』.

고는 있지만, 제법 용기를 쥐어짠 거야.”

“거짓말~, 안 그래 보이는데~. 정말 믿어도 돼~?”

“정말이야, 정말. 한 번만 믿어 봐. 사랑스러운 여성을 찾는 고독한 베가본드야.”

작업을 거느라 여념이 없는 그는 눈치채지 못했지만, 주위에 있는 호위 용병들은 잔뜩 짜증이 난 기색이었다.

“어차피 또 용병들에게 얻어맞겠지. 내버려 둬.”

“은근히 매정하네요. 안 도와도 되나요? 뭐, 저도 남의 일이니까 관심은 없지만.”

크로이사스도 매정했다.

실제로 여기까지 오는 길에도 싸움은 몇 번 났지만, 크로이사스는 나 몰라라 하며 관여하지 않았다.

처음부터 중재할 마음도 없었다.

“후…… 어서 도착하면 좋겠다.”

“그 말만 벌써 몇 번째 듣는지 모르겠네요. 조금만 참으세요.”

“그 말도.”

이더 란테로 가는 여정은 너무나도 지루했다.

그 지루한 시간은 아직도 계속될 듯했다.

여학생들이 탄 마차에는 세레스티나가 있었다.

원래 나이를 불문하고 언니라고 추대받던 그녀는 학생들에게

【마법 천사】라느니 【천재 마도 소녀】라고도 불렸지만, 강사들에게는 【교실의 이단자】나 【반역의 세레스티나】라며 두려움을 샀다.

너무 우수한 탓에 강사들이 손을 쓸 수 없는 점은 크로이사스와 마찬가지지만, 그녀는 얼마 전까지 무능아 딱지를 달고 살았다. 그러나 자력으로 마법을 쓸 수 있게 되어 【천재】가 된 게 화근이었다.

강사들도 마법을 잘 쓰지 못하는 체질이 있다는 사실은 알았지만, 독자적으로 마도사까지 올라온 경우는 보지 못했다.

이렇게 되면 『무능아가 자력으로, 그것도 혼자서 마도사가 됐는데 너희가 그러고도 선생이야? 학생이 혼자서도 하는 걸 너희는 왜 못 가르쳐? 응? 듣고 있어?』라는 말을 듣는다. 아니, 실제로 이미 들었다.

더 큰 문제는 세레스티나가 마법을 잘 쓰지 못하는 학생들을 지도하기 시작하면서 강사들의 무능함이 더욱 부각됐다는 점이었다.

딱히 강사들이라고 놀고만 있지는 않았다.

세레스티나는 자신과 같거나 비슷한 입장에 있는 학생에게 친절을 베풀었을 뿐이었다.

하지만 그 봉사활동이 결과적으로 강사들의 목을 조르는 결과를 낳았다.

걸핏하면 비교당하던 강사들은 결국 버티지 못하고 이번 기회에 그녀를 【이더 란테】로 유배 보내 버렸다.

이미 그녀에게 뭘 가르칠 수 있는 사람도 없었다.

"후우…… 이렇게 할 일이 없으면 이 린의 쿠키만 먹다가 살찌겠어."

"뭐어~? 내 탓 하기야? 세리나가 생각 없이 먹을 뿐이면서."

"시끄러워, 이렇게 맛있는 걸 만든 네 잘못이야! 으으…… 얼마 전에 다이어트에 성공했는데……."

"세리나는 유혹에 약하니까~."

""…….""

세레스티나와 캐럴스티는 간식을 먹는 세리나와 이 린을 응시했다.

그리고 천천히 자기들의 가슴을 보고 다시 두 사람을 봤다.

주로 가슴을—.

"크지도 작지도 않아……. 세리나 양은 가슴이 예쁘겠어요."

"이 린 양도 여전히 가슴이 멋지네요……. 게다가 동안에 가사도 만능…… 많은 남성분에게 인기래요."

"전에 츠베이트 오라버니와 묘한 사이라는 소문이 퍼졌는데 그 범인이 이 린 양이었어요. 의외로 입이 가벼운 모양이에요."

"우수한 분이에요. 다만, 조금 감성이 특이할 뿐……."

평소 이 린은 차분하고 느긋했다.

하지만 그녀는 의외로 우수하여 성적만 따지면 여학생 중 4위 안에 들어갔다.

실전 훈련의 일환으로 라마흐 숲에도 갔지만, 그녀의 파티는 하급생을 포함한 멤버여서 무리하지 않고 채집을 위주로 진행했다.

전투도 고블린 정도밖에 상대하지 않았다.

"별명이 【학교의 보육사】라네요. 크로이사스 님의 연인이라는 소리도 있어요."

"크로이사스 오라버니에게는 잘 돌봐주는 여성이 필요하다는 생각은 했지만…….”

두 사람은 왠지 패배감에 시달리고 있었다.

같은 여성일 텐데 용모뿐 아니라 다른 능력에서도 압도적인 차이를 느꼈다.

“미, 미래가 있어요. 우리도 아직 가능성이 있다고요!”

“미래……. 지금 크기를 생각하면 큰 걸 바라지는 못하겠네요…….”

“포기하면 안 돼요! 포기하면 그 순간 우리의 시합은 종료예요!”

무슨 시합인지는 아무도 몰랐다.

두 사람 다 가사는 해 본 적도 없고 마법 관련 지식을 추구하는 연구자였다.

여성으로서 매력이 부족하다고 생각은 했지만, 모성과 뛰어난 몸매를 겸비한 이 린을 보자 아무래도 자신이 여자로서 매력이 부족하다고 자각할 수밖에 없었다.

“그러고 보니 이더 란테 앞 마을에 온천이 있다고 해요. 가 보고 싶네요.”

“온천? 그래도 거기는 알톰 황국 땅인데? 마음대로 가면 혼나지 않을까?”

“듣기로는 피부가 매끈매끈해진대. 미용에 좋을 거 같아.”

“그래?”

“뭐라고?!”

세레스티나와 캐럴스티에게는 매력적인 말이었다.

그러나 학업의 일환으로 이더 란테로 가는데 개인의 욕망을 우선할 수는 없어서 굉장히 고민되는 문제였다.

설령 학업이 명분에 불과할지라도 사실을 모르는 학생이 마음대로 타국으로 갈 수는 없었다. 잘못하면 인솔 강사가 파면당한다.

두 사람 다 욕망을 위해서 타인을 희생할 성격은 아니었다.

"우우…… 가까운 곳에 매력을 높일 온천이 있는데."

"미용을 위해서 다른 분들에게 폐를 끼칠 수는 없어요. 눈물을 삼키고 포기할 수밖에요. …… 그런데."

캐럴스티가 마차 밖으로 눈길을 돌리자 바로 옆에서 우르나가 사력을 다해 달리고 있었다.

아마 특훈인가 보지만, 왠지 그녀를 지도하는 사람은 신출귀몰한 로리 닌자였다.

"안즈, 【순동】을 잘 못 쓰겠어~."

"응…… 마력 컨트롤이 어설퍼. 발바닥에 모은 마력을 몸 전체의 탄력으로 가속하는 순간 폭발시켜……. 【신체 강화】와 병용해야 하니까 쉬워 보여도 어려워."

"우르나 님, 이렇게 하는 겁니다."

푸른 머리카락에 안경을 쓴 메이드가 우르나 앞에서 홀연히 사라지고 순식간에 몇 미터 떨어진 곳에서 나타났다. 거의 순간이동이었다.

마차를 호위하던 용병들은 뜬금없이 등장한 메이드에게 놀랐고, 미스카는 그 모습을 보며 짓궂게 웃고 있었다. 척 보기에도 굉장히 즐거워 보였다.

그녀는 사람을 놀라게 하거나 놀리기 좋아하는 성격이었다.

'안즈 양은 몰라도 왜 우르나와 미스카가 여기에?!'

'우르나 양은 이번 유적 조사에 참가할 성적이 아닐 텐데……. 미스카 씨는 학교 관계자조차 아니고요.'

안즈는 솔리스테어 공작가에 고용된 호위니까 별개로 치더라도 우르나는 성적이 중하위권이라 조사단에 참가할 수 없었다. 미스카는 어디까지나 일개 시녀라서 유적 조사에 참가할 자격이 없었다.

분명히 그럴 텐데 왠지 그녀들이 이곳에 있었다.

미스카가 득의양양한 얼굴로 돌아오고 우르나는 존경의 눈빛을 보냈다.

안즈는 아무런 동요도 없이 쿨했다.

"저기…… 왜 미스카랑 우르나가 여기 있죠? 아무리 생각해도 두 사람이 여기 있을 수 있는 이유가 없는데……."

"왜냐고 물으셨나요? 뻔하죠. 저는 메이드니까요."

"미스카가 말하는 메이드의 정의가 이상해요! 그 한마디로 전부 해결된다고 생각하지 마세요. 이건 수업의 일환이라고요."

"더는 안 속나요…… 칫! 쉽게 말하면 휴가입니다. 주인 어르신이 휴가를 주셔서 온천이나 갈까 싶어서요. 그리고 한가한 우르나 님을 납치— 아니, 불러서 조사단 행렬에 편승했을 뿐입니다. 뭐 문제라도?"

"납치? 지금 납치라고 하지 않았어요?! 그리고 온천?! 치사해요!"

미스카는 얼굴에 철판을 깔고 말했다.

명백하게 외부인이 편승했는데도 미스카의 너무 당당한 태도 때문에 오히려 아무도 의심스럽게 여기지 않았다. 심지어 행렬에 편승해서 호위를 고용할 돈까지 절약했다.

문제는 우르나였다.

"미스카…… 우르나는 학생이에요. 학점이 부족하면 내년에 유급할지도 모르는데……."

"그 부분은 다 해결했습니다. 교장과 강사들을 협박— 아니, 설득했으니까 우르나 님의 성적은 이대로 유지됩니다. 문제없습니다."

"협박? 교장님을 협박했어요?! 미스카는 내가 모르는 곳에서 무슨 짓을 하는 거예요!"

미스카의 안경이 불길하게 빛났다.

표정은 보이지 않지만, 입꼬리가 귀까지 걸려 지금까지 본 적 없을 만큼 악랄한 웃음을 띠고 있었다.

망설임이나 죄책감 따위 찾아볼 수 없었다.

"아가씨, 사람에게는 남에게 알리고 싶지 않은 비밀이 한 1~2천 개쯤 있답니다. 그중 하나를 꺼내서 부탁했을 뿐이에요. 아주 흔쾌히 허가해주시던데요?"

"보통은 그렇게 안 많아요! 그보다 결국 협박했다는 말이잖아요!"

"아가씨도 참~, 바라는 것도 많으셔라. 그런 아가씨에게 멋진 선물이 있습니다."

"뭐죠? ……책? 앗, 이건?!"

미스카에게 받은 물건은 검은 가죽에 묵직해 보이는 책 한 권이었다.

표지에 적힌 제목을 본 세레스티나는 굳어 버렸다.

그리고 전율했다.

"미, 미미미, 미스카…… 왜 이게 책이 됐죠……?!"

"그렇게 기뻐하시니 저도 고생해서 편집한 보람이 있네요. 요즘 제법 잘 팔린다고 합니다. 인세도 어마어마하죠. 성공하셨네요, 아가씨!"

엄지를 척 드는 미스카가 원망스러웠다.

반대로 미스카는 해냈다는 충족감에 빠져 흐뭇하게 웃고 있었다.

"이런 얘기 못 들었어요! 왜 이게 책이 돼서 팔리고 있는 거예요!"

"제가 세상에 내놓지 않고 묻히기에는 아깝다고 생각했으니까요. 출판사도 예상보다 잘 팔려서 경악하더군요."

그건 세레스티나의 흑역사였다.

미스카의 장난으로 관심을 가진 야한 책에 촉발되어 욕망을 모조리 쏟아부은 혼신의 역작이자 봉인해뒀던 부의 유산이었다.

당시에는 단순한 망상일 뿐이었지만, 자기도 모르는 사이 미스카가 출판해 버렸다. 심지어 잘 팔린다고 한다.

참고로 제목은 【인수(人獸)들의 애가 ~얼간이는 장미밭에서 춤춘다~】였다.

"어머, 그 책은 저도 읽었어요. 고아 소년들이 사회의 음지에서 기어 올라가는 이야기죠? 때로는 상처받고, 때로는 격렬한 사랑을 나누는 남자들의 애증 관계. 마지막에는 펑펑 울었어요."

"엑?! 어, 어떻게 캐럴스티 양이 그걸 알죠?"

"왜냐뇨? 대도서관 신작 코너에 진열되어 있던걸요? 실수로 집었는데 예상보다 멋진 이야기였어요. 남자와 남자가…… 그렇게 격하게 서로를 갈구하다니."

"꺄아아아아아아아아아아아아아아아아아악!"

흑역사가 세상에 널리 퍼졌다.

심지어 상상 이상으로 고평가라서 도리어 괴롭다. 부끄러워서 죽을 것 같다.

“두 친구가 입장 차이로 서로를 죽여야 할 때, 저는 가슴이 찢어지는 기분이었어요. 말없이 침대에서 떠나는 장면은 슬프면서도 사랑스러웠죠. 아아…… 조반니 님♡”

“그 부분은 특히 편집에 힘을 쏟았지요. 사랑과 책임 사이에서 흔들리는 남자들의 최고 명장면이니까요. 아가씨가 가장 힘을 준 장면이기도 하고요.”

“그마아아아아아아아아아아아아아아아아안!”

캐럴스티도 적잖게 그쪽 세계에 빠져 있었다.

그 원인이 자신이 쓴 망상 이야기 때문이라고 생각하자 세레스티나는 죽고 싶어졌다. 무턱댄 칭찬은 때로 고문보다 더한 고통을 준다.

아무리 높게 평가해도 그 호의적인 의견들이 날카로운 비수가 되어 세레스티나의 심장에 꽂혔다.

그녀의 HP는 이미 제로였다.

“다행이에요, 아가씨……. 친구분들에게도 지지를 얻으셨네요.”

“크…… 죽여! 차라리 단칼에 죽여어어어어어어어어어!”

기쁘기 한량없다는 듯, 하지만 누가 봐도 연기처럼 손수건으로 눈가를 훔치는 미스카와 수치심에 못 이겨 절규하면서 죽기를 바라는 세레스티나. 지독한 주종관계였다.

“그런데 속편은 언제 나올 예정인가요? 기대하고 있는데.”

"지금 총력으로 편집 중입니다. 내년까지는 나오지 싶네요."

"크학!"

현실에 견디지 못한 세레스티나는 기어코 쓰러졌다.

"앗, 【순동】 성공했다!"

"흠…… 소질이 있어. 이 상태로 가면 【축지】를 배울 날도 머지않았을지 몰라……."

"정말로?! 아싸~!"

그 옆에서 우르나와 안즈가 수련하고 있었다.

이 두 사람은 주변에서 뭐라고 떠들건 안 들리는 모양이었다. 굉장히 즐거워 보였다.

세레스티나는 멀어지는 의식 속에서 태평한 두 목소리를 부럽게 생각했다.

먼 길을 온 마차 행렬은 현재 【이더 란테】 정문에서 검문을 받고 있었다.

새로 열린 장삿길을 한발이라도 앞서가기 위해 많은 상인이 줄을 서서 경쟁하는 것이 보였다.

지금까지는 메티스 성법 신국을 지나는 경로밖에 없었던 교역로가 알톰 황국과 이사라스 왕국까지 이어지면서 불필요한 비용 없이 왕래할 수 있게 된 점이 크게 작용했다.

다들 누구보다 빨리 거래 상대를 발견하기 위해 다른 상인을 앞지르려고 혈안이었다.

그러나 상인이 너무 많고 검문 시간도 너무 오래 걸려서 정체되어 있었다.

"우와…… 진짜 이더 란테야. 이게 현실인가……."

"응…… 현실. 꿈같으면 한 대 때려줄까?"

"죽으니까 하지 마……."

안즈는 어딘지 모르게 기쁜 듯 조그만 주먹을 뻗었고 에로무라는 그 한 방이 치명상이 될지도 모른다며 사색이 되어 거절했다. 안즈는 무표정했지만 조금 아쉬워 보였다.

전생자이자 【소드 앤 소서리스】 유저였던 안즈와 에로무라. 안즈는 쉽게 받아들였어도 에로무라는 눈앞에 있는 정문을 보고도 믿지 못했다.

이세계 전생에 대해 여러모로 생각하는 바는 있었지만, 설마 게임 세계의 초기 거점 중 하나인 지하 도시가 실제로 존재하고 자신들이 그곳에 서 있다니.

현실감이 없어 꿈이 아닐까 싶은 광경과 이것이 현실이라는 상식이 열심히 부딪쳤다. 마치 【소드 앤 소서리스】를 플레이하는 것 같은 신기한 감각이었다.

하지만 그 감각이 아주 위험하다는 사실은 분명히 인지하고 있었다.

만약 게임이라는 감각에 몸을 맡기긴다면 죽음에 대한 위기감이 희박해지기 때문이다.

이 세계가 현실인 이상 게임 같은 **부활**은 기대할 수 없었다.

"위험한데……. 여기 오는 게 아니었어. 마치 【소드 앤 소서리스】에 있는 기분이야."

"……여기에 【부활 신전】은 없어. 그걸 잊으면 목숨이 위험해."

"알고는 있지만, 이건 어떻게 설명해? 왜 이더 란테가 실존하는 거야?"

"몰라……. 그건 아마 【섬멸자】가 조사하고 있을 거야."

"그 아저씨? 상위 랭커라고 했지. 그런 조사는 특기일 테니까 뭔가 알지도 모르겠어."

에로무라의 머리에 칠흑색 장비로 무장한 중년 마도사의 모습이 스쳤다.

【섬멸자】는 생산직이지만, 최상위 공략파이기도 했다.

이세계에 와서도 공작가와 인연을 맺는 수완만 보아도 상당한 지략가라는 인상이 있었다.

어떤 정보를 쥐고 있을 수도 있지만, 에로무라에게는 물어볼 용기가 없었다.

애초에 【섬멸자】가 어디 있는지도 모르지만.

"예상은…… 가. 알고 싶어?"

"진짜? 아니, 지금은 됐어. 아직 진실을 알 용기가 없어."

"……숙맥."

"안즈, 그 한마디에 은근히 상처받아!"

에로무라는 이세계 생활을 즐기고 싶었다.

그에 비해 안즈는 무슨 생각을 하는지 알 수 없었다.

무표정한 닌자 소녀는 이더 란테의 문을 바라본 채 눈썹 하나 까

딱하지 않았다.

그런 두 사람과는 별개로 츠베이트 일행도 고대 도시의 문을 멍하게 바라보고 있었다.

“굉장해……. 아직까지 남아 있는 고대 도시가 있다니.”

“후후후…… 이 도시를 구석구석, 빠짐없이 조사해 보고 싶네요. 이 땅을 연구하며 뼈를 묻어도 된다는 생각마저 들어요.”

“크로이사스…… 너, 그렇게까지 연구에 환장한, 아니, 너는 원래 그런 인간이었지.”

“마카로프, 이제 와서 뭘 물어? 그보다 대단해. 이건 난공불락의 지하 요새야.”

마카로프는 연구자이며 디오는 전술을 배우는 사관후보생이었다.

마법 기술과 방어 전술 측면에서 보아도 이 지하의 고대 도시는 최고의 연구 대상이었다.

게다가 도시 기능이 정상적으로 가동하는 희귀한 유적이었다.

당연히 이 도시에 도착한 시점부터 연구팀은 두 그룹으로 나뉜다. 전술 연구팀과 마도 기술 연구팀이다.

학생인 이상 중요한 장소에는 출입하지 못한다.

그래도 그 외 장소라면 어느 정도의 자유행동이 허락됐다.

“흠…… 우리는 아마 구 영사관 유적에 머물겠네요. 영사관 지하 깊은 곳에 도시의 심장부가 있다고 하는데 그곳은 폐쇄됐어요.”

“네 담당은 마도구 조사지? 우리는 도시 방어 구조와 이 땅에서 유효한 방어 전술 검증이야. 현장에서 어떻게 지휘해야 하는지, 어떤 돌발 상황이 있을 수 있는지 생각해야지.”

"역시 연구 리포트를 써서 제출해야 할까요?"

"그럴 거야. 우리는 얼마 전에 일을 냈으니까 윗선에서도 주목하고 있어."

츠베이트와 크로이사스는 파벌은 다르지만 서로 유익한 나날을 보내고 있었다.

우선, 크로이사스가 속한 생제르맹파는 마법약과 마법식 개량으로 주목을 받았다. 특히 마법식 해독법을 발표해서 모든 마법 관련 연구가 일시적으로 중단됐다.

하지만 지금까지 밝혀지지 않았던 마법식 구조가 명확해지면서 무서운 속도로 해석 작업이 진행됐다. 연구자는 새로운 가능성이 제시되면 먹고 자는 시간도 아끼며 연구에 몰두하는 인종이었다.

츠베이트가 속한 위슬러파도 새로운 전술 구상과 조직 개혁안을 제출했다. 그 일부가 기사단과 마도사단의 조직 개혁을 위한 시범 케이스로 채용되면서 현재 군 편제는 급격히 효율적으로 개편되어 갔다.

마도사단과 기사단은 상층부만 남기고 조직을 통합해 대규모 재편이 이루어졌으며, 마도사단의 감사가 정식으로 결정됐다.

이제는 상부끼리 대립하지도 못하고, 경우에 따라서는 직책 파면도 각오해야 할 상황이었다.

"단물만 빨아대던 녀석들은 떨어져 나가고 있다며? 정말 좋은 일 했어."

"디오, 그건 일면일 뿐이야. 실제로는 꽤 혼란하대. 지금까지 후방 지원밖에 안 하던 마도사는 기사단 훈련으로 수가 확 줄었다고

해. 근접 전투 훈련을 거부하고 잘리는 인간이 속출한 거지."

"마슈앙앙 말이 맞아. 마도사도 전선에서 싸우는 시대가 왔어. 기존 방식대로 후방에서 거드름만 피울 수 없지. 그걸 깨닫지 못하고 멍청하게 반항하다가 잘렸다고 해. 일종의 본보기식 처벌이기도 했겠지."

"마카로프예요, 형님……. 뭐, 저는 연구자라서 전장과는 인연이 없지만요."

'……이것들, 사실 일부러 틀리는 거 아니야? 말할 때마다 본명에서 멀어지잖아.'

마카로프가 의혹을 품은 순간이었다.

하지만 아쉽게도 두 사람은 일부러 이름을 틀리는 건 아니었다.

진지하게 틀리니까 문제인 것이다.

오히려 얼굴을 알아보는 것만 해도 용했다.

"크로이사스, 같이 가자~."

"마카로프도 수고했어. 크로이사스가 엉뚱한 짓 안 했어?"

생제르맹파의 주요 멤버가 크로이사스를 중심으로 합류했다.

여기서부터는 연구실별로 나뉘어 행동할 예정이었다.

"이 린, 세리나, 왔어? 나는 괜찮아. 웬일로 크로이사스가 얌전하더라고."

"별일이네. 내일 유적이 땅속에 묻히기라도 하려나?"

"세리나…… 제가 실험을 하지 않으면 이상한가요? 아무리 저라도 매번 사건을 일으키지는 않아요."

""""뭐?!""""

안타깝게도 크로이사스의 주장은 통하지 않았다.

말하지 않아도 알겠지만, 사건의 중심에는 언제나 크로이사스가 있었다.

학교에서 일어나는 위험한 실험 사고의 70퍼센트는 크로이사스가 원인이었다.

그런 인간이 매번 사건을 일으키지는 않는다고 말해도 아무도 안 믿는다. 눈앞에서 인적 피해를 일으키는 순간을 몇 번이나 목격한 친구들이었다.

"크로이사스, 거짓말하면 못써~."

"맨날 말로만 그러고 사고를 내는데 누가 믿겠냐!"

"요전에 후배한테 마법약 제작법을 가르칠 때 이상한 효과가 있는 약을 만들었잖아? 피해를 입은 아이들이 갑자기 부끄러운 취미나 숨겨 왔던 취향을 폭로했다고!"

"그, 그런 일도 있었나요?"

크로이사스가 시치미 떼려고 하자 세 사람의 냉담한 눈길이 날아왔다.

즉흥적인 호기심으로 이상한 것을 넣으니까 대책이 없었다.

크로이사스의 사전에 『혼재 금지』라는 말은 없었다. 대신 『영혼이 시키는 대로 섞어라』라고 적혀 있을 게 틀림없었다.

아직 사망자나 중환자가 나오지 않은 것이 천만다행이지만, 앞으로도 그러리라는 법은 없었다.

"묻지도 않은 비밀을 폭로하는 마법약…… 자백제인가. ……쓸 만하겠어."

"츠베이트?!"

옆에서 이야기를 듣던 츠베이트는 크로이사스가 만든 마법약에 흥미를 보였다.

이번에는 디오도 놀랄 수밖에 없었다.

전쟁이 벌어지면 타국에 밀정을 보내거나 반대로 타국의 밀정이 침투하기도 한다.

첩보부가 그런 타국의 첩보원을 붙잡아 정보를 캐낼 때는 다양한 방법이 사용되는데, 그중 가장 효과적인 방식이 고문이었다.

크로이사스가 만든 마법약은 그런 수고를 덜어준다. 타인의 존엄을 짓밟는 행위를 생략하고 간단하고 짧은 시간 내에 정보를 끌어내기 때문이다.

무엇보다 정보를 알아서 술술 불어주면 고문 집행자가 정신이 병들어 범죄자로 전락하는 경우가 줄어든다.

언제나 어지럽게 정보가 변하는 국가 간 대립에서 대단히 효과적이며 저렴한 비용으로 정보 수집을 할 수 있기에 군사적으로 이용할 가치가 높다는 것이 츠베이트의 생각이었다.

"크로이사스…… 그 마법약, 제조법은 남아 있어?"

"당연하죠. 제가 연구 결과를 기록하지 않을 리 없잖습니까."

"나중에라도 그 제조법을 정리해서 학교 회의에 제출해. 네가 만든 약물은 군사적 측면에서 유용해."

"우연의 산물인데 대체 어디에 쓰시려고요? 게다가 저는 그걸 더 연구할 생각은 없어요. 할 일이 많아서 그럴 시간도 없고요. 흥미는 있지만."

“용도는 묻지 마. 첩보부가 쓴다고 말하면 짐작이 되지? 개발이라면【마도 연구부】에서 할 거야.”

“그렇군요…….”

마법약을 판매할 때 효과와 품질을 조사하는 연구 기관은 두 곳이다.

판매 목적으로 상품 개발 연구를 진행하는【솔리스테어 마도 연구실】과 군사적 목적으로 마도구나 마법약을 개발 연구하는【솔리스테어 군마도 연구부】였다.

겉으로는 한 조직의 일개 부서로 인식되지만,【마도 연구부】라는 이름은 웬만해서는 표면상으로 나오지 않았다.

그 이유는 이 두 기관의 관리 책임자가 다르기 때문이었다.【마도 연구실】은 마도사단 직할이지만,【마도 연구부】는 왕가 직할이었다.

최근 조직 개혁으로 마도사단의 힘이 약해지기는 했어도【마도 연구실】 관리만은 마도사단을 이끄는 궁정 마도사들이 맡고 있었다. 이들은 쉽게 자를 수도 없어서 일단 감시만 강화하여 상황을 지켜보는 단계였다.

솔리스테어 마법 왕국은 종래의 조직 구조를 일신해 새로운 시대를 맞이할 준비 단계에 들어간 셈이었다.

아무튼 그런 연유로 크로이사스의 마법약은【마도 연구부】에서 연구, 생산될 것이다.

그런데 다른 사람이 자기의 마법약을 연구한다는 말을 들은 크로이사스는 왠지 굉장히 아쉬운 표정을 지어 보였다.

“너…… 연구할 생각이 없다며? 왜 아쉬운 얼굴이야.”

“아뇨, 제가 발견한 마법약을 남이 연구한다고 생각하니까 좀…….”

“야, 어느 장단에 맞춰!”

연구자인 크로이사스는 지식 추구에 있어서는 한없이 탐욕스러웠다.

분명히 직접 조사할 마음은 없다고 말했지만, 그것을 다른 연구자가 조사하게 둘 수도 없었다. 그렇다고 직접 뛰어들자니 지금 진행하는 연구를 포함해서 할 일이 너무 많았다.

자기 몸이 하나밖에 없다는 사실이 이토록 분한 적은— 지금까지 여러 번 있었다.

“어이! 수다 떨러 왔냐! 빨리 앞으로 가! 줄 밀린 거 안 보이냐!”

“빨리 도시로 들어가야 한다고! 재깍재깍 앞으로 붙어, 이 자식들아!”

““““““““앗…….””””””””

대화하는 사이에도 검문이 진행되어 앞쪽 줄이 상당히 줄어들었다.

어서 이더 란테로 들어가서 숙소를 잡고 싶은 상인들은 짜증이 나서 고함치고 있었다.

이대로 가면 싸움으로 번질 가능성도 있어서 학생들은 허둥지둥 줄을 좁혔다. 그들이 검문을 통과해 문을 지난 것은 그로부터 30분 뒤였다.

긴 여행이었지만, 츠베이트를 포함한 학생들은 이렇게 무사히 이더 란테에 도착했다.

◇ ◇ ◇ ◇ ◇ ◇ ◇

산토르로 이어지는 가도 옆에서 제로스 일행은 야영 준비를 하고 있었다.

가도는 포장됐어도 단차가 심해서 서스펜션이 달린 자동차나 바이크라도 충격은 강했다.

임신한 유이가 타고 있어서 평소보다 느리게 달렸는데 해가 떨어지기 시작해서 안전상의 문제로 평원 한복판에서 야영하기로 했다.

그리고 제로스가 식사 준비에 착수했을 때, 이들은 중요한 사실을 떠올렸다.

그것은 바로—.

"이봐, 제로스 씨…… 이 가라아게[#13] 말인데."

"카레 향을 입혔는데 뭐 문제라도 있어?"

"아니, 그게 아니고……."

야영답지 않은 호화로운 식사였다.

야채수프에 부드러운 빵, 그리고 그리운 고향의 맛인 가라아게.

척 보기에도 식욕을 자극하는 요리들이었지만, 문제는 재료였다.

"이 고기…… 뭐라고 생각해?"

"원형이 남지 않아서 판단이 안 되네……."

"무서워……. 제로스 씨 요리를 먹으려고 하면 손발이 떨려……."

야채수프와 빵은 안다.

고기가 대체 무슨 생물이었는지 알 수 없어서 먹으려고 하면 손

#13 가라아게 일본식 닭튀김. 고기에 밑간을 하고 전분을 입혀 튀긴다.

이 멈췄다.

엽기 덮밥을 먹은 몸으로서는 아무래도 의심이 들게 마련이었다.

"뭘 물어, 그냥 먹으면 되지. 얼마나 맛있는데~."

""""그러니까 왜 그렇게 수상하게 말하냐고?!""""

무슨 생각을 하는지 들켰는지 아저씨는 몹시 수상쩍은 웃음을 짓고 있었다.

젓가락을 든 손이 떨렸다.

접시를 든 손도 떨렸다.

세 사람의 마음은 먹을 용기와 미지의 공포라는 갈림길에 섰다.

"앗, 정말로 맛있네요."

""""유이((씨))?!""""

"그렇죠~? 가라아게는 뜨거울 때가 제일 맛있는 법이지~."

과거의 참극을 모르는 유이는 의심도 없이 가라아게를 먹고 있었다.

조금 매운맛을 입힌 튀김옷과 단맛 나는 육즙, 적당히 바삭한 식감이 향수를 일으키고 지구에서 가족과 식탁에 둘러앉았던 추억이 되살아났다.

"제, 젠자아앙!"

"먹으면 되잖아, 먹으면!"

"모양만 알 수 없으면 문제없어. 덮밥보다는 안전하겠지."

가라아게는 맛있었다.

무슨 고기인지는 모르지만, 정말로 맛있었다.

결국 공복에 이기지 못하고 전부 먹어 치우고 말았다. 맛있어도 너무 맛있었다.

카레 가루를 조금 써서 입안에는 아직 은은한 여운이 감돌았다.

"……다 먹었어."

"그러게……."

"결국 이 고기는 뭐였어요?"

"……닭…… 비슷한 거. 뭐, 신경 쓰지 마십쇼."

리사는 실수를 하고 말았다.

물어서는 안 될 말이었다.

모르는 게 약이라고 하지 않던가.

전에 봤던 악몽 같은 광경이 다시 되풀이되려고 했다.

"……알고 싶어? 모르는 게 행복할 수도 있는데…… 크크크."

"알기, 싫어요……."

"음, 무서워서 오히려 알고 싶기는 해."

"안 들어! 나는 알기 싫다고!"

"그렇게 말하면 꼭 알려주고 싶은걸~? 사실은……."

그 후, 평원에 세 사람의 비명이 울려 퍼졌다.

이 고기가 무슨 생물이었는지는 미스터리지만, 아도 일행이 불행해질 정도로 무시무시한 물건이었다는 점은 확실했다.

행복한 사람은 유이뿐이었다.

제14화 에로무라와 안즈, 탐색하다

유적 도시【이더 란테】.

지하 가도 공사 중에 발견된, 아직까지 원형이 남아 있는 구시대의 유적이었다.

한때 사람들은 이 지하 도시에서 살았겠지만, 사신 전쟁 시기에 외부와의 연락이 끊기고 매몰되었다.

주민은 모두 아사했고 남은 것은 마물로 변한 시체와 원념에 사로잡힌 악령뿐. 그야말로 죽은 자의 도시였다.

발견된 후 조사단이 파견되어 대규모 조사를 한 결과, 지하에서 흐르는 용맥에서 마력을 모아 이 도시를 지탱하는 동력으로 쓴다는 사실이 판명됐다.

도시 여러 곳에 서 있는 기둥은 암반을 강화 마법으로 고정하는 마력 전도 장치이며 오늘날까지 이 도시를 떠받치고 있었다.

생활환경을 뒷받침하는 관리 시스템은 현대의 마도사가 다루기에는 너무 위험하다고 판단되어 수십 개의 방어 장벽을 둘러쳐서 완전히 봉쇄했다.

함부로 방어 시스템을 조작해서 고대 병기가 가동되는 사태를 방지하기 위함이었다.

메티스 성법 신국에 떨어진【심판의 화살】은 이 땅에서 실수로 기동한 고대 병기였다. 하지만 그 사실을 아는 사람은 솔리스테어 마법 왕국의 극히 일부 인간뿐이었다.

여하튼 이 유적 도시는 위험이 많아서 조사하는 마도사에게도 신중함이 요구됐고 무엇을 발견하더라도 반드시 보고할 의무가 있었다.

크로이사스와 같은 연구 중독자가 발굴품을 허가 없이 빼돌리는 것도 문제지만, 특히 호위병으로 참가한 용병이 보고 의무를 무시하고 마도구나 유물을 훔치는 탓에 철저하게 감시받았다. 구시대의 유물은 범죄를 저질러서라도 얻을 가치가 있기 때문이었다.

또한, 이 의무는 조사원으로 파견된 학생들에게도 예외 없이 부과됐다.

크로이사스를 포함한 생제르맹파 마도사는 이미 유적에서 발견한 마도구를 조사하는 작업에 들어갔다.

"……이 반지는 짝이 있어 보여. 기동 마법식이 새겨진 것 같은데 어느 마도구와 연동하는지 모르겠군."

"모르겠으면 일단 기동해 보시죠? 이중에 반응하는 물건이 있을지도 모르잖아요."

"농담이지? 위험한 마도구면 어떡하려고?"

"도망치면 되잖습니까? 저라면 바로 내뺄 텐데요."

"그건 너무 무책임하잖아……."

크로이사스 일행은 현재 많은 상자가 쌓인 창고 같은 곳에서 마도구 식별 작업을 하고 있었다.

마도구에는 대개 【마석】이나 보석을 가공한 【마정석】, 혹은 【정령 결정】이 들어간다. 보통 마도구는 보석에 새겨진 마법식에 따라 다양한 효과를 발휘한다. 그래서 루페로 보석을 들여다보고 마법식을 해독하여 어떤 효과가 있는지 확인하지만…… 그건 어마어마한 끈기가 요구되는 작업이었다.

【마석】과【마정석】이 크면 마법식으로 구성된 마법진을 판명하기 쉽다.

하지만 새끼손가락 손톱만 한 것도 있어서 마법진은 보여도 마법식까지는 알아볼 수 없는 경우도 있다.

어떻게 새겼는지도 모르는, 극도로 정밀한 극소형 마법식은 조사원들을 괴롭게 했다. 기뻐하는 사람은 기껏해야 크로이사스뿐이었다.

"멋져……. 어떻게 하면 이런 작은 마법진을 넣을 수 있지? 역시 구시대의 마도구는 예술이군요."

"크로이사스는 용케 저 의욕을 유지하네. 우리는 금방 두 손 들었어. 이런 걸 어떻게 판별하냐고~."

"그야 뭐 크로이사스니까……. 여기는 쟤한테 낙원? 일 거야."

"그럼요. 여기는 정말로 천국입니다. 지식의 보고예요. 평생 여기서 연구하며 지내도 후회는 없을 거예요."

"너…… 그렇게 기뻐? 너 말고는 다들 진절머리 치는 중이야."

처음에는 다른 학생들도 크로이사스처럼 기뻐했다.

누가 뭐래도 구시대의 마도구이지 않은가. 정교한 마도구를 직접 만질 기회는 평생에 한 번 있을까 말까였다.

그런 마도구가 눈앞에 수북하게 쌓여 있었다. 흥분하지 않는 연구자가 어디 있겠는가.

하지만 선별 작업은 굉장히 귀찮고 번거로웠다.

【감정】스킬 보유자라면 어느 정도 판별이 가능하겠지만, 구시대

의 마도구는 너무 정교했다.

얼마 없는 【감정】 스킬 보유자도 항복할 정도로 용도를 알 수 없는 마도구 천지라서 조사는 난항을 겪었다. 【감정】 스킬 레벨은 올라서 좋지만, 그래도 완전히 해독하기에는 무리가 있었다.

애초에 마도사 레벨도 낮은 탓에 고도의 기술로 만든 마도구의 효과를 한 문장밖에 읽을 수 없었다.

지금까지 【감정】 스킬 덕분에 우대받던 그들이 이번 일로 완전히 자신감을 상실했고 추앙받던 입장에서 욕먹는 입장으로 일변했다.

작업이 진척되지 않는 짜증도 한몫해서 살벌한 쌈박질도 여러 차례 벌어졌을 정도였다.

그런 상황에서도 주변 상황을 무시하는 크로이사스도 참 대단했다.

"안 돼……. 【감정】 스킬 레벨은 최대치로 올랐는데 상위 스킬로 변화하지 않아……. 마도사로서 너무 미숙했어~!"

"쳇, 감정 보유자가 또 징징대는군. 시끄러우니까 누가 저 자식 밖에 버리고 와!"

"네가 해. 우리도 해독 작업으로 바쁘다고! 젠장, 이건 뭐라고 읽는 거야! 누가 사전 좀 빌려줘!"

"어느 종족의 사전 말이야? 수인족만 해도 서른여섯 권이나 돼! 엘프와 드워프 언어, 멸종한 종족 언어까지 있는데……."

"못 읽겠어! 【마햐보라하】가 무슨 뜻이야! 【초초메멘】은 어느 종족 말이냐고!"

"진정해. 읽는 법이 잘못됐을지도 몰라."

아수라장이었다.

작업은 상상을 초월할 만큼 귀찮았다.

글자 하나하나를 산더미처럼 쌓인 사전으로 조사하고 그 짓을 문장 단위로 반복해야 했다.

구시대보다 더 오랜 시대를 신화기라고 부르며, 그 무렵에는 모든 종족이 통일된 언어를 사용했다고 전해진다.

그 통일 언어가 각 종족으로 나뉘고 독자적인 종족 언어로 변화했다.

해독 작업은 통일 언어를 조사하는 행위이기도 했다.

모든 마법식의 의미를 해독하면 통일 언어를 다시 복원할 수도 있다.

성공만 한다면 역사적인 위업이 되겠지만…… 실제로는 제자리걸음만 할 뿐이었다.

같은 말이라도 종족에 따라서 다른 의미를 가리키는 경우도 있었다. 아무리 마법식 해독법을 배웠다고 해도 어차피 학생은 학생. 모든 단어를 해독할 수는 없었다.

처음부터 무리한 작업이었던 것이다.

“끙…… 기분 전환이라고 하고 싶어.”

“그러게. 무슨 재미있는 이야기 없어?”

“그러고 보니 이 시대의 마도구는 통일 언어를 썼지? 그렇다면 다른 종족끼리 같은 언어를 썼다는 뜻이야. 그 전 시대의 언어는 어땠을까?”

“사신 전쟁으로부터 2천 년이 넘게 지났지만, 구시대 이전— 인류 문명 발상기의 유적이 발견되지 않은 것도 신기해. 신화의 시대라고 불리지만, 사람이 살았다면 뭐라도 흔적이 있을 텐데."

사신 전쟁 전에 고도의 마법 문명이 있었다는 사실은 이더 란테만 봐도 알 수 있었다. 일반적으로 【구시대】, 혹은 【구 마도 문명】이라고 알려졌지만, 그 전의 문명은 많은 비밀에 싸여 있었다. 사신 전쟁 후에도 많은 마도구와 병기, 문헌과 자료가 남아 있었다지만, 전란의 시대가 도래하고 불과 천년 사이에 대부분 소실되었다.

메티스 성법 신국에서도 그런 문헌과 자료는 금서로 치부해 발견하는 즉시 처분했다. 종교 국가에 불리한 내용이 적혀 있기 때문이리라.

다양한 인종의 언어로 마법식이 해독된다는 것은 마법 문자가 통일 언어라는 증거였다.

지금처럼 종족이 분열한 시대조차 엘프와 드워프, 인간까지 서로 대화가 성립하는 점을 보면 통일 언어가 만들어진 시대에 다양한 문화가 교류하지 않았다는 것은 말이 안 됐다.

그런데도 아직 그러한 유적의 흔적조차 발견되지 않았다.

"유적이 남지 않은 건 사신 전쟁 전인 구시대보다 훨씬 옛날, 전 세계가 말려드는 전쟁이 있었기 때문 아닐까요? 국가 간 전쟁, 종교 전쟁, 민족 분쟁, 종족 간 분쟁, 그리고 통일 전쟁. 지성을 가졌기에 전쟁이 일어나고, 그때마다 문명이 멸망과 탄생을 반복했다고밖에 생각할 수 없어요. 현시대도 다를 바 없고요."

마카로프의 의문에 크로이사스가 꿈도 희망도 없는 현실적인 대답을 돌려줬다.

"너…… 왜 그런 시시한 소리를 하는 거야? 고대 문명에 대한 로

망 같은 거 없어? 너무 현실적이라서 기분 팍 식네……."

"마카로프, 여러 종족이 있다고 해도 결국은 지성이 있는 생물이에요. 지금 세상을 잘 보세요. 어느 나라는 수인을 야만적이라고 욕하고 종교를 방패로 침략을 계속하잖아요? 정치 상황과 위정자의 야심, 더욱이 종족 대립까지 전쟁을 할 이유는 흘러넘치죠. 그런 자들이 적대한 상대의 문명을 남길까요? 지금도 부수고 다니잖아요? 인류의 본질은 크게 변하지 않았을 테니까 유적을 남기지 않고 모조리 파괴했다고 생각하는 게 자연스러워요."

지금 있는 문명을 파괴하고, 파괴한 자들이 새로운 문명을 낳는다.

종교 대립으로 신상을 파괴하고, 널리 퍼진 철학이 마음에 들지 않는다고 권력자가 도시와 함께 주민까지 불태우며, 정복자는 피정복자의 왕성과 왕가의 묘를 짓밟는다.

그런 행위는 지금 이 시대에도 태연자약하게 이루어졌다.

"사신 전쟁으로 세계가 한 번 멸망할 뻔했으니까 문명 발상기의 고대 유적이 남아 있지는 않겠죠. 모든 건 시대의 뒤안길로 사라졌을 겁니다. 조사하려야 해도 할 방법이 없네요."

아무래도 구시대보다 먼 과거는 조사할 방법이 없었다.

일찍이 세계를 뒤덮었던 인류 문명은 크로이사스가 말한 것처럼 사신 전쟁 이후 완전히 황폐해졌다. 어쩌면 세계 어딘가에 남아 있을지도 모르지만, 이들은 고고학자가 아니었다.

"사신의 정체도 모르겠어. 세상을 파멸시키는 파괴자가 어디에 숨어 있었을까? 구시대의 기술력이 있으면 찾아낼 만도 하지 않아?"

"이 린의 말도 일리가 있어. 사신이 뭐고 어디서 왔는지는 아무도 몰라."

"그래. 메티스 성법 신국이 사신이라고 부를 뿐이고 결국 알 수 없는 부분이 너무 많아서 정확한 정체는 여전히 불명이야."

"의외로 구시대의 생체 병기 아닐까요? 예를 들어 호문쿨루스는 지금도 재현할 수 없죠? 생물 창조는 생명에 대한 모독이라는 이유로 금기시돼요. 그 원인이 사신이라면—."

"그렇군……. 그 추측이 사실이라면 금지될 만하네."

실제로 사신의 정체는 아무도 몰랐다.

그렇지만 구시대의 생체 병기라고 생각하는 편이 타당하며 적어도 연구자 대부분은 그렇게 생각했다.

왜냐하면 마도사 대다수는 신의 실존성을 의심하기 때문이었다. 세상의 이치를 밝히는 것이 목표인 마도사는 인간이 믿는 신이라는 애매모호한 존재를 긍정하지 않았다.

네 여신조차 특수하게 진화한 생물이라는 견해가 그들 사이에서는 상식이었다.

한편으로는 옳고 한편으로는 틀린 생각이지만, 그것을 아는 사람은 일부 전생자뿐이고 이곳에 그것을 알려줄 사람은 없었다.

"이제 기분 전환은 충분히 했죠? 작업을 마저 하죠."

"으엑…… 잊고 있었어. 마음이 무겁구만……."

"이거에 비하면 기존의 마법을 해석하는 게 편해……. 응용조차 걸음마 단계인데 마도구에 손을 대는 건 시기상조 아니야?"

"크로이사스는 물 만난 물고기 같아……."

다들 신물이 나서 못 견디는데 혼자만 쌩쌩했다.

학생들은 희희낙락 마도구를 해석하는 크로이사스가 부러울 따름이었다.

애초에 학생에게 마도구 해석을 시키는 것 자체가 무모했지만, 워낙 조사원 수가 적고 마법식을 볼 줄 아는 사람은 크로이사스 연구 발표 덕에 학생 쪽이 많아서 국가도 그들에게 기댈 수밖에 없는 실정이었다.

어쩌면 이렇게 현장에서 굴려 인재를 키우려는 나라의 방침인지도 몰랐다.

단 한 명을 빼면 이곳은 블랙 기업 수준으로 고된 노동의 현장이었다.

아니, 끝이 보이지 않으니까 지옥이라는 말이 더 어울릴까.

츠베이트 일행도 위슬러파 마도사로서 활동하고 있었다.

주로 방어에 관련된 허점 찾기였다.

"……문은 두 곳. 솔리스테어 쪽과 알톰 황국 쪽인가. 지하니까 공격할 곳은 문 말고는 없고 도시 출입을 엄격하게 감시하면 웬만해서 점령하기 어렵겠어."

"내부에서 반란이라도 일어나면 문제지만. 이 도시는 난공불락이야……."

이더 란테는 기본적으로 자급자족이 가능했다.

지하 도시라서 하늘에서 공격할 수 없으므로 문으로 출입하는 상인과 용병만 주의하면 된다. 사실상 철벽이라고 해도 과언이 아니다.

그러나 사람은 때로 예상도 하지 못한 방법으로 타국을 함락하기도 한다.

세상에 절대는 없다.

"서문과 북문 앞에 병사 숙소가 있었지? 그리고 도시 내부에 경비병 대기소, 길모퉁이 곳곳에 감시 초소까지. 도시 구조를 보면 치안 유지에 상당히 적극적이야. 얼마나 병력이 있었는지 원."

"자료에 의하면 무기를 보관하는 창고가 설치된 건물이 발견됐다고 해. 규모가 상당하지 않았을까?"

"민중을 지키는 경비대와 군대가 별개의 지휘권을 가졌다고 하지. 엄청나게 조직적이었을 거야. 다른 지휘 계통을 가진 부대가 어떻게 연계했지?"

"경비든 기사든 도시 방어의 한 축이야. 부서가 다를 뿐 사실상 같은 조직이고 마도사단 같은 조직 대립은 없지 않았을까?"

"마도사단과 기사단의 대립을 아니까 군과 경비대를 나누는 게 비효율적으로 느껴져. 조직끼리 대립할 거 같아."

마도사단과 기사단의 대립은 조직을 세울 때부터 시작됐다.

원래부터 마도사 태반은 연금술사였다. 마법약과 마도구를 만들어 기사단을 후방 지원하는 조직이고 기사단은 치안 유지와 나라를 지키는 정식 군대였다.

마법약은 다친 기사를 즉석에서 치료해 전선으로 복귀시키는 귀중한 아이템이라 굉장히 중요시됐다. 이유는 알다시피 메티스 성법 신국이 회복 마법을 독점한 탓이었다. 마법약 수요는 필연적으로 높아질 수밖에 없었다.

문제는 기사단과 마도사단에 귀족이 많다는 것이었다.

귀족은 무엇보다 명예를 중시했다. 솔리스테어 마법 왕국의 전신이었던 나라는 마도사의 대우가 몹시 나빴고, 당시에는 귀족이라도 마도사라면 경멸의 대상이 되었다.

그리고 경멸을 보낸 자 중에는 당연히 기사 집안 귀족이 많이 포함되어 있었다.

결국 마도사인 귀족들은 당시 국왕의 압정에 반발해 쿠데타를 일으켰다. 거기에는 기사 귀족도 참가했지만, 사실상 이해가 일치했을 뿐인 협력 관계였다.

마도사들은 국가에 대우 개선을 요구했고, 기사 귀족은 압정이 계속되면 나라가 망한다는 위기감을 가져서였다. 그리고 쿠데타가 성공하고 솔리스테어 마법 왕국이 건국됐다.

당시에는 아직 마도사 귀족과 기사 귀족의 사이가 이토록 나쁘지 않았다. 그러나 머지않아 마도사와 기사 귀족이 다시 대립각을 세웠고 마도사단과 기사단으로 갈라져 상황은 악화했다.

이유는 간단했다. 구 국가 체제 때 쓰던 버릇을 못 버리고 기사 귀족이 다시 폭언을 내뱉은 것이었다.

마도사측이 보복으로 마법약 공급을 제한했더니 사태는 더욱 심각해졌다. 불쌍한 건 고래 싸움에 휘말려 피해만 본 평민 출신 마도사와 기사들이었다.

츠베이트의 조직 개혁안이 통과될 때까지 그 대립은 오래도록 계속되었다.

여담이지만, 츠베이트가 주도해 만든 개혁안은 능력을 중시하여 설령 귀족 출신이라도 바로 중요한 직책을 맡지 못한다. 지금도 무능한 인간은 해고라는 형태로 도태되어 갔다.

"푸념한다고 뭐가 달라지냐? 그보다 결론을 내릴까. 디오, 너라면 이 도시를 어떻게 공격할 거지?"

"상인으로 위장한 동포를 보내고 내부에서 시간을 들여 공략해야겠지. 정공법으로 이 도시는 무너뜨릴 수 없어. 난공불락이니까 1 대 1 결투를 해줄 이유도 없고."

"하긴……. 나는 입장상 결투 신청에는 응해야 하지만……."

"귀족은 힘들겠어."

이 시대의 왕족과 귀족은 전시에 가문의 문장이 들어간 깃발을 걸고 전장으로 나가야만 했다.

전의를 고취할 목적도 있지만, 군대를 조직적으로 움직이려면 귀족의 깃발을 기준으로 부대를 편성해야 원활한 작전 수행이 가능하기 때문이었다.

그러나 반대로 말하면 적에게 지휘관의 위치를 알려주는 꼴이라서 집중 공격을 받을 가능성이 컸다.

설상가상으로 마도사는 근접 전투를 못 한다. 마도사라도 귀족이라면 결투를 받아야만 하고 왕족의 핏줄이라면 더더욱 도망칠 수 없었다.

기사 귀족이 마도사 귀족을 경멸한 가장 큰 원인이 여기 있었다. 결투를 신청하는데 마도사 귀족은 멀리서 마법만 쏴 댄다. 비겁하다고 생각해도 별수가 없었다.

하지만 마도사 귀족의 입장에서는『왜 기사 귀족과 같은 조건으로 싸워! 오히려 너희가 비겁하지.』라는 말이 나왔다.

애당초 직업이 다르니까 서로의 의견이 맞을 리 없었다.

하지만 왕족의 친척에 해당하는 츠베이트는 싫더라도 결투에는 응해야만 하는 입장이었다.

이것은 의무이며 비겁하게 보일 수 있는 행위는 할 수 없었다.

아주 귀찮은 핏줄이었다.

"그나저나…… 이대로 가면 우리가 할 일도 얼마 없겠어. 구시대 도시에 관심은 있었지만, 방어에 빈틈이 있어야 전략을 짜든 말든 하지."

"아하하하…… 수비든 공격이든 할 수 있는 일이 제한적이지. 특히 이더 란테는 방어에 특화된 도시라서 더 그래."

"어디 훈련할 곳이라도 없나……. 응?"

도시 지도를 펼치면서 다음 장소로 이동하려던 때, 츠베이트는 에로무라와 안즈가 함께 걷는 모습을 발견했다.

대단히 진귀한 광경이지만, 두 사람은 일단 고용된 호위병이기에 무단으로 행동하면 계약 위반이었다.

특히 에로무라는 사면으로 무죄 방면되었으나, 암살 미수 현행범이자 멍청한 짓을 하다가 노예로 전락한 범죄자였다.

적어도 개인행동을 할 때는 츠베이트에게 허가를 받아야 하는 입장이었다.

"너희 어디 가냐?"

"오, 동지! 탐색 좀 하고 올게. 발견하지 못한 지하도가 있을 수도 있고, 어쩌면 전투 훈련이 가능할지도 몰라."

"뭐? 그게 정말이야?!"

"어디까지나…… 에로무라의 억측. 그러니까 확인하러 갈래……."

"아니, 안즈?! 너도 궁금하다고 했잖아? 나한테 전부 뒤집어씌우지 마!"

두 사람은 전생자였다.

당연히 이더 란테도 【소드 앤 소서리스】를 통해 알고 있으며 게임과 현실 이세계의 차이를 검증하기 위해 어느 장소로 가는 중이었다.

그 도중에 츠베이트 일행과 마주쳤는데 자세한 내용을 생략하고 목적을 말하자 예상보다 츠베이트가 큰 관심을 보였다.

츠베이트와 디오는 기사단과 합동 훈련도 하지만, 그 외에 개인 훈련도 빼먹지 않았다.

실전에 가까운 전투 훈련이 가능하다면 학생뿐 아니라 수비대 기사들에게도 득이 된다.

에로무라가 꺼낸 말이라서 불안했지만, 부주의한 원숭이의 목줄을 잡는 안즈가 함께 있다면 조금은 기대해볼 만했다.

"우리 착각일지도 모르니까 너무 기대하지는 마."

"큰 기대는 안 하지만, 어디 갈 생각이야? 일단은 나한테 허가부터 받으러 와야지?"

"미안, 그건 사과할게. 아무튼 우리가 가려는 곳은 저기야."

에로무라가 가리킨 방향에는 천장으로 뻗은 거대한 기둥이 있었다.

“저 기둥은 왜? 저건 도시 외벽으로 마력을 전달하는 장치지?”

“원래는 저 기둥을 통해서 밖으로 나갈 수 있어. 안에 계단과 엘리베이터가 있을 텐데 망가지지 않았으면 좋겠는데.”

“그런 건 어떻게 알아? 우리도 모르는 정보라고…….(엘리베이터가 뭐야?)”

“【섬멸자】라면 자세히 알 거야. 우리도 이 도시에 대해서는 잘 몰라.”

“……너희, 정체가 뭐야? 어디서 그런 정보를 얻었어?”

이때가 되어서야 츠베이트는 에로무라의 이상함을 깨달았다.

이 이더 란테는 최근 발굴된 유적 도시였다. 그런데 이미 지리에 익숙할 뿐 아니라 기둥 안에 계단이 있다는 정보까지 알았다.

왠지 유적 정보를 알고 있는 크로이사스조차 기둥 안 구조까지는 몰랐다. 땅 위로 이어졌다는 이야기는 금시초문이었다.

심지어 제로스가 자세히 안다? 에로무라에게 느낀 기이함은 아저씨에게도 그대로 적용됐다. 이들은 자신이 모르는 사실을 너무 잘 알았다.

“그냥, 우리는 그 아저씨랑 같은 부류니까…….”

“모르는 게 약……. 호기심은 헬 그레이트 캣도 죽여. 신경 끄는 편이 신상에 이로워…….”

“아니, 여기서 전설상의 마물이 왜 나와……. 만나면 우리가 죽어.”

“응…… 괜찮아. 너는 안 죽어. 내가 지킬 테니까…….”

“지킬 사람을 내버려 두고 쫄래쫄래 나가려고 했으면서?”

“사소한 건 신경 쓰지 마, 동지. 스트레스로 머리 벗겨진다?”

"안 벗겨져! 됐어, 뭐라도 발견하면 말해……."

"오케이, 다녀올게."

알려줄 생각이 없어 보여서 오늘은 이만 물러나기로 했다.

에로무라는 가볍게 손을 흔들며 떠났다.

"저 두 사람…… 뭔가 이상하지?"

"그래……. 스승님과 같은 부류라는데 저것들은 마도사가 아니잖아. 무슨 관계지?"

"스승님한테 물어보지?"

"묻는다고 순순히 알려줄지 모르겠다. 이상하게 시치미를 잘 떼는 사람이라서."

전생자의 사정을 모르는 츠베이트는 목에 가시라도 걸린 기분이었다.

하지만 생각해 봤자 알 수 없으니까 지금은 아무런 추궁도 하지 않기로 했다.

알아야 할 때가 오면 어련히 알려주리라고, 스승을 믿기로 한 것이었다.

에로무라와 안즈는 우뚝 솟은 기둥 앞에 와 있었다.

천장까지 약 100미터는 될까? 기둥에는 기판의 회로 같은 홈이 있고 방대한 마력 흐름이 느껴졌다.

그 기둥 주위는 높이 20미터쯤 되는 기둥 받침 같은 구조물로 둘러싸였는데 기둥 내부로 통하는 입구는 어디에도 보이지 않았다.

육중한 격벽은 존재하지만, 굳게 닫혀 있었다.

"……아마 이 근처였어."

"우리 기억이 맞다면 문이 위장됐겠지?"

"응…… 이벤트 【그레이트 오크 카이저의 진격】으로 외부에서 오크가 침입했어."

"아~, 신규 유저 접대용 이벤트 중 하나였지. 그 뒤에 다른 도시로 가는 게 정석이었지만. 그런데 문은 찾았어?"

"내 눈은 못 속여……. 저기 입구가 있어."

조금 완만한 돌벽이었다. 그러나 눈을 크게 뜨고 보면 어떤 홈이 보였다.

그곳에 손을 대고 마력을 흘려보내자 『해제 코드를 입력해 주세요.』라며 무감정한 기계 합성음이 들렸다.

"어디 보자…… 『위대하신 아르누캄스의 성자』였나?"

『해제 코드가 입력되었습니다. 문이 열립니다.』

문이 안쪽으로 2미터 정도 들어가더니 왼쪽으로 밀렸다.

문은 예상보다 두꺼웠다.

"응…… 잘 기억했어. 에로무라 주제에 대단해."

"그거 칭찬이야?! 욕이지?!"

"칭찬이야……. 10퍼센트만."

"나머지 90퍼센트는 욕이란 뜻이잖아! 싫어? 내가 싫냐고?!"

"응…… 관심 없어."

"……울어도 되지?"

좋고 싫고의 문제가 아니라 무관심이었다. 차라리 싫어한다는 말이 나았다.

감정을 내비치지 않는 것이 아니라 존재 자체를 무시하고 있었다.

심지어 이 소녀는 그 사실을 숨기려고도 하지 않고 당당하게 구는 쿨한 성격이었다.

"그럼 안쪽을 탐색해 볼까? 안즈와는 나중에 찬찬히 이야기를 나눠야겠어."

"에로무라…… 로리콘이야?"

"누가! 너는 나를 뭐로 보는 거야?!"

"……여자 밝히는…… 로리콘."

"당당하게도 말한다……. 그래도 싸우지는 말자. 절대로 못 이기니까……."

"에로무라…… 자존심도 없어? 겁쟁이 동정남?"

"야아아! 너 나한테 왜 이래!"

여자애한테 듣고 싶지 않은 말이었다.

순진무구한 소녀의 무심한 말이 에로무라의 유리 멘탈을 와장창 깨 버렸다. 작은 폭군 닌자는 언뜻 무표정해 보이지만, 입가는 살짝 올라가 있었다.

그것은 쉽게 알아보기 힘들 정도로 미세한 변화였다.

"장난 그만치고…… 빨리 가자."

"누구 때문인데?! 나 때문은 아니지?!"

"에로무라…… 변명은 남자답지 못해."

에로무라는 소녀에게 고삐를 잡힌 소처럼 터벅터벅 기둥 안으로 들어갔다.

이때 그들은 알지 못했다. 자신들을 멀리서 바라보는 이들이 있다는 사실을.

"……봤어요?"

"네…… 봤어요. 설마 저런 장치가 있을 줄은……."

에로무라와 안즈가 기둥 안으로 들어가는 현장을 우연히 목격한 사람은 도시를 산책하던 세레스티나와 캐럴스티였다.

그녀들은 크로이사스와 마찬가지로 다른 곳에서 마도구를 조사했지만, 휴식 겸 이더 란테를 돌아보고 있었다.

참고로 미스카와 우르나는 관계자가 아니라서 따로 행동하는 중이었다.

"세레스티나 양, 우리도 마도사로서 따라가야 해요! 여기는 오래된 마도 문명의 유적인걸요. 뭘 발견할지도 몰라요!"

"그건 동의하지만, 우리 장비는 전투용이 아니에요. 전투가 벌어질 가능성을 고려해야 해요. 조사단이 발견하지 못한 미발견 지역이니까 방심하면 안 돼요."

"그럼 이대로 세기의 발견을 놓칠 생각인가요? 용병은 발견한 유물을 보고하지 훔칠지도 몰라요."

"안즈 양이 그런 짓을 할 리는 없겠지만, 다른 한 명…… 에로몬트 씨는 믿음이 안 가네요……. 어쩌죠?"

"갈 수밖에 없어요……. 아뇨, 무조건 가야 해요!"

그녀들의 장비라고 해봤자 교복과 로브였다.

무기도 없는 것보다는 나은 지팡이와 마법 매체인 반지뿐. 전투 장비로는 너무 빈약했다.

위험한 장소에 뛰어들기는 불안하지만, 그래도 연구자로서의 지적 호기심이 더 컸다.

"그, 그럼…… 위험하다고 판단되면 돌아오기로 해요."

"그래요. 이건 조사인걸요. 위험한 곳이라고 판단되면 도망치면 그만이에요."

말하고 말았다. 이제는 물러설 수 없다.

두 사람은 힘차게 고개를 끄덕이고 에로무라와 안즈가 들어간 입구, 아직 닫히지 않은 비밀 문으로 서둘러 달려갔다.

새로운 발견에 기대를 부풀리며 두 소녀는 기둥 속으로 뛰어들었다.

아라포 현자의 이세계 생활 일기 9

초판 1쇄 발행 2022년 1월 10일

지은이_ Kotobuki Yasukiyo
일러스트_ JohnDee
옮긴이_ 김장준

발행인_ 신현호
편집장_ 김승신
편집진행_ 권세라 · 최혁수 · 김경민 · 최정민
편집디자인_ 양우연
관리 · 영업_ 김민원

펴낸곳_ (주)디앤씨미디어
등록_ 2002년 4월 25일 제20-260호
주소_ 서울시 구로구 디지털로 26길 111 JnK디지털타워 503호
전화_ 02-333-2513(대표)
팩시밀리_ 02-333-2514
이메일_ lnovellove@naver.com
L노벨 공식 카페_ http://cafe.naver.com/lnovel11

ISBN 979-11-278-6315-9 04830
ISBN 979-11-278-4453-0 (세트)

값 9,500원

L NOVEL
30
타케하야 지음
뽀코 일러스트
원성민 옮김
단칸방의 침략자!?
L NOVEL

L NOVEL

새 엄마가 데려온 딸이 전 여친이었다 1~3권

카미시로 쿄스케 지음 | 타카야Ki 일러스트 | 이승원 옮김

어느 중학교에서 어느 남녀가 연인 사이가 되고,
꽁냥꽁냥거리다, 사소한 일로 엇갈리더니,
두근거림보다 짜증을 느낄 때가 더 많아진 끝에…… 졸업을 계기로 헤어졌다.
그리고 고등학교 입학을 코앞에 둔 두 사람은—
이리도 미즈토와 아야이 유메는, 뜻밖의 형태로 재회한다.
"당연히 내가 오빠지.", "당연히 내가 누나 아냐?"
부모 재혼 상대의 딸이, 얼마 전에 헤어진 전 연인이었다?!
부모님을 배려한 두 사람은『이성으로 여기며 의식하면 패배』라는
「남매 룰」을 만들지만—
목욕 직후의 대면에, 둘만의 등하교……
그 시절의 추억과 한 지붕 아래에 산다는 상황 속에서,
서로를 의식하고 마는데?!

라이트노벨의 새로운 빛! L노벨의 신간은 매월 10일에 발매됩니다. http://cafe.naver.com/lnovel11